Œuvres posthumes

De N. ★★ ★ ★ ★★★.

Œuvre S.^de;

La Découverte australe,

ou

les Antipodes :

Avec une Estampe à chaque Fait principal.

1781.

La *Table des Figures* & *celle des Pièces*, se trouvent à la fin du IV *Volume*.

N.ª Les *chifres* se suivent jusqu'à la fin des *Cosmogénies*, ainsi que les *signatures* du bas des pages, & elles recommencent à l'*Avis* qui précède la *Lettre-d'un-Singe*.

La

Découverte auſtrale

Par un Homme-volant,

ou

Le Dédale français;

Nouvelle très-philosophique :

Suivie de la *Lettre d'un Singe*, &c[a].

L'æaalus interea Creten , &c. (au-long à la Préf.

Premier Volume:

Imprimé à Leipſick :

Et ſe trouve à Paris.

Victorin prenant fon vol de la pointe d'un ro-
chet du *Mont-inacceffible*, pour aler à la *Dé-
couverte-auftrale*: Ses aîles font déployées, fon
parafol pointu ouvert & raménant le vent, afin de
faire avancer l'Homme-volant. (Il repouffe le
parafol fermé dans l'Eftampe fuivante): on voit
vers la tête la baleine de foutién, & les deux cor-
dons-de-reffort; ceux de retenue tiennent aux dents
du parafol: la tête de l'Homme eft couverte d'un
bonnet-de-poil folidement attaché: Victorin eft
vétu d'un habit jufte, dans la forme de ceux de
Matelot, qu'on fait aujourd'hui porter aux Enfans: les cordons-de-retenue des aîles tiennent
aux bras: ces aîles garniffent les deux côtés du
corps, depuis le haut des épaules, jufqu'au bas
des jambes: elles font de fort tafetas, foutenu par
des baleines, & mifes en jeu par un reffort placé
fous la poitrine, qui eft mu par une fangle-de-
foie, laquelle tient à un cordon qui paffe fous la
plante des piéds, & qui eft contenu le long des
jambes & des cuiffes par de petits anneaux-de-buis.
la fangle fait mouvoir le reffort, qui communique
à de petites dents latérales, deftinées à mettre
les aîles en action. Victorin eft dans l'attitude
de donner le mouvement à fa machine, en alon-
geant une jambe, & pliant l'autre. Son panier
de provifions pend à fa ceinture; & on voit floter la
fangle qui doit lui fervir à porter ce qu'il enléve, &c.

Explication l'Épigraphe :

Dædalus interea Creten, longumque perosus
Exilium, tactusque soli natalis amore,
Clausus erat pelago. – Terras licet, inquit, & undas
Obstruat ; at certè cœlum patet : ibimus illàc......
Dixit, & ignotas animum dimittit in artes,
Naturamquenovat : nam posuit in ordine pennas
A minimá cœptus, longam breviore sequente,
Ut clivo crevisse putes. . . . .
Tùm lino medias, & ceris alligat imas.
Atque ità compositus parvo curvamine flectit,
Ut veras imitetur Aves. . . . .
. . . . . . Postquàm manus ultima cœpto
Imposita est, geminas Opifex libravit alas.
Ipse suum corpus (*), &c.

Ovid. Metam. lib. 8, fab. 4.

(*) Dédale s'ennuyait dans l'île de Crète. . . Mais comment revoir sa chère patrie ? . . . Il eut recours à un art inconnu. Il ajusta des plumes, en arrangeant par ordre les plus petites, puis de plus grandes ; il les fixa par des fils frotés de cire ; ensuite il leur donna la courbure des aîles des Oiseaux. . . . L'Ouvrage étant achevé, il se les attacha, & elles soutinrent son corps dans les airs. (*On voit qu'Ovide parle ici en poëte, qui néglige tous les détails du mécanisme, comme n'étant pas de son sujet.*)

Il est certain que le secret des aîles factices fut connu des Anciens : *Dédale* & son Fils *Icare* s'envolèrent de Crète, après y avoir bâti le labyrinthe où était le *Minotaure.* Dédale vola jusqu'en Sicile ; tandis que le malheureux Icare

A iij

moins-fort, tomba dans la mer & fe noya. Je
regarde encore comme ayant poffédé ce beau
fecret, *Perfée*, *Bellérophon*, un Roi de Thrace
nommé *Borée*, *Zétes* & *Calais* fes fils, *Médée*
elle-même, *Dédalion*, frère de *Céyx*, &c [a] Je
croirais affés que *Mercure* en fut l'inventeur : à-
moins qu'on n'aime mieux dire, qu'il y a réellement eu des *Hommes-oifeaus*, qui certainement
font auffi vraifemblables que les Hommes-ma-
rins : Ovide en parle, & dit qu'il f'en trouvait
à Pallène, ville de Macédoine :

Effe Viros fama eft in hyperboreâ Pallene,
 Qui foleant levibus velare corpora pennis.
                                    Metám. xv. fab. 8.

Il ajoute, qu'il y avait auffi des Femmes Scythes
qui volaient par magie.

Voila des faits. Que l'on n'objecte pas que
la Fable eft ma feule autorité : à la différence des
Fables modernes, celles des Grecs n'étaient que
les débris de l'hiftoire primordiale. Ce n'eft pas
que les Fables modernes elles-mêmes foient defti-
tuées de tout fondement ; les Fées, les Génies
(comme on le verra, *III Volume, p. 475 & fuiv.*)
peuvent avoir leur origine dans la Nature ; mais
il eft probable que Ceux qui les ont renouvelées
n'avaient pas dans l'efprit ces analogies, & qu'ils
n'ont confulté que le délire de leur imagination.

Après avoir traduit mon Epigraphe, je paffe
à quelque chose de plus important.

Victorin prenant son vol

Préface nécessaire.

Honorable Lecteur: Le véritable titre de cet Ouvrage aurait dû être Les Antipodes: *c'est en-effet sur cette idée que tout paraît appuyé. Mais les accessoires sont si considérables; mon Ami ne vient à son but qu'après tant de détours, que je me suis cru obligé de laisser le titre tel qu'il l'avait mis lui-même. En-effet, si dans la découverte des Iles australes, la conduite des Héros français est l'antipode de celle des Espagnols & des autres Peuples de l'Europe, qui ont fait des découvertes en Amérique, à-l'exception des Quakers, ce point ne paraît pas d'abord le motif principal; il en est un autre, auquel il paraît subordonné: c'est la gradation des Êtres; nouveau Pythagore, Dulis remet sous nos yeux leur fraternité; il nous ramène aux anciennes traditions, dans la vue de les proposer à la sagacité des Savans, parce-qu'elles méritent en-effet, toute leur attention: les Métamorphoses d'Ovide ne sont pas toujours des fables. Mon Ami avait une haute opinion de cette Découverte. Mais faut convenir, qu'à la revision que j'en ai*

faite, j'ai cherché sur quoi elle était fon-
déc, & que je ne l'ai pas vu tout-d'un-
coup. Le commencement n'annonce
rien de ce qu'on doit y trouver, & si
mon Ami avait pris à-tâche de dé-
router la prévision & les conjectures,
il aurait parfaitement réüssi : mais je
ne puis lui supposer cette intention
puérile. En avançant d'avantage,
& presque jusqu'à la fin du II.ᵈ Volume, je ne me trouvais guère plus
éclairé sur son but : les Avantures
de Victorin ; ses aîles ; son séjour
sur le Mont-inaccessible en Dauphiné,
où il dépose sa Maitresse ; son départ
pour l'Hémisphère austral ; les découvertes singulières qu'il y fait, tout
cela me paraissait une débauche d'i-
magination ; j'entrevoyais quelques
lueurs ; mais je n'étais pas éclairé. Le
III.ᵐᵉ Volume a commencé de me mettre
au-fait : j'ai vu alors, que tout ce que
j'avais regardé comme un Roman fu-
tile, étaient les fondemens adroitement jetés d'un Livre de morale-phy-
sique, d'une philosophie saine, de
recherches profondes, & des vues très-
étendues : la lecture de vingt pages
de l'article des Mégapatagons, a dé-
chiré le voile : J'y ai vu la morale

de la Nature, non pour nous être proposée à fuivre à-la-lettre ; mais pour nous donner cet avis fage : —Voila comme parle la Nature : rapprochons - nous en, fans violer nos inftitutions fociales ; ou plutöt, fefons-en peu-à-peu la base de ces inftitutions ; reformons-les ; & fur-tout, remettons en vigueur les maximes fages données aux Hommes depuis deux-mille ans, par le faint Légiflateur du Chriftianifme, fur l'égalité, la fraternité, &c.[a]

Les Cofmogénies font une differtation-favante, & une exposition des fyftèmes des Philosophes, terminée par une hypothèse dans le goût des Mégapatagons, & par un morceau fur le Moi-individuel.

La Lettre d'un Singe aurait achevé de me découvrir le but de l'Auteur, fi je ne l'avais pas eu parfaitement faisi. C'eft vraiment une Juvénale que cette Lettre, mais présentée fous un jour abfolument neuf.

Les Notes font, ou curieuses, ou inftructives, & tendent toutes au même but. Celles de la Lettre d'un Singe font peu de chose, comparées à la Differtation fur les Hommes-brutes :

A v

on trouve dans celle-ci des vues abfolument neuves ; un fyftème étayé avec
toute l'apparence de la conviction ;
mais dont le but réel ne peut échapper : mon Ami veut amener tous les
Êtres vivans à une confraternité
univerfelle & générale, pour qu'elle
rejailliffe fingulièrement fur les Hommes nos frères ; il expose, dans tout
l'Ouvrage, fes hypothèses avec une
apparence de naïveté : comme on le
voit par la Préface que voici :

Le titre de cet Ouvrage annonce une
de ces Découvertes importantes pour
l'Humanité, capables d'illuftrer le fiècle
où on les fait, & le Héros qui les
tente. Mais hélas ! trop fouvent, elles
font un fléau pour la Nation, qui fe les
approprie, & aulieu de l'honorer, elles
tracent dans l'efpace immenfe des temps
futurs, un long fillon d'infamie, d'é-
pouvante & d'horreur. Les Efpagnols
font aujourd'hui nos Frères, ne les dé-
nigrons pas : mais pour leur honneur,
que le Nouveau-monde, le Mexique,
le Pérou ne font-ils encore inconnus !
On n'aura pas les mêmes reproches
à faire au Héros dont je vais écrire

l'Hiftoire : fa conduite eft celle d'un Ami de l'humanité. Il n'a pas cru qu'il fût obligé de foumettre aux lois de fon Pays, des Peuples qu'il a trouvés libres : Il a refpecté en eux les droits facrés (& les feuls peut-être) de la propriété du fol natal.... Mais il eft inutile de m'étendre fur la fageffe de fa conduite : l'Ouvrage va l'expofer (*).

Toute l'Europe, & même l'Asie & l'Afrique, favent que les Anglais ont envoyé le Capitaine *Cook*, faire des découvertes aux Terres-auftrales : Ce Peuple ambitieux, qui n'a pu couferver des Colonies forties de fon fein, veut apparemment reparer fes pertes du côté de l'autre pôle, avec d'autres Hommes pour-ainfi-dire, qui fouffrent patiemment cet orgueil, dont les Européans fe font enfin laffés. Ils ont raifon ; tous les Peuples feptentrionaux font frères, & les compatriotes les uns des autres, comparés à ceux dont la Zone-torride en-

(*) Je fuis fûr que cette Hiftoire paffera pour une fable : & tant-mieux. C'eft ce qui fait que je la publie : on la regardera comme un Roman, & Perfonne ne f'avisera d'aler troubler ni les *Chriftiniens*, ui les Géants de la-*Victorique* : Si je n'avais cette perfuafion, je brûlerais mon manufcrit. (*Dulis.*

tière nous sépare : Français, Anglais,
Italiens, Allemands, Russes, Tartares,
Chinois, Japonais, Amériquains, tous les
Peuples dont le pays est situé sous le même
parallèle, à-peu-près, ne sont-ils pas
voisins, ne participent-ils pas aux mêmes
influences, n'ont-ils pas le même été,
le même hiver ? Mais vers le pôle-
austral, c'est autre chose ; ils n'ont rien
de commun avec nous, que la Terre :
ils respirent un autre air ; ils ont d'autres
saisons ; la longueur de leurs jours &
de leurs nuits contrarie les nôtres ; enfin
les différences morales sont encore plus
grandes.

C'est dans ces cantons éloignés ; c'est
chés les Antipodes de toutes les ma-
nières, que les Anglais vont chercher
des Peuples patiens & bornés, pour s'en
faire admirer, & qui les regardent comme
des Demi-dieus. Si le Capitaine Cook
ne nous en impose pas (ce que je n'ai
pas l'injustice de lui imputer), il s'est
comporté en Voyageur philosophe, &
on ne saurait trop lui donner de louanges.
Qu'un Jesuite ait flaté les Sauvages du
Paraguai ou de la Californie, on con-
naît ses motifs ; mais le Capitaine *Cook*
n'en a point eus d'autres que l'humanité,
une raison éclairée ; la justice en-un,

mot. Cependant, honorable Lecteur, ne croyez pas que ce Navigateur célèbre ſoit mon Héros! non, non: Nous avons des découvertes plus nouvelles, & je me hâte de prendre date avant le retour du Capitaine Anglais (*). Car vous ſavez qu'il fait un troisième voyage dans les terres-auſtrales, qui peut-être lui découvrira un Royaume entier de Français, entre le oo & le oo degrés de latitude-ſud.

Je ne puis donner des renſeignemens plus exacts : l'Homme qui m'a inſtruit était fort-reservé : Il n'a conſenti à la publicité des choses qu'il m'a révélées, qu'à certaines conditions, & en conſidération des belles vérités que ce Récit curieux donne occasion de développer. En-effet, à ne conſulter que les lumières de la raison, on ne peut rien de plus parfait que les lois *mégapatagones* ; la Religion chretienne ſeule peut nous élever audeſſus. Auſſi verra-t-on le Légiſlateur français de l'autre pôle, réünir les premières & la ſeconde, pour faire les Règlemens les plus ſages, & ſe conduire

_____

(*) Il a été mangé en Février 1779, par des Sauvages du nord, & le Capitaine *Clerke* ſon Lieutenant achève le voyage ainſi que les découvertes. (Celui-ci eſt mort auſſi.)

envers les Naturels, avec une juſtice, une humanité, une bonté, qui excitent quelquefois des larmes délicieuses : tel eſt le récit du Traité-d'alliance entre les Français-chriſtiniens, & les Hommes-de-nuit.

On pourrait peut-être reprocher au Héros fondateur des Auſtro-français, qu'il a permis la pluralité des Femmes, & certains arrangemens, qui ne ſont pas dans nos mœurs : Mais on doit ſe rappeler, qu'il en fut de-même autrefois, lorſqu'il ſ'agit de peupler la terre : ainſi la pluralité des Femmes fut permise aux Patriarches, &c.[a]

Quelques Perſonnes auſquelles j'ai parlé de cette Relation, en leur annonçant des Hommes-ſinges,-ours,-chiens,-lions,-taureaux,-ſerpens, &c[a], ſe ſont imaginés que c'était une allégorie, & elles m'ont exhorté à faire la mienne bien frappante : Mais je déclare que je déteſte les allégories ; c'eſt un genre d'ouvrage & de lecture, capable de me donner des vapeurs. J'ai eu, en rapportant ce qui m'a été confié à ce ſujet, des vues bien plus étendues & plus philosophiques. On ſait, qu'il y avait autrefois dans le Temple du *Bélus* aſſyrien, des Hommes à tête de Chien, de Cheval, de Bœuf, &c. : ces Peuples prétendaient que

toutes les efpèces d'Animaux étaient d'a-
bord confondues, & qu'enfuite elles ont
été abfolument fixées, pour demeurer
conftantes & permanentes : qu'auparavant chaque Individu était fouvent un com-
pofé monftrueus de plusieurs efpèces.
C'était la mémoire de ce premier état des
Animaux, & même des Hommes, que
les anciens Affyriens avaient voulu conferver. Ils disaient encore, que ce ne fut
qu'après, & par l'attention qu'on eut
de ne propager que les Individus parfaits
(les monftrueus étaient étouffés ou
expofés aux Bêtes carnacières; & telle
eft l'origine de l'expofition des Enfans,
fi commune, & même autorisée chés les
Anciens), que l'Homme acquit fa forme
actuelle; qu'enfuite on employa différens
moyens pour conferver les efpèces dans
leur beauté. Les uns, comme les Perfes,
les Mèdes, les Égyptiens, firent une
loi de prendre toujours une Épouse dans
fa Famille, & même d'épouser fa Sœur
de-préférence; d'autres (que les Nations
modernes ont imitées, fans-doute par des
raisons politiques), obfervaient de croiser
les Races, & de perfectionner les impar-
faites par le mélange, &c.ᵃ C'eft donc
une vérité physique, que fi les Monftres
euffent été abandonnés à eux-mêmes, ils

fe fuffent propagés. Il y a eu des Géants ;
il y a des Hommes-à-queûe ; des Fem-
mes-à-tablier ; des Hommes velus ; des
Hommes-de-nuit ; je crois qu'il y a eu
des Satyres & des Faunes ; ainfi que de
vrais Centaures, différens de ceux que
l'on nous peint d'après les Grecs, ayant
deux ventres, deux eftomacs, deux poi-
trines : ce qui ne faurait être ; les vrais
Centaures devant être conformés de façon, que les parties nobles ne fuffent pas
géminées, & tels qu'on les verra dans
mes figures, aux Hommes-chevaux.

Ce n'eft donc point ici une allégorie ;
je retrace des vérités physiques trop peu
connues, & méprisées par les ignorans.
Le fyftème de haute-physique de l'illuftre De-Buffon, vient d'être attaqué
par différens Ecrivains. Quant à moi,
je ne l'ai jamais lu qu'avec admiration,
& je ferais encore de fon avis, fans les
lumières que m'a données l'Homme-auftral
auquel je dois cette Relation. Mais tout
en différant de fentiment avec lui, je l'honore comme le premier Philosophe de la
Nation. Ce Grand-homme peut dire,
bien- mieux qu'Horace & qu'Ovide,
Exegi monumentum ære perennius ;
& ceux qu'il a nommés dans fes Ouvrages, iront à l'immortalité.

Après avoir découvert diverſes Eſ-pèces d'Hommes aborigènes non-perfe-ctionnées, les Petitsfils de Victorin alè-rent enfin chés un Peuple, notre Anti-pode physic & moral, où la plupart de nos abus ſont compenſés par une vertu contraire. Les Mégapatagons poſſèdent les arts, les ſciences, & les ont cultivés d'une manière ſupérieure à la nôtre. Ils pratiquent toutes les vertus ſociales ; ils ſuivent la Nature pas-à-pas, & elle les rend heureus.

Le ſyſtème de physique de ce Peuple antipode a quelque chose de ſéduiſant : mais je ne ſuis pas aſſés éclairé pour pro-noncer ſur ſon mérite. Il n'y aurait que m.ʳ De-Buffon, & nos grands Aſtrono-mes qui le pourraient apprécier. Ainſi, je ſerai d'autant plus circonſpect dans cette Préface, que je parais me décider avec quelqu'aſſurance dans le corps de l'Ouvrage : c'eſt ici que je conſigne mes véritables ſentimens. La Coſmogénie des Patagons ne ſera pour moi qu'une hy-pothèse, comme celles des Philosophes anciens & modernes, que je rapporte, *III Vol. p.* 567-664.

Mais eſt-il poſſible de voler avec des aîles factices ? La célèbre tentative du M.ˢ de-B——lle ſemble le prouver ſans

replique : Il vola comme Dédale ; il
trébucha comme Icare, & fe caffà la cuiffe
fur un bateau de Blanchiffeufes. Mais
de quelle utilité aurait été fon invention,
(& celle d'un autre Machinifte qui f'ele-
vait en l'air, dans un petit bateau de jonc,
dont les aîles étaient mifes en mouvement
par deux petites rames)? Il ne pouvait
que fe promener : toujours tremblant,
fans affurance, fes mains ne pouvaient
prendre aucun repos, & le travail était
auffi rude que celui d'un Forçat. Nos
Hommes-volans aucontraire peuvent ralentir leur vol, ou f'arrêter fans danger :
Le Volant dont les aîles font mues par les
bras, & celui par batelet, rifquaient de
tomber au moindre relâche, & il aurait
falu qu'ils fe fuffent élevés audeffus des
nuages pour voguer avec quelque facilité.
Le défaut de ne pouvoir fe fervir des mains
en volant, leur ôtait la faculté de fe rendre
utiles d'aucune manière, fi ce n'eft pour
porter une Lettre dans une Ville affié-
gée, ou dans quelqu'Ile très-prochaine.
L'invention de l'Homme-volant auftral eft
infiniment plus parfaite, & les célèbres
Machiniftes français peuvent la renouveler, d'après la defcription.

Il ne me refte plus, honorable Lecteur, qu'à vous demander votre jufte

bienveuillance pour mon *César de Ma-*
laca, dont la Diatribe ſe trouve à la fin
du *III Volume*. César n'aimait pas nos
abus ſans-doute, parce-qu'il les voyait
en laid; & faute de lumières apparemment, il en feſait le crime de nos lois, aulieu de les attribuer à notre malice. A-
dieu : je vous ſouhaite le bonheur, en
vous avertiſſant de le chercher où il eſt.

Telle eſt la première Introduction
que Dulis a miſe à ſon Ouvrage: Je dis
la première ; car il en place une ſe-
conde au commencement du Récit, qui
paraît en faire abſolument partie,
puiſqu'elle apprend de quî on le tient.

Je regarde la Découverte auſtrale
comme une fiction : mais mon Ami ne
m'a jamais paru en avoir cette idée ;
il prenait un air froid, ſévère même,
lorſque j'ai tenté de le faire expliquer
là-deſſus, ou que je cherchais à lui
expoſer mes doutes : c'était ſon ſecret
favori.

Il a mis à cette Production des No-
tes aſſés conſidérables, où il a prodi-
gué l'érudition. Il paraît que le ſy-
ſtème, pour l'origine des Végétaux &
des Animaux, qu'il affectionnait le
plûs, & auquel il aurait ſouhaité des

preuves *suffisantes ,* était *celui de* Telliamed ; *mais qu'il ne l'approuvait pas
en tout.* Car il ne croyait pas que les
eaux de la mer eussent couvert simulta-
nément toutes les parties du Globe :
il était de l'avis de m.ʳ De-Buffon sur
leur séjour successif. Il avait été frappé sur-tout de l'idée des anciens Philosophes , qui croyaient la Terre ani-
mée : Il a vu dans toute la religion
des anciens Egyptiens & des anciens
Grecs, des traces de cette vérité , ainsi
que de l'animation des Soleils & de
toutes les grandes parties de la Nature.
Mais son idée sur la fin des Planètes ,
sur la destination des Comètes à les
remplacer tour-à-tour, sur le calcul à
faire de la durée la Terre , par le rac-
courcissement de l'année de trois secon-
des par siècle, tout cela m'a paru absolument neuf. Ce qu'il dit de l'exi-
stance des Êtres invisibles, d'après les
Mégapatagons; sur les motifs de dé-
voument & de courage que ces Peuples
donnent à leur Jeunesse ; sur la nécessité de l'égalité, pour rappeler la
vertu sur la terre & en bannir les vices,
est présenté d'une manière heureuse &
saillante.

Voila tout ce que j'ai présentement

à-dire : *On trouvera , dans le cours de l'Ouvrage, un nouvel Avis ſur les Pièces qui ſuivront la Découverte auſtrale.* T. Joly.

P.-ſ. de la Préface. Comme j'étais prêt à publier cet Ouvrage , il m'eſt arrivé d'en parler à un Homme connu & du premier mérite (m.ʳ De-B∗∗∗). »—J'ai un exemple moins fabuleus » que celui de Dédale , me dit-il : » J'ai fait cet eſſai moi-même, de-con- » cert avec quelques-uns de mes Amis , » & je vous montrerai notre machine. » Il y a bien des choses à obſerver , » pour ſe procurer la faculté de voler ! » D'abord, il faut conſidérer comment » un corps peſant comme celui de » l'Homme , peut ſe ſoutenir dans un » fluide auſſi rare que l'air. Dàns » l'eau, le plus petit levier, la plus » petite rame , fait avancer horizonta- » lement un corps très-conſidérable : » mais à calculer ce qu'eſt la denſité de » l'eau à celle de l'air, on trouvera » qu'il faudrait aux aîles d'un Homme » qui voudrait ſe ſoutenir en l'air, 125 » piéds d'envergure ; ce qui demande- » rait un levier trop puiſſant, pour » être mû par les forces ordinaires.

» *Cependant on peut compenser ce qui*
» *manque à la longueur des aîles,*
» *par l'étendue en largeur (c'est ce qu'a*
» *fait Victorin), & en multipliant*
» *les points-d'appui, à-peu-près*
» *comme a fait la Nature, dans les*
» *aîles des Chauvesouris. Il est certain*
» *que nous n'avons pas assés de force*
» *dans les bras, pour que ces membres*
» *donnent seuls le mouvement qui doit*
» *soutenir en l'air tout le corps; les nerfs*
» *n'en sont pas assés puissans, même*
» *dans les Hommes-de-travail, qui les*
» *exercent sans cesse, comme les Batteurs*
» *en grange, les Piocheurs de vignes,*
» *&c.ª: mais nous avons un autre*
» *levier; ce sont les cuisses, (Victorin*
» *l'avait senti); par lequel il faut*
» *que la machine soit mise-en-jeu:*
» *c'est dans cette partie qu'est la plus*
» *grande force de l'Homme, ainsi que*
» *l'a très-bien observé un Philosophe:*
» *si donc nous pouvons parvenir à em-*
» *ployer ce levier avec économie, & ce-*
» *pendant avec puissance, il est capable*
» *de faire mouvoir une machine très-*
» *compliquée & du plus grand effet.*
» *La nôtre, d'un seul mouvement donné,*
» *a porté un Homme à 27 piéds: Il est*
» *vrai qu'il est tombé à cette distance;*

» parce-qu'il n'a pas ſongé à renouve-
» ler le mouvement , étourdi par la rapi-
» dité de l'élan , par la crainte , ſuite
» du manque d'uſage, &c.ᵃ S'il avait
» renouvelé le mouvement ; que ſon
» inexpérience ne lui eût pas fait
» craindre de ſe hasarder dans la
» vague des airs , il volait dès ce pre-
» mier eſſai. Le mouvement progreſſif
» vient de la forme des aîles ; & la
» faculté de ſe tourner, de celui de
» la queûe. Pour cette dernière fa-
» culté, nous avions d'abord imaginé
» une ſorte d'auréole qui entourait la
» tête ; mais elle n'a point produit
» l'effet que nous en attendions, &
» nous avons mis une queûe à notre
» Homme ». (Victorin a employé une
ſorte de paraſol, peutêtre plus effi-
cace, & il a une ſorte de queûe comme
les Chauveſouris: aureſte, il faudrait que j'euſſe vû le mécaniſme de
ſon vol, pour juger ſ'il eſt préférable
à celui de m.ʳ De-B ✳ ✳ ✳).

Il ſuit , de cette converſation, que
le vol eſt poſſible à l'Homme, malgré ſa
pesanteur, & ſes os maſſifs, ſ'il trouve
un levier aſſés puiſſant qui batte l'air
& agite aſſés de ce fluide, pour ſoutenir
un corps, comme celui des gros Oiseaus.

La grande science est de pouvoir prendre facilement le mouvement hori-zontal, dans lequel les trois-quarts des forces néessaires pour nous soutenir sont épargnés. Ainsi, avec la machine de m.ʳ De-B***, qui lance un Homme à 27 piéds, le vol doit, par l'habitude, devenir de la plus grande facilité : de-sorte que si les ressorts de cette machine sont de nature à resister longtemps au frotement, les aîles factices inventées par m.ʳ De-B * * * seraient propres à passer jusqu'en Amérique : car leur rapidité doit être extrême. Il serait à souhaiter que cet Homme ingénieus perfectionnât une si belle invention, qui serait très-utile a l'État, dans les circonstances présentes, aumoins tant qu'elle ne serait pas divulguée.

Il faut observer que dans les différentes espèces d'*Hommes-brutes*, mon Ami a supposé les mêmes causes d'imperfectibilité qui existent dans les Animaux de l'espèce analogue : ainsi la mue du Serpent & de l'Araignée, les remettent dans l'état brut & sauvage, quelque'apprivoisés qu'ils fussent auparavant, &c.

La Découverte

La Découverte auftrale

par un Homme-volant ;

ou

Le Dédale français ;

Nouvelle philosophique.

Au mois de novembre 1776, je pris la diligence de Lyon, pour revenir à Paris. Nous étions huit dans la voiture, un Bénédictin, un Comédien, deux Actrices, un Avocat, un Négociant, un *Je-ne-fai-quoi*, & Moi; fans compter un Singe, fix Chiens, trois Perroquets, deux Perruches, un Angola, & les Invidus humains qui garniffaient l'impérial. Le Bénédictin était le plus grand confommateur de tabac-d'efpagne qu'il y ait en Europe, le meilleur gourmet, & le plus fin connaiffeur en bons-morceaux : Celle des deux Actrices qui fesait les Reines, était auffi libertine que la-*R***, à qui elle reffemblait pour la figure, au-point que je l'avais d'abord prise pour elle, & auffi méchante que la-*S*** : la Soubrette était férieuse, mélancolique, règlée dans fes difcours, & prefqu'auffi aimable que la délicate *Fannier* : l'Acteur était un Tragédien auffi bel-homme que *P—il*, & jouant auffi mal, d'une fatuité, d'une infolence qui pourrait, mais qui ne doit pas fe comparer à celle de ·····. L'Avocat, que je reconnus, malgré fon traveftiffement, était un Homme célèbre, que je n'eftime guère, & que j'aime encore moins, haï, perfécuté, perfécuteur, calomniateur même. Le Négociant était un bon-homme, fort-riche, très-fimple, buvant bien, mangeant bien, dormant encore mieux, ronflan comme quatre, & prenant prefqu'autant de tabac que le Bénédictin, avec lequel il s'entretenait des choses d'ici-bas. Le *Je-ne-sai-quoi* était un Homme ni vieux ni jeune, ni beau ni laid, ni gras ni maigre, ni grand ni petit, qui ne paraissait ni riche ni pauvre, ni spirituel ni sot, qui ne parlait ni trop, ni trop-peu, qui mangeait de tout, était de tout accord, & dont toutes les actions annonçaient qu'il n'aimait ni ne haïssait rien au monde. Reste *Moi*. Ce *Moi* est un Original trop-singulier pour n'en pas dire un mot. Qu'on se représente un petit-Homme, qui se tient si gauchement, qu'il paraît contrefait; dont l'air triste & rêveur, la tête enfoncée entre deux hautes épaules, la démarche vague & indéterminée représentent assés au naturel un Acéphale de la Guiane (*); qui seul, comme en

_____

(*) Hommes d'Amérique dont parle *Cortal*, pag. 58 de ses *Voyages*, qui ont la tête dans la poitrine.

fociété, s'entretient avec fes penfées,
au-point d'éclater de rire, de crier, de
pleurer, fans que la Compagnie puisse fe
douter du fujet; timide, & brutal à
l'excès; aimant le plaisir, & dédaignant
par orgueil les Objets qui peuvent le
procurer; prêchant la tolérance, & ne
pouvant fouffrir la plus légère contra-
diction, &c. &c. &c.ª   Voila mon portrait non-flaté, au-bas duquel quelqu'un pourrait mettre *L—g—t*, mais je
déclare que ce n'eft pas moi.

Les autres Individus qui compo-
saient la caroffée, valaient un-peu plûs
que nous; & parmi eux, Celui qui
valait le moins, était précisément l'Animal qui nous reffemblait davantage, je
veux dire le Singe: cependant c'était
un Philosophe; (on en aura la preuve,
par une Lettre de fa façon qui doit fuivre
cet Ouvrage).

Je fus bientôt raffasié du Moine, du
Comédien, & même du Négociant; les
deux Actrices furent bientôt raffasiées de

moi : de-forte qu'aubout de deux jours,
il n'y avait que le *Je-ne-fai-quoi* avec
quî je trouvaffe à m'entretenir. Grâces
à fon caractère, il me fupporta tant que
je voulus. Infenfiblement nous nous
liames ; & comme j'ai quelques bonnes
qualités dont je n'ai rien dit, il me prit
en amitié. Ce fut environ vers le foir
du quatrième jour.

—Quî êtes-vous-, me dit-il enfin ?
Je répondis à fa queftion par le portrait que je viens de tracer. —Voila précifément ce que je demandais, reprit-il,
& non votre condition ou votre état.
Je répondis à cela : —Je me nomme
le *Compère Nicolas*. J'ai été berger,
vigneron, jardinier, laboureur, éco-
lier, apprentif-moine, artisan dans
une Ville, marié, cocu, libertin, fage ;
fot, fpirituel, ignorant, & philofophe ;
enfin je fuis auteur. J'ai fait de nom-
breus Ouvrages ; la plupart fort-mauvais ;
mais je l'ai fenti ; j'ai eu le bon-fens
d'en être honteus, & de pouvoir me

dire à moi-même, que je ne les avais publiés, que par la néceffité de vivre, & de nourrir mes Enfans & ceux de ma Femme; car enfin, on a beau être ce que j'ai dit que je fuis, les Enfans ne fe font pas faits eux-mêmes, & il faut que Quelqu'un les nourriffe.....
Le plus important de mes Ouvrages, c'eft le *Compère Nicolas* ; c'eft-à-dire ma propre vie : J'y anatomife le cœur humain, & j'efpère que ce Livre, fait à mes dépens, fera le plus utile des Livres; en ce que je m'y diffèque fans ménagement ; me facrifiant ainfi, nouveau *Curtius*, à l'utilité de mes Semblables. J'en compofe encore un autre, intitulé *Le Hibou* ;.... un-autre-....

Le *Je-ne-fai-quoi* m'interrompit par un demi-fourire ; & me dit : —Vous êtes mon affaire : vous ferez mon Hiftoriographe. J'ai les chofes les plus fingulières à vous communiquer. Il ne f'agira pas de les rendre vraifemblables ; car elles ne le font pas. Je parle français comme vous ; je n'ai pas plûs d'accent que vous ; je ne fuis ni plus blanc, ni plus noir ; & cependant il y a entre ma Patrie & la vôtre, le diamètre entier du Globe terreftre. Je fuis né dans l'Hémifphère *auftral*, à ∞ degrés de l'équateur, & ∞ de longitude, dans un Ile appelée l'*Ile-Chriftine*.

Il fe tut. Je le confidérai avec étonnement. Mais comme il continuait à garder le filence, je pris la parole, plein de diverfes penfées. —Quoi-donc ! lui dis-je ; ferait-il poffible que la Nature fe doublât dans les deux Hémifphères, & qu'à la même latitude, on trouvât non-feulement les mêmes Plantes, les mêmes Animaux ; mais encore les mêmes Hommes, les mêmes Empires, & des Peuples parlant les mêmes langues ! Ah ! fi cela était, ce ferait une belle découverte, & votre Hiftoire ferait affés merveilleuse, affés intéreffante, pour faire ma fortune, & me tirer de la pauvreté, où je languis depuis la malédiction de

mon Père : car vous saurez que j'ai été
maudit, & que c'est par cette raison
que je suis pauvre & cocu.

L'Homme-austral secoua la tête, &
me demanda pourquoi j'avais été maudit.
Je lui racontai mon Histoire, telle qu'elle
se trouve dans certaines Lettres qu'on
ne doit publier qu'après ma mort. Il
secoua encore la tête ; mais il ne répondit rien à mon Récit.

Nous approchions de la Capitale ; &
& comme notre conversation avait été
fort-particulière, nous voulumes, par
politesse, avant de nous quitter, ne pas
laisser prendre une mauvaise opinion
de nous à nos Compagnons de voyage :
nous leur fimes des complimens ; nous
leur donnames des éloges ; ils nous en
rendirent, à-l'exception de la méchante
Actrice, qui savoura l'encens, mais
n'encensa Personne ; elle croyait tout
mériter, & ne rien devoir. Enfin nous
arrivames. Le Bénédictin se leva le premier pour descendre ; il secoua sa robe,

& nous fit tous éternuer fix-fois chacun|,
à - l'exception du Négociant. Nous
nous féparames avec autant d'indiffé-
rence que fi nous ne nous étions jamais
vus : Les Acteurs & les Actrices alèrent
fe loger au *Carrousel ;* le Bénédictin , à
Saintgermain-des-prés ; l'Avocat , rue
de-la-Calandre ; le Négociant, rue *des-*
Bourdonnais ; les Chiens , les Perroquets , l'Angola , fuivirent probablement leurs Maitreffes. Quant à Moi , je
conduisis à ma demeure le *Je-ne-fai-*
quoi, fans oublier fon Singe, qui me parut un être fort-fingulier.

Lorfque nous fumes arrangés & repo-
fés , nous reprimes notre converfation
avec plûs de liberté que dans la diligence de Lyon. —Je ne veux pas vous
laiffer dans l'erreur ; me dit l'Homme-
auftral : les Habitans de l'Hémifphère
antarctique font abfolument différens de
ceux des Hommes de celui-ci ; tout eft
tranché dans ces climats isolés , parce-
que tout y eft refté tel qu'il eft forti

B v

des mains de la Nature : Aulieu qu'en
Europe, en Asie, & même en Afrique,
les Êtres se sont amalgamés pour-ainsi-
dire, se sont perfectionnés, ou du-
moins, les plus parfaits, ont anéantis
ceux de la même espèce, qui leur ont
paru, ou les gêner, ou difformes, &c.ª
Sous l'Hémisphère-austral, c'est tout le
contraire : rien ne s'est mélangé; les
Êtres à-demi-perfectionnés, sont restés
tels jusqu'à ce jour; de-sorte que leur
vue est effrayante, & que les Européans ne manqueraient pas de les détruire. C'est par cette raison, que nous
avons resolu de tenir notre Pays caché :
Il y a une loi, qui porte, Que tous
Étrangers, qui auront abordé dans le
pays, soit avec un vaisseau en bon état,
soit par naufrage, y seront retenus, sans
que jamais ils puissent obtenir de retourner chés eux. Mais aussi, on leur fait
un traitement qui ne doit pas leur laisser
de regrets; ils jouissent de tous les
avantages des Citoyens, sans être assu-

jétis aux travaux ; il n'y a que leurs Enfans
qui rentrent dans l'ordre commun.   De-
même,   nous n'avons qu'un feul bon
vaiffeau , qui eft toujours équippé par
l'État , & jamais par les Particuliers : il
eft toujours confié à des Princes-du-fang,
qu'il eft impoffible de tromper , par les
raifons que vous faurez dans peu.   Car
je veux vous faire un récit qui vous
tonnera–.

Il en refta-là le premier jour : &
comme il avait excité ma curiofité à un
point inexprimable , j'attendis le lendemain avec beaucoup d'impatience. Il
arriva enfin, ce lendemain tant defiré :
nous prîmes du chocolat , & après le
déjeûner , mon Homme me dit :

—Je fuis Français d'origine, ainfi que
prefque tous mes Compatriotes ; nous
habitons une très-belle Ile audelà du
tropique-du-Capricorne , que nous
avons nommée du nom de notre première Reine, qui eft encore vivante.
Elle eft fous le même méridien que la

France : nous avons le jour & la nuit aux mêmes heures qu'ici. Je vous ai dit qu'il y a une loi qui rend les courses au loin impossibles à tous les Habitans. Ainsi vous devez croire que je voyage de l'aveu des Chefs de ma Nation. De tous les Hommes que j'ai rencontrés jusqu'à-présent, depuis six mois que je parcours les provinces méridionales de France, vous êtes le seul auquel j'aie cru pouvoir m'ouvrir, parce-que j'espère que vous m'aiderez dans mes recherches : ce ne font ni des trésors, ni des richesses qui font le terme de mon voyage ; il a un objet bien-plus important : Je voudrais me lier avec un Savant du premier ordre, un Philosophe au-dessus du commun, comme *J. J. Rousseau*, m.ʳ *De-Voltaire*, ou m.ʳ *De-Buffon*, & les déterminer à se laisser emporter avec moi, par ceux de nos Princes-du-sang, qui ont la faculté de se servir d'ailes factices, & de voyager par tout le monde. Je vais vous faire dès aujourd'hui, l'Histoire du sage

Mortel à qui nous devons l'origine du plus heureus gouvernement qui foit au monde : mais auparavant, je voudrais que vous me mîffiez au-fait de certaines choses que je puis ignorer. Lequel de vos Grands-hommes, par-exemple, confentirait à fe laiffer emporter aux Terres-auftrales ?

—Cette queftion, lui répondis-je, n'eft pas fans difficulté. Les plus grands-hommes font m.ᵣ *De-Voltaire*, m.ᵣ *Rouffeau*, m.ᵣ *De-Buffon*; il y a encore ici m.ᵣ *Franklin*, Envoyé des États-unis d'Amérique, qui ferait bien votre affaire ; mais il n'y a pas d'apparence qu'il abandonne les intérêts de fon pays, pour aler faire le bonheur d'un-autre. Pour m.ᵣ *De-Voltaire*, il eft trop vieux : plus jeune, vous l'auriez eu facilement : mais... il a trop d'efprit. A-peine ce beau défaut eft-il fupportable dans ce pays-ci, où l'on peut avoir impunément tout l'efprit poffible ; j'imagine que chés vous, il ne

prendrait pas. M.ʳ *De-Buffon* conviendrait davantage : mais il eſt aſſés
bien ici pour ne pas chercher à nous
quitter. Reſte donc m.ʳ *Rouſſeau.* Je
crois que nous l'aurions facilement. Il
a à ſe plaindre de nous ; il nous aban-
donnera volontiers. Mais pour que ſa
diſparition ne faſſe pas trop de bruit,
il faut convenir de nos faits avec lui :
il paraîtra mourir ; m.ʳ le Marquis *de-
Girardin*, chés lequel il ſ'eſt retiré,
lui dreſſera un vain tombeau, & le
jour même qu'une mort ſubite affligera
toute l'Europe de ſa perte (bien-réelle
pour nous) vos Princes-du-ſang l'auront enlevé-.

L'Auſtralien m'embraſſa de joie. Pour
ne pas tenir le Lecteur en ſuſpens, je
lui dirai en deux mots, que cet enlèvement ſ'eſt exécuté le plus heureuſement
du monde : Il n'y a eu que deux Amis
de *J.-J. Rouſſeau*, qui en ont été
inſtruits, & moi. Je garderai le ſilence
toute ma vie, & cette Hiſtoire ne

paraîtra qu'après ma mort : ainsi la
Postérité saura que le cénotaphe d'*Er-
menonville* ne renferme rien.

L'Australien prit ensuite la parole,
en ces termes, pour me raconter les
Faits extraordinaires qu'on va lire.

—Il y a environ soixantedix ans, qu'un
Jeune-homme du *Dauphiné* trouva le
secret de voler (comme les Oiseaux,
car il faut expliquer cela en français) :
& le motif qui lui donna un desir si
vif de voler, ce fut l'amour.

Victorin (c'est le nom de ce Dauphinois), fils d'un simple Procureur-
fiscal, était devenu éperdûment amoureus de la belle *Christine*, fille de son
Seigneur. Christine était la beauté
même, ou dumoins, ce que Victorin
avait encore vu de plus beau. Il ne
songeait qu'à elle ; il séchait d'amour ;
& comme ce sentiment n'était soutenu
d'aucune espérance, c'était un affreus
supplice. Le Jeune-homme ne recher-

chait que la solitude, & lorsqu'il se
trouvait dans quelque belle campagne,
entre des collines couronnées de bois,
il lui semblait respirer l'air de la liberté, de l'antique & douce égalité des
Hommes : car il n'est rien au monde
qui remette plus efficacement l'Homme
dans son état naturel, qu'une campagne
libre, agreste, environnée de bois ou
de friches ; sur-tout s'il monte sur une
colline : il éprouve alors un sentiment
délicieus, inconnu dans les Cantons
habités, & sur-tout ici, où tout est
parc, & où tout porte l'empreinte de
la défense & de la gêne.

Il y avait dans la maison du Procureur-fiscal, un Domestique assés mau-
vais-sujet, c'est-à-dire fainéant, mais
grand liseur, nommé *Jean Vezinier.*
Ce Garçon avait lu les belles & véridiques
Histoires de *Fortunatus,* qui par la
vertu de son petit-chapeau, se trans-
portait avec sa Belle par-tout où il
voulait ; celle de *Michel Morin* ; du

Mariage de la Mort avec Creusefosse,
& de la naissance de petits *Morats*, leurs
enfans, qui mangeaient de la terre aulieu de pain, &c.ᵃ Ce fut à ce Garfon,
dont l'esprit était orné par tant de belles
connaissances, que Victorin s'ouvrit sur
son grand desir d'avoir des aîles & de
voler. Jean Vezinier l'écouta gravement, & après avoir réfléchi durant
plus de trois-quarts-d'heure, il répondit : —Cela n'est pas impossible-. Victorin transporté, sauta de joie, & pria
Vezinier, qui avait beaucoup de talent
pour tous les petits ouvrages d'invention,
de mettre la main à l'œuvre, & d'essayer
ensemble ce qu'ils pourraient faire.

En-conséquence, ils se cachèrent,
pour dérober le plus de temps qu'ils
pourraient aux occupations utiles. Ils
firent des roues qui s'engrainaient; ils
compliquèrent les mouvemens, & parvinrent à faire un rouage en bois, qui
mettait en jeu deux aîles de toile. Cette
lourde machine pouvait faire élever de

terre un Homme : mais il falait un mouvement très-fatiguant, pour faire aler le
rouage. Cependant l'inventif J. Vezinier
resolut de l'eſſayer, ne voulant pas exposer
le Fils de ſon Maître. Ils alèrent ſur une
montagne, montèrent ſur une roche, &
de-là Vezinier ſ'abandonna au vent. Il
avait donné à ſes aîles une courbure,
comme à celles des Oiſeaus ; mais l'enſemble des ſiennes, le feſait reſſembler
aſſés exactement à une groſſe Chauveſouris. Il ſe trouva un inconvénient qu'il
n'avait pas prévu ; c'eſt que n'ayant point
de mouvement progreſſif, elles ne pouvaient que ſuivre le vent. Il ne laiſſa pas
de voler aſſés loin : ce qui tranſporta de
joie le jeune Victorin ; qui conçut, en
voyant voler Jean Vezinier, qu'avec un
autre ajûtage, & des aîles plus légères,
il ſerait poſſible de ſe donner au mouvement *progreſſif*, un mouvement *exal-*
teur pour ſ'élever, & un *abaiſſeur*,
pour ſe poſer à terre. Jean vola tant
que ſes forces le lui permirent ; mais

elles furent épuisées en moins d'un quart-
d'heure , & il se laissa retomber vers la
terre , en ralentissant son mouvement.
Victorin courut à lui , & l'empêcha de
se blesser en se posant ; parce-qu'il tom-
bait à plat sur le ventre & le visage.

Après cet essai , Victorin & Jean
Vezinier ne s'entretenaient que de leurs
aîles, & de ce qu'ils feraient , lorsqu'ils
pourraient voler auloin. Victorin ne
respirait que pour Christine , & voulait
aler chercher une île ou une montagne
inaccessible , pour l'y porter & y vivre
avec elle. Mais Jean Vezinier avait
bien d'autres vues. Il voulait se venger
de ses Ennemis, en les tuant du haut
des airs : Il voulait enlever les Filles
du Bourg, qui l'avaient dédaigné pour
mari , à cause de sa fainéantise , & en
Jouir à sa fantaisie, pour les rendre desho-
norées à leurs Parens. Il en voulait
sur-tout à une certaine *Edmée Boissard*,
fille du Maître-d'école , & la plus jolie
des Filles à marier , qui lui préférait le

Fils du Maréchal. Victorin ne fut pas
content de ces difpositions ; il lui en fit
fouvent des reproches : mais comme il
avait befoin de Vezinier, il n'ofait pas
fe fâcher tout-à-fait avec lui

Enfin, ils perfectionnèrent leurs aîles,
& après quelques additions , & avoir
fubftitué du tafetas à la toile, ils parvinrent à fe donner un mouvement hori-
zontal-progreffif , & même rétrograde ;
à f'élever perpendiculairement, & à f'ab-
baiffer à volonté. Ils alèrent f'effayer
à la campagne, dans un endroit defert.
Tous deux f'envolèrent enfemble : mais
le malheur voulut que le reffort de Jean
Vezinier caffât, & qu'il tombât de fort-
haut dans un étang, où il fe noya.
Victorin n'était pas affés fort pour le
fecourir ; il retourna à la maifon, où
il raconta l'accident du Domeftique, fans
en dire la caufe. On courut à l'étang,
on en tira Vezinier : mais on ne comprit rien à la machine fangeufe dont il
était enharnaché : Victorin qui avait fes

raisons, la coupa en pièces, pour l'en débarrasser, & brisa adroitement les rouages, afin qu'on n'y pût rien comprendre. On rapporta Jean absolument noyé à la maison. On aurait pu le rappeler à la vie, si l'on avait connu les decouvertes récemment faites en France : mais les secours qu'on administrait alors achevèrent de le tuer.

Voila donc Victorin seul, & abandonné à son propre génie. Il retourna souvent dans la même solitude pour y rêver à son projet, s'occuper de Christine, & en même temps abreuver sa jeune âme de l'ambrosie de la liberté.

Un-jour qu'il était dans un endroit écarté, il vit s'abbattre deux gros Oiseaus (je crois que c'étaient des Cigognes), séparés de leur bande par quelqu'accident. Ces deux Oiseaus marchaient à-côté l'un de l'autre, cherchant leur nourriture. Victorin les admirait. —Ah ! si je pouvais voler comme eux, s'écria-t-il, cela vaudrait bien la nobleſſe aux yeux de Chriſtine ! je l'emporterais, je l'adorerais, je lui donnerais tout ce qu'elle voudrait ; je lui ferais un joli nid bien-commode, ſur une roche eſcarpée, hors de toutes les atteintes des Hommes : que nous ferions heureus ! car je l'aimerais tant, qu'elle m'aimerait auſſi, & quand, aubout de dix ans, nous aurions de jolis Enfans, auſſi beaux qu'elle, j'irais trouver m.ʳ De-✱✱✱, ſon père, en lui portant une de mes Filles, bien-reſſemblante à ſa Mère, & je lui dirais : —Tenez, мon-ſieur, voila votre Demoiselle rajeunie, que je vous rens-. Et, il me dirait : —Comment donc cela, Victorin ? Où as-tu été depuis dix ans-? Mais, je ne lui répondrais rien, & déployant tout-de-ſuite mes aîles, qu'il n'aurait pas vues, parce-que je les aurait tenues cachées ſous un grand manteau, je m'envolerais ; & il ſerait bien-étonné ! Et il demanderait à ma Fille, que nous aurions bien-inſtruite : —Qui êtes-

vous, ma belle-Enfant, & d'où-venez-
vous-? Et elle répondrait : —De chés
mon Père & ma Mère, Monfeigneur,
qui s'aiment bien tendrement, & qui
font logés dans un beau nid tout d'or,
d'argent & de foie, conftruit fur une roche
bien-haute —Et, qui eft votre Père ?
—Vous venez de le voir, Monfeigneur.
—Et votre Mère? —Elle fe nomme
Chriftine De - *** , Monfeigneur-.
Et auffitôt, monfieur De-*** l'em-
braflerait les larmes aux yeux, en lui
difant, —Ah! c'eft ma Fille-! Mais
il ferait en colère contre moi, à-cause
que je l'aurais enlevée, & que je ne
ferais pas gentilhomme. Et il dirait,
—Où eft le nid, où eft le nid-? Et la
la Petite dirait, —Je ne fais pas,
Monfeigneur; car mon Papa, qui eft
homme-volant, m'a apportée ici par le
chemin des airs : mais, Monfeigneur,
ne foyez pas en colère, & ayez pitié
de moi-. Et monfieur De-*** regarde-
rait ma Fille, qui reffemblerait à made-

moiselle Chriſtine, & il l'embraſſerait, en l'appelant ſa chère Fille. Et-puis il lui demanderait, comment ſa Demoiselle eſt avec moi?   Et ma Fille lui conterait, comme j'aime ſa Mère ; comme je cours audevant de tout ce qui peut lui faire plaisir ; comme je la ſers ; comme je ne la laiſſe manquer de rien ; comme je la nourris des meilleurs oiseaus, de bon pain-blanc de la ville, & comme je chaſſe & travaille tous les jours pour elle ; ſi-bien qu'elle m'aime auſſi de tout ſon cœur. Et quand il aurait entendu tout cela, il dirait: —Ah! ſi je voyais donc ma pauvre Fille-! . . . .

C'eſt ainſi que le jeune Victorin charmait ſes peines, durant quelques heures ; mais elles n'en revenaient enſuite qu'avec plûs de violence ; car lorſqu'il était au milieu de ſon agréable chimère, ſon eſprit ſ'éveillait tout-à-coup, & il ſe disait en pleurant: —Hélas! tout cela n'eſt pas vrai-! Daus ſa mélancolie profonde, il recher-

chait

chait encore d'avantage la folitude , & on ne l'aurait jamais vu , fi le defir qu'il avait lui-même de voir Chriftine ne l'eût forcé d'aler fouvent au château.

Un-jour qu'il était dans le jardin , Chriftine y vint, avec fa Femme-de-chambre. Victorin f'enivra du plaifir de la regarder. Chriftine voulut un bouquet de roses-blanches fort-élevées : la Femme-de-chambre fe mit en devoir de les cueillir ; mais elle fe piqua jufqu'au fang ; & ayant apperçu Victorin , elle l'appela : —Monfieur Victorin , vous êtes plus adroit que moi ; cueillez un peu ces belles roses à ma jeune Maîtreffe-. Victorin f'élança dans le buiffon de rosiers , dechira fes manchettes , fon jabot, fes mains ; le fang coula , mais il cueillit les roses , & les préfenta à Chriftine , en tremblant de plaifir. —Mondieu ! Monfieur Victorin , lui dit cette Belle , vous vous êtes bleffé- ! Et elle prit fon mouchoir , dont elle étancha fon fang ; elle arracha même de

fa main blanche, une petite épine qui
était reftée dans la chair. Victorin s'é-
vanouit de plaisir : on crut que c'était
de douleur, & la belle Chriftine laiffa
couler fur lui deux larmes, qui le rani-
mèrent. Il fourit, en revenant à lui-
même; ce qui raffura Chriftine, & fit
fuccéder au ton naturel & compâtiffant,
ce petit air de dédain, que la Fille d'un
Noble provincial ne peut, en-confcience,
s'empêcher d'avoir avec fes Inférieurs.
Mais cet air ne fit qu'enflâmer davantage le cœur de Victorin : il remarqua
fur-tout, que la belle Chriftine venait de
mettre fur fon fein une rose, dont le
milieu était teint de fon fang. Il la
regarda s'éloigner : Telle une Nymphe à
la tâille légère, foule d'un piéd délicat
le tendre gazon des bofquets.

A-peine Chriftine eut-elle quitté Victorin, que le Jeune-homme trouva un
de ces Papillons – mouches à trompes
dont j'ai parlé, qui fucent les fleurs fans
fe poser, & dont le vol femble conti-

nuel. Il tâcha de prendre vivant cet
Insecte, & lorsqu'il le tint, il s'efforça
de deviner le mécanisme de son vol,
en examinant le mouvement de ses aîles.
Il fut longtemps dans cette méditation ;
& lorsqu'il crut avoir pénétré le secret
de la nature, il commença ses essais.

Deux années entières de travail &
d'ardeur, que Jean Vezinier eût sans-
doute abrégées, ne produisirent rien
que d'informe & de peu d'effet, comparé à ce qu'il voulait exécuter, & à la
perfection de la nature. Cependant
Christine augmentait en âge & en beauté.
On parla de la marier. Victorin en
frémit, & redoubla d'efforts. Il examinait tous les vols, tant des Insectes que
des Oiseaus. Celui du Papillon, lui
parut d'un mécanisme facile à imiter ;
mais il falait un ressort trop-puissant, &
des aîles trop-grandes. Il en revint &
à celui des Perdrix, qui se rapprochait
du genre de vol de son Papillon-mouche ;
il en examina de nouveau l'articulation.

C ij

Celui des Oies & des gros Oiseaus paraît
facile ; mais il eſt lourd, & demande
un air plus épais, c'eſt-à-dire plus con-
denſé par le froid ; comme celui qui
règne à une grande hauteur. Il fit
toutes ces réflexions, quoique ſimple
Paysan, jeune & ſans aide. Que ne
peut l'amour ! Ah ! c'eſt lui-ſeul qui fut
l'inventeur de tous les arts ! ... Enfin
Victorin perfectionna l'invention de Jean
Vezinier ; ſa machine lui donna, par le
mouvement rapide de ſon rouage, le
vol de la Perdrix pour ſ'élever de terre :
& par un mouvement plus lent, le vol
des gros Oiseaus-de-paſſage, qui ne
battent l'air qu'à des temps marqués &
diſtincts. Il compoſa ſes aîles de l'étoffe
de ſoie la plus légère ; il les ſoutint par
des fanons de baleine, plus forts à
l'origine, & qui diminuant peu-à-peu,
reſſemblaient aſſés aux côtes des plumes
des Oiseaus.

Il porta ſes aîles ainſi perfectionnées,
dans la campagne deserte, pour en faire

un nouvel eſſai en grand : Il ſ'était
auparavant eſſayé dans la cour de ſon
Père, durant le temps des offices les
dimanches, où tout le monde eſt à l'é-
glise. Mais il n'avait oſé ſ'élever, ſoit
de-peur d'être apperçu par des Enfans,
ſoit par la crainte de quelqu'accident
qui l'eût forcé à recevoir du ſecours &
à trahir ſon ſecret. Il partit dès le
matin pour l'endroit ſolitaire, déterminé
à courir tous les riſques, & à ſ'élever
le plus haut poſſible, dût-il perdre la vie
dans cet eſſai. Perdre Chriſtine, était
bien un autre malheur !

Arrivé ſur une colline isolée, Victorin ſ'ajuſta ſes aîles : Une large & forte
courroie, qu'il avait fait préparer au
Bourrelier, lui ceignait les reins ; deux
autres plus petites, attachées à des brodequins, lui garniſſaient latéralement
chaque jambe & chaque cuiſſe, puis venaient paſſer dans une boucle-de-cuir,
fixée à la ceinture des reins : deux bandes fort-larges ſe continuaient le long

des côtes, & joignaient un chaperon,
qui garniſſait les épaules par quatre
bandes, entre leſquelles paſſaient les bras.
Deux fortes baleines mobiles, dont la
base était appuyée ſur les brodequins,
pour que les piéds puſſent les mettre en
jeu, ſe continuaient ſur les côtés ; aſſu-
jétis par de petits anneaux de buis huilés,
& montaient audeſſus de la tête, afin que
le taffetas des aîles ſe prolongeât juſque-
là. Les aîles, attachées aux deux bandes
latérales extérieures, étaient placées de-
façon, qu'elles portaient l'Homme dans
toute ſa longueur, y compris la tête &
la moitié des jambes. Une ſorte de paraſol très-pointu, & qui dans ſon exten-
ſion, était retenu par ſix cordons de
ſoie, ſervait à faire avancer, à aider
à lever la tête, ou à prendre une ſituation tout-à-fait perpendiculaire. Comme
l'Homme-volant devait pouvoir faire
uſage de ſes deux mains, le reſſort
qui donnait le mouvement aux aîles,
était mis en jeu par deux courroies qui

paffaient fous la plante de chaque piéd ; de-forte que pour voler, il falait faire le mouvement ordinaire de la marche, mouvement qui par-conféquent pouvait f'accélérer & fe ralentir à-volonté. Les deux piéds donnaient chacun un mouvement complet aux deux aîles ; il les dilataient & les fesaient battre fimultanément : mais par l'effet d'un petit rouage, le piéd-droit opérait l'alongement du parafol fermé, & le piéd-gauche le ramenait en le r'ouvrant : ce mécanifme était exécuté par les deux baleines collatérales, mues par une roue à deux crans qui paffait fous les piéds, & qui en tournant du même côté, tirait la baleine gauche, & en continuant, accrochait un bouton de la baleine droite, pour la pouffer. Ces mêmes refforts pouvaient auffi être mus avec la main. On rendait le vol ftationnaire, ou perpendiculaire, par une certaine compreffion des aîles, effectuée par deux cordons qui venaient de fous les aiffelles, & paffaient dans une mento-

C iv

nière, à laquelle la tête donnait le mouvement : l'effet des deux cordons était de
faire baisser la pointe du parasol, & de la
diriger dans tous les sens possibles. Les
rouages de cette machine volante n'é-
taient que de buis ; mais ils fatiguaient
peu, à-l'exception des deux dents, & de
leurs appuis, qui étaient d'acier poli,
adouci par une matière onctueuse : la
seule partie sujette à périr par le frotte-
ment, était la sangle qui fesait mouvoir le
ressort des aîles : elle était de soie, mais de
la plus grande force, & l'Homme-volant
en avait toujours plusieurs dans sa poche : il la visitait à chaque-fois qu'il se
mettait au vol, & il n'attendait jamais
qu'elle fût trop-usée pour en changer.
L'avantage qu'il y avait, c'est qu'une-fois
en l'air, la sangle de soie fatiguait si peu,
qu'elle pouvait suffire à un voyage de
long-cours. Après quelques semaines
d'expériences, Victorin trouva-moyen
d'ajouter à sa machine un second ressort,
pareil au premier, quoique plus faible,

capable, en cas d'accident, de le foutenir en l'air, pendant qu'il remettrait une
fangle au reffort principal (*).

Victorin étant donc arrivé fur une colline, monta fur un petit rocher, &
donna à fes aîles d'abord le mouvement
rapide du vol de Perdrix. Il f'éleva ainfi
de terre avec affés de facilité. Mais le
peu d'habitude de fe trouver en l'air lui
donnait des étourdiffemens; il ne put
f'élever qu'en fermant les yeux. Il
fentit bientôt un degré de froid affés confidérable, & fur-tout il trouva qu'il plâ-
nait avec tant d'aifance, que le plus léger mouvement de fes jambes donnait
aux aîles la force de le foutenir. Il ouvrit un inftant les yeux, & fe vit à une
hauteur prodigieufe. Il tira pour-lors
les deux cordons, deftinés à mouvoir
en tous fens le parafol pointu, & dirigea la pointe en enbas; ce qui le fit
redefcendre affés vîte : Lorfqu'il fe vit

(*) *Voyez* la I.re Figure, qui repréfente cette
machine, & l'Homme qui la meut prêt à voler.

C v

proche de terre, il la tint horizonta-
lement, pour regâgner la colline & le
rocher, dont il s'était éloigné de plus de
deux lieues, quoiqu'il n'eût volé qu'environ quinze minutes ; tant son vol était
rapide, & il s'y posa, en pliant le tafetas des jambes, & doublant le mouvement érecteur.

Ce fut ainsi que Victorin sut donner
à ses aîles, au moyen de la direction du
parasol, trois sortes de vols, l'*érecteur*,
qui élevait de terre ; le *dépresseur*, qui
y ramenait ; & l'*horizontal*, par lequel
on alait en avant : avec de l'habitude,
l'Homme-volant pouvait fondre ensemble ces trois directions, par des change-
mens presque simultanés.

Victorin, après différens essais que le
succès couronna, plia ses aîles factices,
& revint chés lui très-content. Il perfectionna certains défauts qu'il avait remarqués, & plein de confiance, il
osa entreprendre une-nuit, un trajet
considérable. Il fesait le plus beau clair-

de-lune : Victorin sortit de sa chambre-
à-coucher sans être vu de Personne, &,
de la cour même de la maison paternelle,
au-moyen de son parasol, il s'éleva
audessus des bâtimens : la demie-obscu-
rité fesait qu'il était moins effrayé de la
hauteur où il se trouvait ; de-sorte qu'il
resolut de passer sur le château du Père
de Christine. Il dirigea son vol, en
suivant le chemin terrestre, qu'il ne per-
dait pas de vue, & parvint audessus de
l'heureus asile de l'Objet qu'il adorait.
Il y vit encore de la lumière, & il tâcha
de s'approcher de la croisée. Mais le
bruit de ses aîles & de son rouage, dans
le silence de la nuit, était si-fort, qu'il
éveilla les Chiens du château ; ils se
mirent à aboyer, avec un bruit effrayant.
Tout le monde mit la tête à la fenêtre,
& Victorin eut le plaisir de voir Christine. Le vieux Seigneur ayant jeté
les yeux en l'air, il fut très-surpris
d'y voir un Oiseau si gros, qu'il n'avait
jamais entendu parler d'un pareil.
C vj

M.ʳ De-***, qui craignit de le perdre
de vue, s'écria qu'on lui donnât son
fusil-à-deux-coups : on l'apporta, &
Victorin, quoiqu'à regret, fut obligé de
s'éloigner. Lorsqu'il fut à une grande
hauteur, il s'avisa de chanter ces mots,
que l'air plus sonore dans les régions
élevées, rendit très-intelligible :

> Belle Christine, que j'adore,
> Et dont les attraits sont si doux,
> Faut-il donc m'éloigner de vous ?
> J'espérais attendre l'aurore
>   Dans ces lieux embellis
>   Par votre présence ;
>   On m'en chasse, & je fuis,
> Mais je conserve l'espérance.

Tout le château entendit ce couplet,
& il y causa le plus grand étonnement ;
mais on ne sut d'où partait la voix qui
venait de le chanter. On chercha même
par-tout très-vainement. Enfin, la belle
Christine se retira dans sa chambre, &
Victorin n'espérant plus de voir la Souveraine de ses pensées, dirigea son vol du
côté de la Ville la plus voisine, qui était

à fept lieues de là. Il y arriva en moins d'une heure, & enleva une Jeune-fille à des Libertins qui l'avaient attaquée. Il la remit chés elle par la fenêtre, qu'elle lui indiqua, quoiqu'à-demi-évanouie de frayeur, le croyant le Diable, puis un Ange : ce qui fit beaucoup de bruit le lendemain. Content de cet efĺai, il f'en revint chés fon Père, rentra dans fa chambre, & fe mit au lit.

Le matin, il examina la petite fangle de foie qui fefait aler le reffort ; il la trouva prefqu'ufée : il en fut effrayé ; il employa la journée à trouver le reffort de-foutien dont j'ai parlé, pour éviter de tomber à terre, & de fe caffer le cou, comme le pauvre Jean Vezinier, dans le cas où cette fangle effencielle viendrait à manquer.

Cependant les avantures de la nuit fefaient grand-bruit au château, à la Ville, & dans tout le canton : cent Perfonnes, qui n'avaient rien vu, ni entendu, affuraient cependant avoir

très - bien diftingué le gros Oiseau.
Le couplet qu'il avait chanté, fut répété, copié de toutes les façons poffibles,
hors la véritable. Victorin en rit beaucoup en lui-même, & il comprit par-là
quel fond on doit faire fur les bruits
populaires. Il ala le même jour au château, & ayant appris que mademoiselle
Chriftine était au jardin, il f'y rendit,
& ne tarda pas à fe trouver à-portée d'en
être vu.

Dès qu'elle l'apperçut, elle lui fit figne
d'approcher. —Eh-bien, Monfieur Victorin, avez-vous auffi vu le gros Oiseau?
—Oui, Mademoiselle, & mieux que Perfonne, je vous affure. —Pas mieux que
mon Papa ni moi; car nous l'avons vu
comme je vous vois. —Je ne difpute
pas contre vous, Mademoiselle : mais je
l'ai très-bien vu, & j'ai très-bien entendu fa chanfon ; car je l'ai retenue, &
j'en ai fait une copie. —Voyons, dit
Chriftine : je connaîtrai par-là fi vous
l'avez bien vu : car de trente Perfonnes

qui ont voulu me la répéter ce matin,
il n'en est pas une qui soit tombée juste-.
Christine prit la chanson des mains de
Victorin, & la lut avec étonnement.
—C'est précisément cela, lui dit-elle,
en rougissant un-peu. Mais où étiez-
vous donc? —Je vous assure, Mademoiselle, que je n'ai pas fait un pas pour
sortir de chés mon Père : mais comme
l'Oiseau qui l'a chantée était fort-élevé,
on l'a entendu de-loin. —Êtes-vous
dans votre bon-sens, répondit Christine ?
Vous voudriez me persuader, que c'est
le gros Oiseau qui a chanté ! Vous ne
me ferez pas croire non-plus que vous
n'étiez pas aux environs du château, &
je n'aime pas qu'on me mente ? —Je
n'ai dit que l'exacte vérité, Mademoiselle, lorsque je vous ai assuré que je
n'ai pas fait un pas, pour sortir de chés
mon Père ; je vous respecte trop pour
vous mentir. —Cela est singulier ! dit
Christine à sa Femme-de-chambre : car
je le crois; Victorin n'est pas un men-

teur,.... Je garde votre copie, dit-elle au Fils du Procureur-fiscal; vous le voulez-bien? —C'est un bonheur pour moi, Mademoiselle, plus grand que je ne l'espérais. —Voila encore de belles roses : mais je vous avertis que si vous vous faites seulement un égratignure, je ne les prendrai pas-. Victorin vola au buisson de roses blanches; il cueillit les plus belles, sans se piquer, ou du-moins, sans qu'on le vît, & il les apporta à Christine, qui les mit sur son sein. Elles y furent à-peine, que la plus belle quitta son pédicule, & tomba : Victorin se précipita pour la ramasser ; mais ne pouvant la rendre, il la porta vivement deux-fois à sa bouche, & courut en cueillir une-autre. Christine avait remarqué son action, & elle en avait rougi : mais Victorin était si beau-garçon, qu'elle ne put s'en fâcher. Le Jeune-homme rapporta une belle rose, que Christine reçut avec embarras. Elle continua sa promenade, en se fesant dire par Victorin les noms champêtres des différentes plantes qui ornaient le jardin. Quels heureus inftans! Victorin fe croyait dans les cieux. Enfin Chriftine rentra, & il falut que l'amoureus Jeune-homme s'en-retournât chés le Procureur-fiscal fon père.

De raviffantes chimères l'occupèrent en chemin : Il fe figura qu'il avait enlevé Chriftine; qu'il l'avait portée dans un endroit charmant & inacceffible; qu'il en était aimé, & qu'ils vivaient heureus, dans une pleine liberté. Cette idée le fesait tréfaillir, & il forma la resolution de chercher à l'effectuer.

Afin d'y parvenir plus aisément, il pria fon Père, qui était riche, de le placer à la Ville chés un Procureur, pour y apprendre un-peu de pratique, fcience abfolument néceffaire dans les campagnes, pour quiconque ne veut pas être devoié par la Baffe-juftice, beaucoup plus tracaffière que la Haute. C'était précisément le deffein du Procureur-fifcal ; fon Fils ne fit que feconder fes vues par cette demande , qui lui attira des éloges. Victorin fut équippé à neuf, & à la mode ; on lui donna une petite fomme d'argent, & quand tout fut prêt, on fixa le jour du départ. On était à la veille : mais Victorin ne f'était pas en-dormi. Comme fa province était le Dauphiné, le bourg de ***, fa patrie, ne fe trouvait qu'à cinq ou fix lieues du *Mont - inacceffible* ; ainfi nommé , parce-que cette montagne a la figure d'un pain-de-fucre renverfé. Victorin prétextant une partie de chaffe , était parti un matin avant-jour avec fes aîles, & des provisions pour la journée. Dès qu'il avait été dans la campagne, il f'é-tait envolé vers le Mont-inacceffible, & il y arriva à l'aurore naiffante. Il trouva fur cette montagne, une efplanade très-agréable , avec un petit filet d'eau, qui filtrait entre des rochers, & rentrait dans la terre prefqu'auffitôt qu'il en était forti. Une douce pelouse tapiffait cet endroit charmant : du côté du nord, on voyait un caverne aflés profonde, & du côté du midi, les bords efcarpés du mont étaient garnis d'arbriffeaux, prefque tous couverts des nids de mille Oifeaus différens. Il y avait aufli quelques arbres fauvages, & entr'autres un châtaignier. Un effaim d'Abeilles bourdonnait autour d'un rocher exposé au midi, & fendu affés profondément pour loger ces utiles Infeétes. Viétorin paffa la journée dans ce joli endroit, où il eut la fatiffaétion d'appercevoir quelques Chèvres fauvages. Lorfque la chaleur du jour fut à fon plus haut degré, il parcourut fon nouveau domaine, pour voir f'il ne recelait pas quelques Bêtesvenimeufes ; il trouva en-effet deux ou trois Couleuvres, qu'il tua. Enfuite il vola fur les rochers qui recouvraient la caverne, d'où il découvrit une autre efplanade, qui lui parut un lieu fortagréable pour l'été, à-cause de fa fraîcheur & de l'ombre qu'y entretenaient

les rochers. Il s'y abbatit & le visita :
il n'y trouva aucun Reptile venimeus,
mais beaucoup de Tourterelles & de Pigeons-ramiers. Il y avait cinq à six petites fources, qui paraiffaient produites
par le cratère d'un ancien volcan, tout
rempli d'une glace qui ne fe fondait qu'à-
peine dans les plus grandes chaleurs,
attendu que le Soleil ne pouvait y porter fes rayons ; ce cratère formait une
glacière naturelle. Il bût de cette eau,
& la trouva excellente. —Voici, dit-
il en lui-même, mon palais-d'été ; c'eft
ici que la belle Chriftine confervera les
lis de fon teint : l'autre efplanade fera
mon féjour d'hiver, de printemps &
d'automne-. Après avoir tout examiné,
il fit un repas qu'il eût bien-voulu partager avec Chriftine ; & fes forces étant
réparées, il s'éleva dans les airs à une
hauteur effrayante, s'effayant de voler
plus hardiment que jamais : il s'abbaiffait
enfuite rapidement, s'exerçant à varier
la direction du parafol pointu, & à faisir

en se relevant de gros morceaux de rocher avec ses deux mains, tandis que ses
piéds fesaient aler très-vivement son ressort érecteur. Il rendait son vol hori-
-zontal, au moyen de sa mentonière, sans
lâcher sa charge, & se maintenait en
volant à une assés grande hauteur, pour
dérober sa route aux Hommes d'ici-bas.

Tous ses essais lui réüssirent assés-bien,
après néanmoins qu'il les eut recommen-
cés plusieurs-fois : & la nuit étant venue,
il s'en retourna à la maison-paternelle ;
ce qui était tout-au-plûs l'affaire d'une
heure ou une heure-&-demie. Transporté de joie de sa découverte, il resolut d'employer toutes les nuits qui lui
restaient jusqu'à son départ pour la Ville,
à porter différentes choses sur le Mont-
inaccessible ; comme des instrumens d'a-
griculture, des habits, du linge qu'il sut
se procurer. Il y porta aussi des Poules, des Lapins, & même deux Agneaux
mâle & femelle. Il fit plûs ; ayant un-
soir apperçu dans la cour du château

beaucoup de linge appartenant à Chriftine & à fa Femme-de-chambre ; des deshabillers blancs, des bas, &c.ª, qu'on y fesait fécher, après la leffive (on n'en fesait qu'une par an), il y vola durant la nuit, forma plufieurs paquets, & en trois voyages, il porta fur le Mont-inacceffible, prefque tout ce qui appartenait à la Fille du Seigneur. Il y eut grande rumeur le lendemain au château : on fit des perquifitions ; on accufa différentes Perfonnes ; mais comme il était impoffible qu'on acquît aucune preuve ; que le linge ne fe trouvait nulle-part, ni chés les Marchands des Villes voifines, ni aux Foires, on ne put inquietter férieufement quî que ce fût.

Après ce coup important, Victorin ala paffer encore un-jour fur fa montagne, qu'il aurait pu regarder comme fon petit-empire ; f'il n'avait eu lui-même une Souveraine, qui ne le laiffait pas feulement difposer de fa Perfonne. Il f'exerça de-nouveau à voler, à porter de pesans fardeaux : Il arrangea des retraites commodes à fes Poules, à fes Agneaux ; ce qui lui prit très-peu de temps, parce-qu'il trouva beaucoup d'abris fous les rochers. Il commença enfuite à cultiver un petit quarré de terre : il le prépara pour y planter des feps de vignes, qu'il fe propofa d'arracher dans le jardin de fon Père. Ce qu'il exécuta dès la nuit fuivante : & comme les trous étaient préparés, il n'eut qu'à les apporter dans des manequins, où il les mit avec la terre, pour qu'ils repriffent plus facilement.

Il fit enfuite réflexion, qu'il faudrait mettre-là Quelqu'un pour avoir foin de de fes Agneaux, des Poules, &c.ª, qui auraient pu fe perdre, ou tout-aumoins devenir fauvages. Il y avait dans le bourg une Bellefœur de J. Vezinier, reftée veuve fort jeune & fans Enfans. Cette Femme n'avait pas été fage, après la mort de fon Mari, & l'on croit que ç'avait été Jean fon Beaufrère, qui l'avait féduite le premier. Quoi qu'il en foit, cette Femme avait eu une fille Bâtarde, qu'elle avait nourrie elle-même, & élevée : mais cette petite Infortunée était exposée au mépris & à la rifée des autres Enfans ; ce qui mortifiait beaucoup fa Mère. Victorin crut qu'il ferait plaisir à ces deux Créatures, de les porter fur le Mont-inacceffible, où il les nourrirait, & de les y charger, non-feulement du foin de fes Animaux, mais de cultiver un Jardin, & de commencer à femer quelque terrein en bléd. Cette resolution prise, il travailla à l'exécution. Un-foir, en fe promenant dans le Bourg, il apperçut la-Vezinier feule avec fa Fille, qui prenaient l'air à leur porte, fans ofer aler caufer avec les Gens du voifinage. Il les aborda, & leur dit, qu'il avait à leur parler ; mais que ne voulant pas être vu, elles n'avaient qu'à fe rendre dans un endroit écarté, qu'il leur indiqua. Pendant qu'elles y alaient, Victorin ajufta fes aîles,

aîles, s'éleva dans les airs; & comme il avait dit à la Mère & à la Fille de monter sur une pierre, pour qu'il les apperçût de loin, & ne fût pas obligé de les appeler, il fondit sur elles, & les emporta toutes-deux, au-moyen de deux larges sangles, dont il les entoura audessous des aisselles. Elles perdirent connaissance de frayeur : & Victorin redoublant de force se rendit, avec son fardeau, sur le Mont-inaccessible, en moins d'une heure. Il les y posa auprès des provisions qu'il leur avait apportées, leur jeta de l'eau au visage, & lorsqu'il les vit revenir, il s'éloigna, sans en être vu : mais comme la Mère savait très-bien lire, il lui traça sur un papier, ce qu'elle avait à faire. Revenue à elle même, cette Femme le lut ; elle y vit la promesse qu'on ne la laisserait pas manquer d'alimens, & que bientôt on lui donnerait de la compagnie. Ce qui la consola un-peu : mais elle avait une étrange idée de son enlèvement: comme

elle voyait une terre fans Habitans, elle
f'y crut portée par le Diable, en punition de fa conduite paffée.   Elle exécuta
cependant ce qui lui était ordonné, &
fe mit à travailler avec fa Fille.   Victorin lui apportait de temps-à-autre des
provisions, durant la nuit, & fans fe
montrer, &c.ª

Pour lui, de retour chés fon Père,
il fe mit au lit, & dormit affés-tard.
Tout fait fenfation dans un petit Bourg:
le lendemain à fon reveil, il entendit tout
le monde parler de la difparition de la-
Vezinier & de fa Fille.   On difait qu'elles
f'en étaient alées par déplaifance; mais
on était bien-furpris qu'elles n'euffent
pas vendu leur bien, ni même leurs uftenfiles : on chercha dans tous les puits,
de-peur qu'elles ne f'y fuffent jetées; on
fit des enquêtes dans les Villages circon-
voifins, fur les routes : mais on ne découvrit rien; & ce fut alors que de Bon-
nes-âmes dirent que le Diable les avait
emportées : ce qui fut bientôt regardé

comme certain par toutes les Vieilles du canton.

Au-moyen de ces préparatifs, Victorin avait un plan fixe & déterminé. Il ne manqua pas de se présenter presque tous les jours dans les jardins du château, & de tâcher de se rendre agréable à Christine par ses prévenances. Il y réussit. La veille de son départ pour la Ville, il avait vu la Fille du Seigneur dans la journée, & en la rencontrant, elle lui avait souri d'une manière très-obligeante. Il la suivit sans affectation. La belle Christine, soit exprès, soit par inattention, laissa tomber son éventail, & continua de marcher: Victorin le ramassa, & courut le rendre; mais en chemin, il y porta cinq à six-fois la bouche, & Christine l'apperçut: Elle le reçut pourtant d'un air gracieux: elle était seule en ce moment. Elle lui fit des questions. Elle lui demanda s'il avait une Maîtresse? —Oui, mademoiselle. —Est-elle belle? —Comme la rose éclose de ce matin. —Vous aime-t-elle?... Oh! sans-doute, ajouta-t-elle précipitamment. —Hélas! non! dit Victorin, avec un soupir. —Elle est donc bien-peu connaisseuse, ou bien-fière? —Oui, Mademoiselle, elle est fière : mais elle a raison de l'être : Je ne suis rien auprès d'elle. —C'est donc une grande Dame! —C'est plus que cela, Mademoiselle; c'est la Beauté même; un Roi ne serait pas trop pour elle. —Vous piquez ma curiosité : où cette Belle se cache-t-elle donc? —Parmi les lis & les roses : elle habite des lieux charmans, qu'elle embellit encore. —Vous avez donc lu des Romans, Monsieur Victorin? —Oui, Mademoiselle : j'ai lu *Cyrus*, *Polexandre*, *Clélie*, *Astrée*, & *la Princesse de Clèves*, qui m'a plu bien-d'avantage encore. —Je m'en suis doutée, à vous entendre parler. —Ah! Mademoiselle, c'est beaucoup d'honneur que vous me faites. —Il faut lire les Romans anglais, *Paméla*,

Clariffe, *Grandiffon*. —Je ne les ai pas. —Je dirai à Julienne de vous les prêter. Mais n'alez pas devenir un *Lovelace*, aumoins ! —Dès que vous me le défendez, Mademoiselle, je vous affure que je ne le deviendrai pas-.

Chriftine fourit de l'air naïf avec lequel Victorin lui répondait : Mais étant parvenue aubout de l'alée, elle apperçut fon Père, fa Mère, & quelques Amis, fort près-d'elle. Chriftine rougit de fa familiarité avec le Fils d'un Procureur-fifcal. Elle prit fon petit air dédaigneus, encore charmant, malgré qu'elle en eût, pour lui dire, —Adieu, Victorin-.

Le Jeune-homme falua la Compagnie en fe retirant, du meilleur air qu'il lui fut poffible : mais il fentait que la gaûcherie pafyanne devait avoir gâté fa révérence. Il quitta le château, bien-resolu de ne rien négliger à la Ville, pour y prendre les belles-manières, avant d'exécuter fes deffeins fur m.lle Chriftine.

D iij

Il partit le lendemain, à cheval, accompagné d'un Domeſtique de ſon Père,
& il arriva le ſoir à ***, chés m.ᵉ *Trois-*
motsparligne, procureur en la Séné-
chauſſée.

Victorin était beau garſon; de vives
couleurs animaient ſes joues; un air
mâle & robuſte, ſans dureté, ſe joignait
à ſa beauté naturelle.   Son but principal
étant de ſe former aux belles-manières,
pour ſe rendre agréable à Chriſtine lorſqu'il l'aurait enlevée, il en fit ſa
première étude.   En voulant plaire, on
plaît.   M.ᵐᵉ *Troismotsparligne* était
une Femme bien-faite, d'environ vingtcinq ans, quoique ſon Mari en eût cinquante bien-ſonnés : de vingt ou même
dix pas, elle pouvait paſſer pour une
jolie Femme; la forme de ſon viſage
était agréable, & ſes couleurs égalaient
preſque celles de Victorin : mais vue
de-près, on trouvait qu'elle était fort-
marquée de petitevérole : ſa démarche
était voluptueuſe, & même laſcive; ſa

tâille admirable ; elle avait une jolie jambe, & le piéd charmant ; aussi en soignait-elle extraordinairement la parure. Ce fut cette Femme, qui fit les premières agaceries à Victorin ; à Victorin, dont les sens neufs & vigoureus, n'avaient besoin que d'une étincelle, pour s'embrâser. Mais que ne peut le véritable amour ! Victorin resista aux attraits, aux avances, aux charmes, aux appas de la Procureuse ; ou s'il y répondit avec quelque politesse, ce ne fut que pour se former aux belles-manières ; car il savait qu'il n'est rien tel que les leçons d'une Femme pour former un Jeune-homme.

Cependant il jeta les yeux sur les Jeunes-gens de condition, qui habitaient la Ville, & chercha des modèles parmi les Égaux de Christine ; bien-convaincu, que le proverbe latin (car il avait appris le Rudiment) *Similis simili gaudet* ; (On ne se plaît qu'avec ses Pareils), est le plus vrai de tous les proverbes.

Il y avait alors, dans cette Ville du

Dauphiné, dont le nom ne fait rien ici,
un jeune Gentilhomme, qui pafiait pour
le Coryphée du canton.   C'était un beau
Garſon, fils d'une Mère plùs que
bonne; riche, fat, & mettant tout ſon
mérite dans ſes habits, ſes broderies,
ſes manchettes, ſes bijous, & un très-
galant équipage, dans lequel il ſe plai-
ſait à rouler ſans but toutes les après-
dînées, environ deux ou trois heures.
Ce fut de cet Élégant, dont Victorin
ambitionna la connaiſſance & même l'a-
mitié. Il avait bien un moyen certain
de ſe concilier tout-cela en un inſtant,
c'était de lui faire part de ſon invention.
Mais le jeune Clerc n'avait-garde! Or
qui avait bien ſu trouver le rare ſecret
de voler en l'air, pouvait bien trouver
celui plus facile de voler à terre.

Un-jour, Victorin rencontra le Petitmaître ſur le rempart, ſeul, côtoyant ſa
voiture, qu'il devait reprendre, en rentrant dans les belles rues de la Ville.
— Monſieur, lui dit-il en l'abordant

avec aisance, je possède un secret, qui peut-être vous fera plaisir : je ferai marcher votre carrosse sans Chevaux-(*). Ces mots excitèrent l'attention du Petitmaître ; il s'arrêta, & voyant un Jeune-homme bien-mis, il lui demanda ce qu'il était. —Je ne suis que Clerc-de-procureur, répondit Victorin ; mais j'ai de brillantes espérances-. Cependant le Petitmaître réfléchissait pour la première-fois, & jetant un coup-d'œil sur ses Chevaux, —Le beau secret, dit-il, qui ferait aler mon carrosse sans son plus bel ornement! —Aussi, répondit Victorin, n'est-ce pas ce que je prétens, Monsieur : vos Chevaux seront au carrosse, mais ils n'y tiendront que par

(*) On a vu en 1779, des *annonces* de la part d'un Homme qui possède le second secret de Victorin : On n'accusera pas mon Ami de l'avoir prêté à son Héros, à-l'imitation de ce Machiniste ; puisque le manuscrit est parafé par feu m.ᵉ *De-Mairobert*, mort avant l'*annonce*. (Joly.

D v

les rênes ; & c'eſt ce qui excitera l'admiration de toute la Ville-.

A ces mots, le Petitmaître tranſporté, tout-ſot, tout-vain, tout-orgueilleus qu'il était, ſe jeta au cou du Clerc-de-procureur, & l'embraſſa deux-fois, en l'appelant ſon cher Ami. —Quand pouvez-vous opérer cette merveille ? lui dit-il. —Vous ſentez, lui répondit Victorin, que je n'emploie aucunèment la magie.... —Quand cela ſerait ! interrompit vivement le Petitmaître... —Mais cela n'eſt pas ; il faut que je diſpose mes reſſorts dans votre carroſſe ; je mettrai la main à l'œuvre dès demain, & dans huit jours au plus tard, vous jouirez du plaisir d'étonner la Ville, d'être célèbre dans toute la Province, dans tout le Royaume, dans toute l'Europe, peut-être dans tous l'Univers : car je veux vous laiſſer l'honneur de l'invention. —Ah ! il ne faudra la communiquer à Perſonne-, ſ'écria le Petitmaître, en pirouettant de joie.

De ce moment, Victorin devint l'intime du Jeune-homme riche ; il le mena par-tout, & l'introduisit dans les meilleures Sociétés de la Ville, comme un Jeune-homme qui avait de *brillantes espérances*, & qu'on pouvait recevoir.

C'était tout ce que demandait Victorin. Il prit le ton du monde, & devint en moins de rien un Cavalier accompli.

Cependant il travaillait au carrosse de son nouvel Ami. Un Serrurier fit le rouage, sans en connaître la destination ; & aubout des huit jours demandés, la machine fut en état. Le Petitmaître pétillait de plaisir. Il monta dans sa voiture, un dimanche à quatre heures après midi, par le plus beau temps du monde : son Cocher mit les Chevaux : on ôta les traits, ce qui confondit cet Homme, & lui fit croire son Maître fou. Mais Victorin avait essayé la machine, & au-moyen de deux bascules, mises en jeu par les piéds du Maître du carrosse, les roües prenaient

le mouvement d'un joli trot de cheval.
Une cheville placée à portée de la main,
fervait à diriger ; en doublant le mouvement, on montait une hauteur, &
en le ralentiffant, on defcendait fans
danger. Le Cocher regardait ftupidement d'abord ; enfuite il fit le figne-de-la-
croix, & f'écria que c'était le Diable.
Son Maître le menaça : mais le Maraud
ne voulait pas remonter ; quelques coups
de canne le mirent à la raison.

Perfonne ne fit d'abord attention à la
merveille du carroffe : mais Victorin
attendait la voiture avec quelques-uns de
fes Amis, dans l'endroit le plus fréquen-
té de la Ville ; il leur fit remarquer ce
phénomène. Ils f'approchent ; ils courent pour fuivre & pour voir le carroffe.
La Populace les imite ; tout eft en l'air, &
le Petitmaître, en jurant, ne peut écarter la Foule : il revint fur fes pas, entre
deux haies d'Admirateurs, & jouit de
toute fa gloire. Quel moment pour un
Sot ! celui-ci ne fe poffédait pas ; il

extravaguait d'aise, de gloire, de fotise
& de plaisir.

Après s'être fuffifamment promené,
il fe retira chés lui, n'en pouvant plus
de laffitude, du mouvement qu'il avait
été obligé de faire avec fes piéds, pour
faire aler fon carroffe. J'oubliais de dire
qu'il fit ôter les Chevaux avant d'entrer
dans fa cour, & que le mouvement n'é-
tant aucunement ralenti par leur abfence,
il acheva de confondre les Incrédules.

Une partie des Spectateurs fe retira
profondement étonnée; tandis que l'autre
(c'était la Populace ignorante) f'en
retourna perfuadée que le Petitmaître
avait fait un pacte avec le Diable.

Qu'on juge de combien de queftions
le Poffeffeur d'un fi beau fecret fut
accâblé dans les Cercles, où il fe montra le refte de la foirée ! fon mérite en
parut cent-fois plus brillant : & beaucoup de Femmes, affés vertueuses jufqu'à ce moment pour méprifer fa fatuité,
furent enfin difpofées à lui rendre les

armes. En profita-t-il ? cela n'eſt pas
de mon récit. —Qui croirait, disaient
de vieilles Folles, qu'un Homme en
apparence ſi léger, ſi frivole, ſ'occupât
d'inventions capables de l'immortaliser !
Voila comme on ſe trompe ſouvent, dans
les jugemens qu'on porte-! Les Gens
ſenſés eux-mêmes étaient fort-ſurpris :
car Perſonne ne ſongeait à Victorin,
qui n'avait l'air que d'un beau Jeune-
homme naïvement ſpirituel, & fort-
neuf..... Mais il eſt temps de revenir
à notre Héros.

Les ſamedis, il retournait au Mont-
inacceſſible, porter des alimens à la Vezinier & à ſa Fille : (ces voyages ſe fesaient
le ſoir ; mais Victorin revenait paſſer l'a-
prèſmidi du dimanche à la Ville : il ſ'ab-
battait dans un petit bois, & revenait à-
piéd) : il ſ'occupait à mettre la grotte en-
état de recevoir Chriſtine. Il y porta
différentes choses, qu'il ſut ſe procurer,
au-moyen des préſens que lui fit ; dans
dans la première chaleur de la recon-

naiſſance, ſon Ami le Petitmaître, un fort-beau lit, des ſiéges, des tables, une commode, & même un ſopha: il y porta auſſi de la vaiſſelle d'argent, des étofes, des gazes, &c.ᵃ Quand tout cela fut à la grotte, il ſongea au ſolide : l'eſplanade du midi pouvait être entiè-rement cultivée, & fournir à la nourriture de trente ou quarante Per-ſonnes. Cette culture alait fort-len-tement entre les mains de la-Vezinier & de ſa Fille ; il leur falait un Aide, & ſur-tout des Chevaux, ou des Bœufs. Victorin connaiſſait dans ſon Village, un pauvre Jeune-homme, amoureus de de la Fille d'un riche Laboureur, chés lequel il était garſon-de-charrue & vi-gneron. Il l'enleva un beau ſoir, & le porta ſur le Mont-inacceſſible, après y avoir placé auparavant trois Chevaux, une charrue, du bléd pour ſemer, &c.ᵃ Il promit à ce pauvre Garſon, qui ne le reconnaiſſait pas, & qui le prit auſſi pour le Diable, comme la Femme & la

petite Bâtarde, de lui apporter fa Maitreffe, à-condition qu'il en userait bien
avec elle. Il lui montra les provisions,
lui ordonna de travailler à défricher
avec les deux Femmes, & lui promit
de les visiter tous les huit jours.

Victorin n'avait-garde d'enlever la
Fille du Laboureur, qu'il ne fût fûr
que Perfonne ne foupçonnait le fort du
Garfon-de-charrue : il attendait auffi
l'occafion favorable pour f'en faifir
durant la nuit, afin de n'être vu de Perfonne, & cette occafion était rare à
trouver, attendu qu'il lui fâlait aumoins
une heure de nuit pour venir de la Ville
à fon Village, & qu'il ne pouvait pas
faire ce voyage bien-fouvent. Mais
enfin le hasard le favorisa audelà de fes
efpérances : La Jeune-fille laiffa un-foir
tout le linge-de-corps de fa Mère & le
fien étendu dans le jardin : Victorin
arriva, le vit, & l'enleva, ainfi que
des corfets, des jupes, &c.ª Le lendemain, il revint encore, & ayant ap-

perçu le Laboureur caché avec fon fusil
dans un coin du jardin, fa Femme de
l'autre, fes Gens difperfés, il tâcha de découvrir la Fille.   Elle était fur la porte
de la maison, une lumière à la main.   Il
f'élança fur elle, en volant par un arc renverfé; elle pouffa un faible cri, & tomba
en faibleffe: Victorin l'emporta au Mont-
inacceffible, fur lequel il la laiffa, après
avoir averti la-Vezinier & le Garfon,
enjoignant à ce Dernier, fous peine
de la vie, de la refpecter, jufqu'à ce
qu'il eût trouvé moyen de les faire marier.
Ce qui fit beaucoup de plaisir à ce
pauvre Garfon, qui vit bien par-là, que
ce n'était pas le Diable qui l'avait em-
porté, puifque le Diable ne nous induit
qu'au mal : ce fut fa réflexion & celle
de la-Vezinier.   La pauvre *Cathos* fut
bien-étonnée, en revenant à elle-même,
de fe trouver entre les bras de *Joachim!*
Il eut beau-dire, pour la perfuader, que ce
n'était pas lui qui l'avait enlevée; elle
n'en pouvait rien croire, & voulait

s'en retourner chés son Père ; jusqu'au moment où il lui fit voir que cela était impossible, & qu'on ne pouvait sortir du lieu qu'ils habitaient.

On était alors en automne. Cathos fut très-surprise de trouver-là les deux Femmes qu'on avait crues noyées dans un puits ! Toutes-trois, elles aidèrent Joachim dans son travail, & ils ensemencèrent suffisamment de terre pour nourrir dix à douze Personnes. Victorin les venait voir souvent, tant pour leur apporter des provisions, que pour les encourager au travail : quant à lui, il était resolu d'attendre le retour de l'été suivant, avant d'enlever Christine ; à-moins qu'il ne se présentât quelque Parti qui la demandât en mariage. Mais il ne s'en présenta point qui fussent agréés ; de-sorte que Victorin eut le temps d'embellir la demeure qu'il destinait à la Souveraine de ses pensées, & de se préparer même de petits États, dont elle devait être la Reine. Il transporta

fur le Mont-inacceffible un Cordonnier
& une Coîfeuse, qui devait fervir de
Femme-de-chambre ; une Couturière,
un Tâilleur, & une Cuisinière. Enfuite, réfléchiffant que tous ces Gens-là
pourraient bien avoir envie les uns des
autres, un beau-foir, il leur porta un
Prêtre, qu'il inftruisit en route de fes
intentions. Cet Ecclésiaftique dit aux
nouveaux Habitans du Mont-inacceffible,
de fe choisir mutuellement, & qu'il les
alait marier. Le Garfon-de-charrue épou-
sa fa Cathos ; le Cordonnier la Cuisinière ; le Tâilleur la Couturière : reftait
la Coîfeuse, à laquelle Victorin promit
qu'elle aurait bientôt un agréable Mari.

Victorin était fi occupé de fes affaires
particulières, qu'il fesait affés mal celles
de fon Procureur. Il recevait fouvent
des réprimandes : mais la Procureuse
prenait toujours fon parti avec chaleur ; ce qui ne plaisait point-du-tout
à m.e *Troismotsparligne*, qui resolut
de renvoyer un Jeune-homme fi-bien

avec fa Femme. En-conféquence, il écrivit au Père de Victorin, une Lettre de plaintes très-vives, par laquelle il le priait de venir chercher fon Fils. La Procureuse, qui vit la fufcription de cette Lettre, fe douta du contenu ; elle fit enforte de l'efcamoter, lorfque le Procureur la donna à la Servante, pour la porter à la pofte : & elle en fit écrire une autre qui marquait tout le contraire. Le bon Procureur-fifcal fit réponfe en-conféquence, & envoya des préfens de gibier au Procureur ; qui n'y comprit rien : & comme fon Clerc f'était un-peu corrigé, il patienta. Victorin, de fon côté, voyait approcher le terme qu'il f'était fixé pour enlever Chriftine : il f'appercevait que l'amitié du Petitmaître alait fe refroidir, les préfens tariffant déja ; il fe hâta de tout difpofer pour l'exécution de fon important deffein. On dit, mais je ne l'affure pas, que pénétré du dernier bon-procédé de la Procureuse, il lui en témoigna fa reconnaiſſance (mais toujours dans la vue d'achever de ſe former pour Chriſtine), & qu'il reçut d'elle différens petits cadeaux , qui ne contribuèrent pas peu à orner la grotte du Mont-inacceſſible.

Enfin il eut envie de faire un voyage chés ſes Parens. Le Procureur ne demandait pas mieux ; & Victorin partit à cheval : mais il avait eu ſoin , les nuits précédentes , de porter tout ſon bagage dans la grotte , à-l'exception de ſes aîles. Il eſt inutile de peindre ici la réception que lui firent ſes Parens (grâces à la Lettre de l'obligeante Procureuse !) Victorin y répondit : mais il brûlait de ſe montrer au château.

L'occaſion ſ'en préſenta dès le même ſoir , pour une petite affaire , que le Procureur-fiſcal voulait communiquer à ſon Seigneur. Il envoya ſon Fils , comme mieux parlant , & mieux inſtruit.

Victorin fit une toilette , avant que de ſe préſenter , & ſe mit avec ce goût exquis , dans lequel excellent les Sots , (quoiqu'il ne le fût pas), & qui feul avait fait la réputation du Petitmaître. Il arrive brillant : on l'annonce. Le Seigneur était à table avec une Compagnie nombreuse. —C'eft Victorin ! le Fils de mon Procureur-fifcal, Mesdames. —Qu'il entre-! Un beau Cavalier paraît. Le cœur de Chriftine treffaillit. Un fourire obligeant dérida le visage des fix Dames, qui déja f'était monté fur un air dédaigneus. Le Seigneur lui-même, en voyant le jeune Paysan bien-mis, qui faluait avec une grâce infinie, ne pût fe défendre d'un fentiment de refpect, ou qui en approchait beaucoup, puifqu'il reconnut Victorin, & cependant l'appela *Monfieur.* Le Jeune-homme f'acquitta de fa commiffion, en beaux termes & avec intelligence. —Je fuis fort-content de vous, répondit le Père de Chriftine : vous n'avez pas perdu votre temps à la Ville, & je vois qu'on m'a dit vrai, fur les belles Connaiffances que vous vous y êtes faites…. Comment diable ! favez-vous, Mesdames, que c'était l'Intime du plus élégant des jeunes Gentilhommes de *** ?

—De qui ? dit une Dame de Ville ; de m.ᵣ *De-Bourbonne ?...* Effectivement, je reconnais *Monfieur !...* Tout le monde lui attribue une merveilleuse invention, par laquelle m.ᵣ De-B*** f'eft promené plusieurs fois dans toute la Ville, avec un carroffe qui alait tout-feul. —Qui alait tout-feul ! f'écrièrent les autres Dames : ah ! *Monfieur* va nous expliquer cela ! —Afféyez-vous-là, lui dit le Seigneur.... Vous permettez, Mefdames ? —Ah ! mondieu - oui ! m.ᵣ De-B*** nous vaut bien, & il a mangé avec lui, dit la Dame de Ville, très-habituellement. —Un couvert-! f'écria le Maître. Et Victorin, traité de *Monfieur*, fut affis tout-à-côté de Chriftine, à laquelle il fembla en demander pardon, par un très-refpectueus regard.

—Eh-bien, dit le Seigneur, contez nous donc un - peu cette invention ?

—Elle eſt-bien de m.ʳ De-B✳✳✳, répondit modeſtement le Jeune-homme.
—Ah! vous lui gardez le ſecret! ſ'écria
la Dame de Ville! Tout ✳✳✳ ſait qu'elle
eſt de vous, & m.ʳ De-B✳✳✳ en eſt
convenu avec ſa Mère. —Je puis y
avoir aidé. —Parbleu, mon cher Victorin, dit le Seigneur tranſporté de joie,
tu m'en feras une pareille. —Je ferai
davantage, ᴍonſieur: très-ſouvent ſix
Chevaux ne peuvent tirer la voiture
aux engrais, du trou où on les amaſſe;
je vous ferai une machine qui l'en tirera
avec un ſeul Cheval! —Ah! je te quitte
de l'autre, dit le bon Seigneur tranſporté
de joie! voila de l'utile!... Mais,
mon cher Enfant, ſais-tu que ta fortune
eſt faite, ſi tu le veux? —Je n'ai pas
d'ambition, répondit Victorin, & ſi le
cœur humain n'était pas ſuſceptible
d'une paſſion plus douce, je ſerais parfaitement heureus dans mon état-... Et
ſes yeux ſe tournèrent involontairement
ſur Chriſtine, avec une expreſſion de
reſpect

repect & de tendreffe, que probablement
la jeune Demoiselle fentit, car elle devint comme une rose qui s'épanouit au
au lever d'un beau jour. —Tu feras
feulement une petite mifère à la voiture
de Chriftine. —Dès demain-, dit avec
feu le Jeune-homme. Toutes les Dames
retinrent Victorin, & les Hommes lui
préfentèrent une humble requéte. Il
promit de faire ce qu'il pourrait.

Dès le lendemain, il mit la main à
l'œuvre pour fon Seigneur, & au-moyen
du travail qu'il fit faire au Serrurier &
au Charron, il eut achevé la machine en
trois-jours. Il la vint effayer en l'abfence du Père de Chriftine : mais cette
belle Perfonne f'y trouva, & fut témoin
qu'avec le fecours de deux Valets feulement, la machine tira du creus aux engrais, une voiture que fix forts Chevaux
pouvaient à-peine traîner fur un chemin
uni. C'était un talent particulier qu'a-
vait le jeune Victorin pour la mécanique,
aidé par celui de J. Vezinier, qui fans-

I Vol. E

doute, l'eût furpaffé : leur coup-d'effai
pour leurs aîles était bien un autre
chéfd'œuvre ! Victorin f'en-retourna
chés fon Père, avant l'arrivée du Seigneur, voulant laiffer à la belle Chriftine le plaisir de lui faire le récit de ce
qui f'était paffé : il lui avait enfeigné à
faire répéter l'effai de la machine, afin
qu'elle en donnât l'amusement à fon Père.
La jeune Demoiselle ne fut pas infenfible
à cette délicateffe.

Le bon Seigneur à fon retour, fut
infiniment fatiffait. Cependant Victorin
f'occupait de fon projet favori. Il continuait de porter toutes les nuits différentes
choses utiles ou de fimple commodité au
Mont-inacceffible. Il avait le plaisir de
voir fon Laboureur prêt à faire une belle
récolte. Au printemps précédent, il
avait planté un monticule en vignes ;
mais en attendant qu'elles portaffent du
fruit, il avait eu la force, tant fon
reffort était bon, d'y tranfporter quelques demi-tonneaux de vin de Bourgogne

& d'Arbois. Pour faire ces courfes ;
il prétextait différens voyages aux environs : il s'envolait la nuit, arrivait
avant le jour, fesait fes achats, & les
emportait la nuit fuivante, après avoir
eu l'attention de les faire placer à fa
commodité vers le foir.

Enfin tout fut prêt pour recevoir Chriftine. La récolte était faite fur le Mont-
inacceffible : Victorin venait d'achever
un moulin-à-vent pour moudre le bléd ;
toutes les chofes de néceffité étaient conf-
ftruites ; il fe détermina enfin à enlever
fa Maitreffe. Un hazard heureus fit
même qu'il eut le bonheur de pouvoir
s'emparer d'une malle, qui contenait fes
plus beaux atours.

Chriftine devait aler à la Ville : Victorin s'y était fi-bien formé, que le
bon Seigneur crut ce féjour néceffaire à
fa Fille. On était à la veille du départ,
& la voiture était chargée. Victorin
avait tout examiné le foir même. Il
enleva durant la nuit prefque tout ce

qui appartenait à fa Maitrefîe , & fit deux yoyages dans cette même nuit au Mont-inacceffible. Dans le premier, il empor-ta la malle : dans le fecond, il guetta l'inf-tant où Chriftine fortirait pour le départ. Ce devait être de grand-matin , parce-qu'on voulait arriver à la Ville pour dîner.

Il ne fut pas trompé dans fon attente. Au lever de l'aurore, tout fut fur pié au château de B—m—t. Il n'y avait point de lune, & l'obfcurité était parfaite. Victorin, qui f'était déja tant de fois effayé, en enlevant toutes les Perfonnes dont il avait befoin, pour dignement fervir la Souveraine de fes volontés, plâ-nait immobile audeffus du château: tel un Aigle aux ferres crochues, guette un Agneau qui commence à bondir en broûtant dans la plaine fleurie. Chrif-tine enfin parut, précédée de fa Femme-de-chambre qui l'éclairait, & fuivie de fon Père qui jurait contre les Valets pareffeus : elle refta fur le perron ; tandis que la Femme-de-chambre & le

Père, descendirent dans la cour. Ce moment était trop précieux pour ne le pas saisir : Victorin dirigeant en en-bas son parasol érecteur, fondit du haut des airs sur la belle Christine, & l'enleva, en lui disant (*) : —Ne craignez rien, Divinité de mon âme, je vous adore ; ne craignez rien-! Mais la frayeur était la plus forte : Christine se sentant enlever par une espèce de Monstre, poussa un cri perçant & s'évanouit. Ce cri fut entendu de son Père, ainsi que le bruit du vol de Victorin, qu'il prit pour celui de la chûte d'une partie de son château. —Ah ! ma Fille est écrasée-! s'écria-t-il. Et il vola du côté d'où partait le cri. En courant, sa lumière s'éteignit ; mais tout était debout ; rien n'était tombé : il appela Christine ! & Christine ne répondit point à ses cris redoublés. Les Domestiques accoururent : on chercha,

___

(*) *Estampe.* » Victorin paraît au-dessus du » château, tenant Christine évanouie ; assise » sur une large sangle ».

E iij

on tâtonna : Chriſtine ne ſe retrouva plus !.... Pendant ce tumulte, le jour vint ; on crut qu'on alait découvrir enfin ce qu'on tremblait de voir, Chriſtine écrâsée : mais pas la moindre trace ! la Fille du Seigneur était diſparue ! Quelle douleur pour un Père idolâtre d'une Fille ſi méritante & ſi belle !

Cependant Victorin voguait dans la vague des airs, emportant ſa précieuse Proie. Chriſtine était toujours évanouie, & ſon Amant ſe hâtait d'arriver, depeur que venant à reprendre ſes eſprits, & ſe voyant ſi élevée, elle n'éprouvât une trop grande frayeur. Il arriva ſur le Mont-inacceſſible dans l'inſtant où ſa belle Maitreſſe entr'ouvrait les yeux : il n'eut que le temps de ſe desaffubler de ſes aîles, en ôtant ſa casaque de Matelot, pour venir auprès d'elle, & la raſſurer. —Où ſuis-je, lui dit-elle, Victorin ? ah ! que je ſuis charmée de vous voir ! C'eſt donc vous qui m'avez délivrée des ſerres du gros Oiseau, qui

m'emportait?..... Où eſt mon Père?....
Victorin! où eſt-il?.... Comment m'a-
vez-vous délivrée? .—Adorable Chriſtine, helas! vous êtes dans la retraite
du gros Oiseau !.... Mais n'en craignez
rien, tant que je ſerai avec vous. Je
veille à votre ſûreté depuis la première
apparition de ce Monſtre, & j'ai ſu où
il déposait les différentes Perſonnes qu'il
a enlevées. Je lus un-jour à la Ville,
qu'un certain Dédale voulant ſe ſauver de
l'île de Crète, ſe fit des aîles : & comme
je ſuis aſſés inventif, j'ai mis ſur-le-champ
mon eſprit à la torture; pour m'en fa-
briquer auſſi, puiſque la chose était poſſible, & veiller à votre ſûreté, en volant dans les airs comme les Oiseaus.
J'ai eu le bonheur d'y réüſſir, après
différentes tentatives dans un autre genre.
J'étais ſorti ce matin de chés mon Père,
pour venir vous présenter mes reſpects
à votre-départ. J'ai apperçu le gros
Oiseau; je me ſuis douté qu'il méditait
quelque mauvais-coup ; j'ai déployé mes

E iv

aîles toutes prêtes, & je me fuis caché.
Dès que vous avez paru, mes craintes
n'ont été que trop-bien confirmées ! le
gros Oiseau a fondu fur vous; il vous
a enlevée; mais je l'ai fuivi jufqu'ici,
pour lui arracher fa Proie. Nous fommes fur une montagne inacceffible : il
vous y a déposée, & s'eft éloigné, fans-
doute pour très-peu de temps : mais j'ai
un fecret pour le vaincre, & dès qu'il
reparaîtra, j'irai l'attaquer. Le mal,
c'eft que je puis à-la-vérité fortir d'ici;
mais je ne pourrai jamais vous emporter
avec moi. Ainfi, je m'oblige à y vivre
tant que vous y refterez, & à ne m'en
jamais écarter que par vos ordres, &
pour le temps que vous me prefcrirez.
Vous n'y manquerez de rien, belle
Chriftine; je me ferai une loi de remplir
tous vos desirs--.

Chriftine était à-demi-morte, pendant ce difcours, qu'elle n'eut pas la
force d'interrompre. Victorin la fupplia
d'entrer dans la grotte, où elle ferait

plus en fûreté, dans le cas où le gros
Oiseau reviendrait. Elle y confentit par
frayeur, & fut néanmoins agréablement
furprise d'y trouver un appartement auffi
commode, & auffi bien orné que le fien.
Victorin l'y laiffa, fous prétexte d'aler
voir fi le gros Oiseau ne reparaiffait pas,
& le combattre. Dans la vérité, c'était
pour faire la leçon à fes Gens, & leur recommander le fecret, fous peine de la vie.
Il ne f'était pas attendu au bonheur
qui venait d'accompagner l'enlèvement;
mais les idées qu'avait Chriftine changèrent fon plan-de-conduite, & au lieu de
lui avouer fon amour, & d'en faire fervir
l'excès d'excuse à fon crime, il voulait
paraître fon défenfeur, gâgner fon cœur
petit-à-petit, & devenir fon mari par
fon chois, autant que par la néceffité.
Il endoctrina fur-tout la Coîfeuse, qui
devait fervir de Femme-de-chambre :
elle avait de l'intelligence, & il lui
promit un Mari aimable, fi elle lui était
fidelle; en-même-temps qu'il lui prouva

clair comme le jour, qu'elle ne pouvait éviter fa vengeance, fi elle le trahiffait.

Toutes ces précautions prises, Victorin fe barbouilla du fang de quelques Pigeons-ramiers, qu'il tua pour préparer un joli dîner, & rentra tout-effaré auprès de Chriftine, en l'affurant qu'il venait de bleffer, & de mettre en fuite le gros Oiseau: mais qu'il ne pouvait répondre qu'il ne reviendrait pas, ignorant fi fes bleffures étaient mortelles ou non. Chriftine, un-peu raffurée, témoigna fa reconnaiffance à Victorin, qui la détermina à prendre quelques rafraîchiffemens, en attendant le dîner. La Femme-de-chambre & la Cuisinière fe préfentèrent alors, & vinrent s'offrir à Chriftine, comme étant d'une condition inférieure à elle, & fans-doute deftinées à la fervir, par le gros Oiseau, qui les avait exprès enlevées avant elle. Cathos parut, ainfi que la-Vezinier & fa Fille, & toutes trois furent aisément reconnues de Chriftine, qui fe fit racon-

ter par Chacune les moindres circonstances
de leur enlèvement. C'étaient les mêmes
pour toutes.

Victorin épiait à-l'écart tout ce qui
se disait, prêt à se montrer, à la
moindre indiscrétion commençante :
mais il eut lieu d'être content. Il le
fit même sentir aux trois Femmes en
rentrant. Ensuite, Christine ayant
déjeûné, Victorin l'invita à venir faire
un tour dans son nouveau domaine,
pour en prendre possession ; lui dit-il ;
n'y ayant aucune apparence que le gros
Oiseau, fraîchement blessé, osât revenir si vîte. La belle Christine y consentit, & s'appuya sur l'heureus Victorin,
dans les bras duquel elle se jetait au
moindre bruit, comme dans un asile
assuré. Elle visita donc l'esplanade cultivée du midi : On était en automne :
outre la vigne plantée, il y avait au
pié d'un rocher, deux ou trois gros
seps aborigènes du Mont-inaccessible, où
pendaient de très-beaux raisins, parce-
E vj

que Victorin avait tâillé ces feps l'année précédente, & qu'il les avait cultivés. Il enleva Chriftine dans fes bras amoureus, pour qu'elle en cueillît elle-même les grappes qui lui plaîraient d'avantage : enfuite il lui fit voir le ruiffeau ; il lui montra quelques Chèvres fauvages, qu'on avait apprivoifées, & qui fournifaient de très-bon lait, à-caufe des plantes aromatiques dont elles fe nourriffaient. Il la conduifit enfuite auprès de quatre Brebis, provenues des deux que le gros Oiseau (dit-il) y avait fans-doute apportées pleines : Il y avait auffi deux Vaches & un jeune Veau mâle, outre un Cheval & une Jument pour le labour. Il lui fit voir les ruches naturelles que les Abeilles avaient faites dans un rocher couvert de mouffe, & bien abrié du vent du nord. Mais il avait l'air de découvrir tout cela, & de le voir pour la première-fois comme elle : ce qui rendait l'amufement plus vif. Enfin, l'appetit fe fefant fentir, on revint à la grotte pour y dîner. Ce repas fut charmant pour Victorin. Mais il ne faut pas croire que Christine fût tranquile : ses larmes coulaient à-tout-moment, malgré les attentions du Jeune-homme, les soins empressés de sa Femme-de-chambre, qui lui fut tendrement attachée dès le premier jour ; elle ne pouvait se consoler, & l'approche du soir sur-tout l'effraya beaucoup : mais on lui montra si bien qu'elle était en sûreté en s'enfermant, qu'elle se détermina à se mettre au lit. Victorin lui promit de faire sentinelle à sa porte, armé de pié-en-cap : sa Femme-de-chambre coucha avec elle ; les autres Gens du Mont-inaccessible occupèrent les avenues de la grotte, depuis longtemps appropriées pour eux, & très-commodes. Tous ces arrange-mens tranquilisèrent la timide Christine. Elle fit même dire à Victorin, qu'elle ne souffrirait pas qu'il exposât sa vie ou sa santé en passant la nuit ; qu'elle le priait de se conserver pour elle, &c.

Le lendemain, Victorin fongea à procurer des amufemens : le travail de fes
Gens était peu de chose; par-tout où
chacun met la main à l'œuvre, il y a
toujours du temps pour le plaisir : Chriftine n'avait heureusement pas vu la Ville,
& elle ne connaiffait encore, quoique
demoiselle, que les plaisirs champêtres.
Il y eut donc des heures règlées pour
les jeux & les danfes : Victorin avait
apprisà jouer du violon; deforte qu'il fut
l'âme des divertiffemens. Infenfiblement les larmes de Chriftine devinrent
moins amères ; fa douleur ne fut plus
que tendre, & plutôt causée par l'inquiétude fur la fanté d'un Père qu'elle aimait,
& par la certitude qu'il était au defefpoir
de fa perte, que par fon fort à elle-même. Adorée de tout ce qui l'environ-
nait; fervie par un beau Jeune-homme
qui ne lui était pas indifférent, & à quî
elle croyait devoir la vie, où pouvait-
elle être plus heureuse ?

Elle avait fouvent prié Victorin de

tâcher de voler jufques chés fon Père.
Mais il avait toujours différé, fous le
prétexte de la crainte du gros Oiseau;
qui peut-être n'attendait que fon abfence, pour fondre fur le Mont-inacceffible, & la tranfporter dans des
lieux inconnus. Ces raisons paraiffaient
bonnes. Cependant aubout de fix mois,
la tendre Chriftine ne put tenir aux
inquiétudes que lui caufait fon Père,
& elle changeait à-vue-d'œil. Victorin, qui fortait prefque toutes
les nuits du Mont-inacceffible, pour fe
procurer les chofes dont il avait befoin,
favait des nouvelles du bon Seigneur;
mais il ne pouvait en donner. Enfin
un-foir, il fut convenu entre Chriftine
& lui, qu'il partirait dans l'obfcurité,
fans que Perfonne qu'elle le fût, pas
même fa Femme-de-chambre; qu'il
irait au château de B—m—t, & qu'elle
ne fortirait pas de fa grotte, qu'il ne fût
de retour. C'était une épreuve que
Victorin voulait faire. Il fe cacha dans
le fond de la grotte aulieu de partir,

afin de voir f'il pouvait compter fur la difcrétion de fa Maitreffe , & fur celle de fes Gens, au cas où elle leur parlerait.   Il eut tout lieu d'être content. Perfonne ne fe douta qu'il fût parti, parce qu'on entendait toujours le grand bruit que fes aîles fefaient, lorfqu'il fe mettait au vol , (à-moins qu'il n'alât prendre fon vol du haut d'un rocher affés éloigné ; circonftance que tout le monde ignorait.) Le lendemain , il fe préfenta devant Chriftine , comme arrivant du château de B—m—t , ce qui furprit beaucoup fon monde.   Il lui rendit-compte de ce qui f'était paffé depuis l'enlèvement.

   —A-peine eutes-vous été enlevée , Mademoiselle , que m.ʳ votre Père , qui ne pouvait fe douter d'un pareil évènement , vous chercha , & vous fit chercher par-tout : mais jugez de fon étonnement & de fa douleur , quand au grand-jour , on ne vous trouva ni morte ni vive ! La furprise redoubla encore , lorfqu'on découvrit que votre malle , qui était dans la voiture , &

vos effets les plus précieux, étaient dif-
parus. Les foupçons les plus bizarres
f'élevèrent dans l'efprit de votre Père,
& changèrent fon defefpoir en fureur.
Mais tant-mieux! c'eft ce qui l'a fauvé.
On ne tarda pas non-plûs à fonger à
moi. Comme je ne faurais être ici &
chés mon Père, ma difparition me fit
regarder comme votre Ravifleur : m.ᵣ
De-B—m—t m'a fait faire mon procès ,
& je fuis actuellement pendu-en-effigie
dans la grande place de Grenoble♪
C'eft ce qui m'a empêché de me montrer à m.ᵣ votre Père, & de l'inftruire
de votre fort. Je me fuis muni de ce
qu'il falait pour écrire ; vous ferez une
Lettre quelqu'un de ces jours ; je la
porterai à la première occasion favorable, & je la mettrai fur le grand
balcon du château , afin que m.ᵣ votre
Père, qui ne manque jamais d'y aler
fumer fa pipe en fe levant, la trouve le
matin. Mais il ne faut pas que je forte
de-fitôt : car j'ai des preuves certaines

que le gros Oiseau rôde encore par-ici : j'ai apperçu , en m'abbattant fur notre montagne , un nouvel Habitant , qui ne peut y avoir été apporté que par lui : c'eſt un très-joli Garſon (dit Victorin , en regardant la Femme-de-chambre), & qui conviendrait fort, je crois à *Cocote*, fi m.ʳ le gros Oiseau jugeait à-propos d'y amener auſſi un Prêtre , pour la marier avec ce Nouveau-venu.... Mais je m'écarte de ce que Mademoiselle brûle de ſavoir. M.ʳ votre Père ſe porte bien : il ſuffira de lui écrire une Lettre, pour détruire tous ſes ſoupçons, & lui détailler l'exacte vérité ; afin qu'on me faſſe dépendre : les Perſonnes déja enlevées par le gros Oiseau , le convaincront.... —O mon cher Victorin , dit Chriſtine , mon Père n'en a jamais voulu rien croire : il diſait que c'étaient des fables. —Vous voyez, belle Chriſtine ! —Oui, reprit-elle en pleurant , je le vois. —Calmez cette douleur qui me tue, adorable Souveraine

de Tous que nous fommes ici, ou je
ne vous répons pas de vivre. —Je
me calmerai, dit-elle ; mais il faut vous
juftifier auprès d'un Père chéri. —Cela
ne fera pas fi difficile que vous croyez : il
n'eft pas qu'enfin le gros Oifeau ne foit
apperçu : tant de Perfonnes le verront ,
qu'on ne pourra plus en douter : & votre
Lettre alors fera fon effet fur m.ᵉ votre
Papa. —Vous me confolez , Victorin !
Ah ! que je vous dois de reconnaiffance !
—Je fuis tout à vous, belle Chriftine :
difpofez de ma vie. —Oui, j'en difpo-
ferais, f'il était poffible ; mais ce ferait ....
pour la rendre heureufe-.

A ce mot inattendu , Victorin fe jeta
à fes piéds , & f'étant emparé d'une de
fes mains, qu'elle lui abandonna , il la
couvrit de baifers brûlans. —Levez-
vous, lui dit-elle enfin : je n'ai ici que
vous : Hélas ! que ferais-je devenue ,
fans mon cher Victorin ? —Ah ! madame ! que vous me pénétrez par tant
de bonté !.... & que ne puis-je !.... Mais

il eſt impoſſible de ſortir de cette montagne : toute la puiſſance du Roi de
France, & quarante ans de travaux,
ne nous en ôteraient pas : vouloir vous
enlever à l'aide d'une machine auſſi frêle
que mes aîles, ce ſerait nous exposer à
nous briser enſemble ſur un rocher....
Ah! madame! comme ſe vont paſſer
nos beaux jours!.... —Je ne regrette
que les vôtres. —Et moi, madame,
je ne plains que vous-ſeule-... En diſant ces mots, Victorin dévorait les
mains de Chriſtine, qui ne feſait aucun
mouvement pour les retirer. Elle était
fille d'un Seigneur, il eſt vrai, &
Victorin n'était que le Fils du Procureur-
fiſcal ; mais il était roi du Mont-inacceſſible, & Chriſtine voyait bien, quoiqu'on n'obéît qu'à elle, que tout n'alait
que par lui. Enfin l'orgueil & les préjugés de la naiſſance, n'ayant plus de
témoins pour les ſoutenir, ils ſ'éva-
nouiſſaient inſenſiblement, devant le
goût tendre que Victorin avait toujours

inspiré. Le Jeune-homme sentit sa victoire ; mais il voîla sa joie, sous les
témoignages flateurs d'un entier dévoû-
ment. Il ne laissa entrevoir aucune
prétention, & ses lèvres brûlantes, ex-
primèrent seules son amour sur les mains
blanches de Christine. Enfin elle songea
à les retirer : mais ce fut sans colère ;
& le reste de la journée, elle parut fort-
tranquile. Elle se promena avec Victorin, & sa Femme-de-chambre.

Le jeune Amant avait depuis quelques
jours découvert un passage pour entrer
dans le préau-d'été ; il était fort-étroit,
entre deux précipices : il avait eu soin
d'entrelacer autant de branches d'ar-
brisseaux qu'il en avait pu joindre,
pour rassurer la vue : il y fit passer
Christine, en la guidant à chaque pas, &
il feignit de découvrir pour la première-
fois cet endroit charmant, qui paraissait un autre climat. Les fleurs, & la
pelouse y étaient fraîches comme au
printemps, quoiqu'on fût alors au mois

de juillet. Chriftine fut charmée de la découverte de ce nouveau domaine, où dès le lendemain on mena paître le petit troupeau de Moutons, & les Vaches-à-lait. —Ce fera notre féjour d'été, lui dit Victorin, tant qu'il plaîra au Ciel de nous laiffer ici-.

Cependant Chriftine n'oubliait pas d'écrire à fon Père ; elle fit la Lettre fuivante :

Monfieur & très-cher Père ;

Ma plus grande peine, dans le malheur qui m'eft arrivé, c'eft la douleur qu'il vous cause : voila ce qui m'afflige & me desole plûs que tout le refte, depuis que j'ai été enlevée par le gros Oiseau, que vous aviez déja entrevu un-foir : c'eft le même qui avait auparavant enlevé ces deux Femmes qu'on a cru noyées, ainfi que la Cathos Denévres, & le Garfon-de-charrue de fon Père, avec quelques-autres Perfonnes dont nous avions entendu parler : je les ai toutes retrouvées ici, très-cher Père;

le gros Oiseau ne leur a fait aucun mal.
Mais je ne sais trop ce qu'il reservait à
votre Fille, pour laquelle il paraît qu'il avait
pris tout ce monde ; si par un bonheur dont
je ne puis trop remercier le Ciel, je n'avais
eu contre lui le secours du jeune Victorin.
Cet excellent Garçon, auquel sans-doute
nous devons la conservation de mes jours,
ayant épié le gros Oiseau, depuis les
récits, trop méprisés, qui en couraient,
a trouvé le secret, par la grande connaissance que le Ciel lui a donnée de la mécanique, de se faire des aîles, de suivre le
gros Oiseau, & de découvrir sa retraite :
il y est arrivé presqu'aussitôt que moi,
le jour de mon enlèvement ; il a combattu
le gros Oiseau avec tant de courage, qu'il
est parvenu à le chasser du Mont-inaccessible, où il nous a tous portés, & où nous
sommes assés à notre aise pour les besoins
de la vie : en mon particulier, je suis
respectée de tout le monde, comme une
Souveraine ; Victorin est mon premier
sujet, & je sais que c'est à lui que

je dois toute mon autorité. *Aureste , très-respectable & cher Père , vous ne devez avoir aucune inquiétude : Victorin se tient à sa place , & votre Fille fait ce qu'elle se doit. Cet aimable Jeune-homme a seul la faculté de sortir du Mont-inaccessible , & il n'en use que pour me servir. C'est lui qui vous portera cette Lettre. Je vous supplie , très-cher Père , de mettre votre Réponse au même endroit , afin que Victorin puisse la prendre ; car il n'ose ni vous parler , ni même se montrer , attendu qu'il sait qu'on l'a injustement pendu-en-effigie , & que son procès est tout - fait. Vous voudrez donc bien , très-cher Père , tenir vos fenêtres fermées , & ne pas monter sur le donjon d'où vous aimez à découvrir ce qui se passe à la campagne , au-moyen de votre lunette d'approche : car sans tout-cela, Victorin n'oserait jamais s'exposer à prendre votre chère Réponse. Je suis avec le plus profond respect , Très-cher Père ,*

Votre tendre & soumise Fille

Christine De-B——m——t.

Lorsque

Lorfque la belle Chriftine eut écrit fa Lettre pour fon Père, elle la lut à Victorin, qui fut très-flaté de cette marque de confiance ; elle la cacheta, & la lui remit, pour la porter dès qu'il en aurait la commodité. Le Jeune-homme, qui favait que les defirs des Belles font vifs, partit dès la nuit fuivante pour le château de B—m—t. Il eft inutile de dire, que la crainte d'être retenu ou découvert, l'empêchait de fe montrer chés fon Père : mais à l'occafion de la Lettre de Chriftine, il en écrivit une auffi à fes Parens, où il difait à-peu-près les mêmes chofes, avec le plûs d'ingénuité qu'il lui fut poffible. Il remit la Lettre pour le Père de fa Maïtreffe fur le balcon du bon Seigneur, & celle pour fon Père, fur le rebord de la croifée à laquelle le Procureur-fifcal prenait l'air tous les matins, pour difpofer fon eftomac au déjeûner. Après ces deux commiffions faites, il paffa fur la Ville de ***, où demeurait le Prêtre qui avait déja marié

I Vol.   F

ſes Gens, & il l'emporta de-nouveau
ſur le Mont-inacceſſible.

A ſon reveil, Chriſtine vit entrer
Victorin. —Vos ordres ſont exécutés,
Madame : & dans cet inſtant ſans-doute
m.ʳ votre Père lit votre Lettre. —Ah
mon cher Victorin ! que je vous ſuis
obligée de votre promptitude ! —Ce
n'eſt pas tout, Madame : comme dès que
je quitte ce Mont, le gros Oiſeau ſ'en
approche, il y a du nouveau dans notre
domicile. —Qu'eſt-ce donc ? —Un
Prêtre, Madame : ainſi votre Femme-de-
chambre, qui a eu le temps de connaître
ſon Amant, & qui paraît l'aimer, va
l'épouſer aujourd'hui, ſi ſa belle Maitreſſe
le permet…. Tout le monde ſera heureus ici, Madame…… —Ah! Victorin !…. Mais nous garderons ce Prêtre :
il y a longtemps que nous n'entendons
aucun office…. —Cette idée eſt heureuſe ! mais ſi le gros Oiſeau nous le
reprend, même en plein-jour comme il
a déja fait ? —Vous avez raiſon, Vic-

torin! —Ah! Madame! que ne suis-je
digne de vous! —Écoutez-moi, Victorin : Bien-férieusement, fommes-
nous ici pour notre vie ?.... Vous ne
voudriez pas me tromper? —Mondieu-
oui, Madame, malheureusement pour
vous !.. car... pour moi, je fuis heureus
par-tout où vous êtes. —En ce cas,
Victorin.... —Parlez, Madame !... Ah!
fi j'étais votre égal, vous ne feriez pas
réduite à vous expliquer la première!
mais le refpect me fermera éternellement
la bouche.... Comptez d'ailleurs, Madame, que vous aurez toujours en moi
un Amant foumis autant que tendre....
Faites mon bonheur; j'oferais prefque
vous répondre du vôtre. —Mais,
Victorin! que dirait mon Père! —Nous
le fléchirons, Madame: je ne me pré-
senterai jamais devant lui, qu'après
avoir fait des actions éclatantes, &
fervi l'État, au-moyen de ma faculté
de voler. Eh! qui fait, fi peut-être
alors je ne trouverai pas quelque

moyen , avec l'aide d'un Roi puiffant ,
pour vous tirer d'ici ? Décidez de mon
fort , adorable Chriftine ! —Monfieur
(lui dit la belle Perfonne, le voyant à fes
genous) , je ne puis douter de votre
fincérité : car je fais bien d'ailleurs ,
qu'outre que je vous dois tout , je
dépens abfolument ici de votre volonté ,
& que c'eft par un effet de votre géné-
rofité que j'y commande : vous êtes le
Roi de cette petite Société : ainfi ,
vous êtes le maître : difposez vous-
même de mon fort. —Moi ! Madame !
ah ! plutôt mille-fois être éternellement
malheureus ! Moi, difposer de ma
Souveraine ! moi, qui mettrai, toute
ma vie, ma gloire & mon bonheur à ne
dépendre que de vous ! Attendons ,
Madame ; & fi le malheur veut que le
gros Oiseau remporte le Prêtre , je
faurai fouffrir, fans me plaindre, fût-ce
toute ma vie. —Quoi ! dit Chriftine
attendrie , vous n'entendez pas ce que
fignifie le langage d'une Fille qui vous

abandonne fa deftinée! Eh-bien, c'eft
moi qui me donne à mon Bienfaiteur,
à mon Ami : Vous pouvez dire au
Prêtre-.... Victorin était à fes genoux ;
des larmes délicieuses inondaient fes
joues ; il baisait la main de Chriftine
avec tranfport. Enfuite f'étant levé
par fes ordres, il osa prendre un baiser.
Après avoir reçu, autant que ravi, ce
premier gage de fon bonheur, il courut
où était le Prêtre, & l'on difposa tout
pour le mariage de la Souveraine.
Une roche garnie de fleurs fut l'autel :
le Prêtre imita, autant qu'il put, avec
ce qu'on lui donna, les habits facerdo-
taux ; il offrit le facrifice, dont il avait
préparé lui-même la matière, & Victorin fut enfin uni à la belle Chriftine,
fille de fon Seigneur, qu'il avait fi longtemps, fi refpectueusement, & fi tendrement aimée !

Les choses furent terminées fi promptement, que Chriftine ne fit qu'après
une réflexion fort-naturelle ; c'eft qu'il

aurait falu avertir fon Père , & attendre
fon aveu : mais fon Mari tâcha de
charmer ce regret par l'ardeur de fes
careffes. Et pour marquer que le mariage ne ralentiffait pas fes attentions
pour fa Femme, il ala dès la feconde
nuit chercher la Réponfe du Père
de Chriftine. Il ne f'avança qu'avec
beaucoup de précaution , & fit bien :
car une de moins, il était perdu , &
la belle Chriftine avec lui ; puifque
jamais on aurait pu la tirer du Mont-
inacceffible ; & que fans-doute Ceux qui
l'habitaient n'ayant plus rien à craindre de
Victorin, qu'ils croyaient forcier, n'auraient pas tardé à fecouer le joug de
la fubordination : or Dieu fait comme
les chofes feraient alées dans la petite
Colonie !

Victorin donc, fe tint fort-élevé durant une partie de la nuit, examinant
tout avec foin, & f'approchant fans
bruit par un mouvement doux & lent de
fes ailes. Il découvrit le bon Seigneur,

secondé de ses Gens, tâpis dans l'obscurité, à une portée de fusil du balcon.
Il paraît qu'ils devaient tirer tous à-la-
fois ; de-sorte qu'ils n'eussent pas manqué Victorin. Ils ne se débandèrent
qu'à la pointe du jour ; chacun alors
se retira. Victorin profita de l'instant
pour s'emparer de la Lettre qui était
attachée au balcon : le bruit qu'il fit,
avertit le Seigneur, qui parut presqu'aussitôt à sa fenêtre : mais l'Homme-
volant s'éloignait. Le Seigneur tira son
double coup-de-fusil au-hasard, &
cependant si près du but, que Victorin
entendit siffler les balles. Il resolut
de ne plus s'exposer à perdre la vie
pour une Lettre, & se flatta de faire
goûter ses raisons par Christine, à laquelle la qualité de Mari le rendait plus
cher que jamais.

Il arriva de jour sur le Mont-inaccessible ; de-sorte qu'il fut vu dans les
airs par quantité de Personnes, qui
alaient dans la campagne, ou en voyage.

Il ne fut plus queſtion dans tout le Dauphiné que du gros Oiseau, qui enlevait les Filles, & il devint auſſi célèbre que le fut depuis la Bête-du-Gévaudan. Il y eut même des Gens qui prétendirent l'avoir vu de ſi près, qu'ils en donnèrent les dimenſions; c'eſt-à-ſavoir, cent piéds d'un bout-d'aîle à l'autre. On lui prêtait un bec crochu, gros & long comme une défenſe d'Éléphant, &c.ᵃ Tous les Habitans du Mont-inacceſſible furent pénétrés de reſpect, en voyant leur Maître dans les airs. Cependant il ne jugea pas à-propos de deſcendre au-milieu d'eux, par une petite raison; c'eſt qu'ayant reſolu de garder le Prêtre, à la ſollicitation de Chriſtine, il lui apportait une Gouvernante. Comme il ſ'en revenait de-jour, il avait apperçu une Fille ſeule, ſur le grand chemin de Lyon, qui alait d'un Village à un autre en journée; car elle était Couturière. Ne voyant aucun danger à la prendre, & préſumant que deux troupes de Paysans & de Voya-

geurs qui la précédaient & la fuivaient,
feraient témoins de cette merveille,
il fondit fur elle, par un vol en arc
renverfé, rapide comme l'éclair, &
l'enleva : il eut le plaisir d'entendre les
cris que pouffèrent les Paysans, pour
lui faire lâcher prise, comme s'il eût
été un Animal. Il déposa cette Fille
évanouie, dans le préau-d'été ; & lorfqu'il fut desaffublé de fes aîles, il vint la
fecourir, & la rappeler à la vie. Il
la raffura, en lui difant qu'il avait mis
en fuite le gros Oifeau ; enfuite il
l'amena de l'autre côté du rocher, où il
la préfenta à fa Femme. On fait qu'il
était de la dernière-conféquence, que
Chriftine ne fe doutât pas que fon Mari
pouvait emporter un tel fardeau ; elle
aurait fûrement eu des foupçons contre
lui ; aumoins, elle aurait voulu aler voir
fon Père, & tout le bonheur de Victorin aurait été détruit. Le Prêtre, qui
était parfaitement au-fait, & quelques
autres Habitans du Mont-inacceffible,

n'avaient garde de parler ; ils croyaient Victorin un puiſſant Magicien, auquel rien n'était caché.

Lorſque tout le Monde fut tranquile ; & la petite Gouvernante remiſe au Prêtre ; qui la conduiſit dans ſa grotte, Victorin ſeul avec ſon Épouſe, lui raconta les dangers qu'il avait courus ; enſuite il lui remit la Lettre de ſon Père, conçue en ces termes :

Si je ne croyais pas que vous avez été forcée de m'écrire cette Lettre, ma chère Fille, je penſerais que vous avez voulu me tromper par des rêveries & des fables ſans-vraiſemblance. Tout le monde ſait que le Mont-inacceſſible eſt inhabitable & inhabité : A-la-vérité, quelques Chaſſeurs prétendent y avoir vu des Chèvres-ſauvages ; mais ils ſont démentis par d'autres. Je crois donc que votre Raviſſeur le traître Victorin, vous retient dans quel-qu'endroit deſert ; ou dans quelque caverne de Voleurs ; où vous devez être fort-à-

plaindre, avec un Misérable de cette espèce. C'est ce qui me déchire le cœur ; &
ce que je desire le plûs, c'est que vous ne
receviez pas cette Lettre, mon dessein
étant de guetter le Scélérat, & de l'attrapper mort ou vif. Pour peu qu'il lui
reste de vie, après que nous l'aurons tiré
mes Gens ou moi, nous lui ferons avouer
où vous êtes, & j'irai vous délivrer. O
ma chère Enfant ! t'avais-je élevée pour
ce vil Paysan, qui peut-être.... Cette
idée me desespère ! Nos Bonnes-gens d'ici
le croient sorcier : pour moi, je ne le crois
que scélérat, & très-rusé.

Adieu, ma pauvre Christine ! Si tu
reçois cette Lettre (ce que je n'espère guère)
songe à conserver la dignité de notre sang,
même aux dépens de tes jours..... Je
t'embrasse, ma chère Fille, en suffoquant
de douleur.

Ton infortuné Père Annibal De-B—m—t.

P.-S. Pour toi, petit scélérat de Victorin ;
si tu m'échappes cette nuit, tôt ou tard

F vj

la justice du Ciel te fera tomber entre mes mains : je te promets alors bonne & prompte punition ;... à-moins que rentrant bien-vîte en toi-même, tu ne me rendes aussitôt ma Fille.

Christine fut très-touchée de cette Lettre : mais elle se rassura un-peu, en songeant que son Père se trompait sur le compte de Victorin, comme sur le reste. Ainsi, après avoir versé quelques larmes, elle chercha de la consolation dans les bras de son Mari.

Il est inutile de m'étendre sur la vie qu'elle mena pendant plusieurs années dans ce charmant séjour. Elle y était adorée de tout le monde, autant pour sa bonté (rien ne rend bon comme le malheur), que par l'autorité que lui donnait son Mari. Elle eut trois Enfans, deux Garsons & une Fille. Elle les nourrit, les éleva, & trouva dans leur caresses un nouveau bonheur. Il est vrai qu'ils étaient charmans. Et-puis, il n'y a pas

de Mère qui soit plus tendre envers ses
Enfans, & plus heureuse par eux,
qu'une Femme adorée de son Mari.
Victorin ne se démentait pas : aucontraire, il paraissait de jour-en-jour devenir
plus tendre ; & il disait quelquefois à son
Épouse : —Je suis plus démonstratif à-
présent, ma charmante Amie ; parce-que
je sais que vous devez attribuer davantage mes caresses à une tendresse véritable & respectueuse, que dans les
commencemens : j'attendais que le temps
vous eût dévoilé toute l'étendue des sentimens immortels qui m'attachent à vous ;
& aulieu que le bonheur des autres
Maris va en diminuant, le mien aucontraire augmente sans-cesse. Christine
attendrie embrassait son Mari, & lui
montrait de son mieux combien il la
rendait heureuse. —Hélas ! disait-elle
mon cher Mari ! combien folle est la
prétendue différence des conditions !
c'était avec toi que le bonheur m'attendait : mais ni moi, ni mon Père, qui

l'a toujours désiré, n'aurions jamais pris cette route pour y arriver. Il a falu des choses bien-extraordinaires, pour nous amener où nous en fommes! Aujourd'hui, tu m'es fi cher, que quelqu'envie que j'aie de favoir des nouvelles de mon excellent Père, je ne voudrais pas pour tout au monde, que tu t'exposaffes. Que deviendrais-je, fans toi ?.... Oui, mon cher Mari, je bénis mon fort : mais, je le répète, que de choses il a falu pour me le procurer tel qu'il eft! —Il n'a falu que de l'amour, charmante Épouse, lui dit Victorin : ma Compagne, mon Amie, pourquoi aurais-je des fecrets pour vous ? Ah! il y a longtemps que je n'en aurais plus, fi je n'avais craint de diminuer votre bonheur ? J'ai attendu que ces Gages charmans de notre mutuelle tendreffe fuffent en état de plaider la cause de leur Père, avant que de vous avouer tous mes fecrets. —Que vas-tu donc m'apprendre, mon Ami ? —Que mon

amour a tout fait : que c'eſt lui qui m'a
fait inventer les aîles avec leſquelles je
vole ; que ce fut le deſir de vous poſ-
ſéder, qui en a été le ſeul motif ; qu'il
n'y a point de gros Oiſeau ; que c'eſt
moi qui vous ai enlevée.... A-préſent
que vous ſavez tout, adorable Chriſtine,
haïſſez en moi, ſi vous le pouvez, le Père
de ces charmans Enfans-! (Il ſe mit à ſes
genous.) —Non, non, cher Mari, je
ne le haïrai pas ! je l'aimerai davantage
au-contraire.... Ah ! que je découvre de
choſes en cet inſtant !... C'eſt toi qui as
mis ici tout le monde que j'y vois, pour
m'en compoſer un petit Empire, & me
faire Souveraine !... Quel amour égala
jamais le tien !.... Mais, très - cher
Époux, tu as pourtant bien fait d'attendre
que le temps m'en ait eu prouvé la conſ-
tance & la pureté, pour l'aveu que tu
viens de me faire. Il eſt bien-doux de
ne pouvoir douter qu'on eſt aimée pour
ſoi-même, & que ce n'eſt pas un goût
frivole & paſſager, qu'on a inſpiré !..

Venez, mes chers Enfans ! votre Père
m'était bien cher ! mais il me l'eſt aujourd'hui plûs que jamais : il me fait
vous aimer davantage ; & je l'aime plûs
auſſi à-cauſe de vous-.

Après ce tendre épanchement, Chriſtine plus tranquile, ſe fit raconter par
ſon Mari tous les détails de ſa conduite. Il fut ſincère : hors, qu'il ne
dit pas un mot de la Femme du Procureur *Troismotsparligne*. Il n'ou-
blia pas ſes fréquens voyages pendant
la nuit, pour ſe procurer les choses
dont on manquait au Mont-inacceſſible.
Chriſtine fut touchée de tant de peines
qu'elle ignorait. Mais quand il en fut
au récit du péril qu'il avait couru pour
avoir la Réponſe de ſon Père, Chriſtine
effrayée, renouvela ſa promeſſe, de ne
jamais exiger qu'il y retournât.

—A-préſent, ma chère Femme,
ajouta-t-il, j'ai un autre projet, que
je vais te communiquer, & que j'exé-
cuterai, dès que tu y conſentiras ; c'eſt

le feul moyen de nous tirer d'ici avec honneur , & de l'aveu de ton Père. Notre Souverain eft en guerre avec les Anglais : je me propose d'aler lui offrir mes fervices, qui peuvent être de la plus grande importance ; & lorfque j'aurai eu le bonheur de lui en rendre quelqu'un d'effenciel, tu feras la recompenfe que je demanderai.   Avec la recommandation du Souverain lui-même, ton Père fe fera un honneur de m'accepter pour Gendre ; ma noblefle fera de la meilleure efpèce, puifque ce fera pour fervice rendu à l'État ; & tu vois combien nous ferons heureus! J'obtiendrai du Roi la conceffion de ce Mont, & ce fera ta-maifon-de-campagne.   Nous l'embellirons-....

Chriftine interrompit fon Mari par fes careffes ; elle fe jeta dans fes bras, & lui dit mille & mille chofes tendres. Cependant, venant à fonger à leur féparation, & aux dangers que fon Mari pouvait courir, elle lui fit confirmer fa

parole, qu'il ne partirait, que lorfqu'elle-même paraîtrait le desirer. Les
choses ainfi convenues, les deux Épous
fortirent de leur grotte avec leurs Enfans, & alèrent faire une petite promenade, la plus agréable qu'ils euffent
encore faite enfemble. Ils resolurent
de garder le fecret avec leurs Gens, fur
toutes ces choses, & puifqu'ils étaient
heureus, de les laiffer dans leur fituation.

En-effet, cesBonnes-gens, favoir,
le Laboureur & fa Cathos; le Cordonnier & la Cuisinière; le Tâilleur & la
Couturière; le Secrétaire - Barbier &
la Femme-de-chambre; la-Vezinier,
fa Fille, & le Mari que Victorin avait
donné à cette Dernière (c'était un gros
Limousin, excellent maffon); l'Ecclésiaftique, avec fa jeune Gouvernante,
tous fe trouvaient dans une position
agréable : ils vivaient dans l'abondance &
dans les plaisirs: peu d'ouvrage, des
amusemens fans-ceffe répètés; un joli
féjour; un air excellent; une bonne

nourriture ; ils fesaient leur amusement du jardinage, & même de la culture de la vigne ; ce qui les garantissait des reproches que le Laboureur aurait pu leur faire. Celui-ci, de son côté, qui avait le plus de peine, était choyé, par tous les autres ; on lui fournissait du laitage, des fruits, de la salade, qu'il aimait beaucoup, des œufs, & sur-tout du vin, dès que la vigne put en produire. Chaque Couple avait de très-jolis Enfans, & en assés grand nombre : toute cette Jeunesse amusait les Parens, qui la voyaient avec transport folâtrer ensemble. Le bon Ecclésiastique était aussi fort-content de sa Gouvernante ; ils vivaient tous-deux dans la plus grande intimité ; & comme il n'y avait point d'Envieux sur le Mont-inaccessible, Personne ne le trouvait-mauvais. Il n'y eu pas jusqu'à la-Vezinier qui ne fût heureuse : Victorin l'avait faite sous-gouvernante du Curé ; ce qui lui donna une certaine importance.

Quelle charmante République, & faut-il donc que les Hommes soient en petit nombre pour être heureus (*)! Il n'y avait aucun vice sur le Mont-inacceffible, & l'on y voyait règner toutes les vertus. Amitié fraternelle, entrefupport, zèle, amour, *obligeance;* tous les Individus exiftaient autant dans les autres que dans eux-mêmes : la moindre indifposition d'un Membre alarmait toute la Société : les Enfans était également chéris : ils étaient à tous, & cependant on les aimait comme un Enfant-unique. On fent bien qu'il ne pouvait y avoir là d'intérêt, ni aucun autre vice. Les vices y auraient été une folie ; & jamais, jamais l'Homme n'eft vicieus, que le régime focial où il vit ne foit affés mauvais, pour que le vice y foit un avantage.... O Légiflateurs ! Fous, qui voulez rendre les

---

(*) Belle & grande vérité ! que jamais une Société trop-nombreuse, un État trop-vafte ne peuvent être heureus. (*Joly.*

autres fages, que vous mériteriez fouvent tout notre mépris !......... Aurefte, la vertu, fur le Mont-inacceffible,
eft fort-naturelle ; je le répète, toute
Société affés bornée, pour que les Individus y foient égaux, fe connaiffent
tous, aient tous besoin les uns des
autres, eft néceffairement heureuse &
vertueuse : voila le nœud ; je ne fais
fi aucun Moralifte l'a trouvé.

Le départ de Victorin dépendait abfolument de Chriftine : elle brûlait de
voir fon cher Mari f'illuftrer ; mais
elle frémiffait à la feule idée de f'en
féparer. Mille dangers effrayans f'of-
fraient à fon imagination timide : auffi
le retenait-elle toujours. De fon côté,
le tendre Victorin n'était pas fort-preffé
de f'éloigner d'une Épouse qu'il adorait :
il ne diffipait que faiblement fes craintes,
& fe contentait de fe montrer toujours
prêt à faire ce qu'elle desirerait davantage. En-attendant, il règlait & rendait heureus fes petits États,

Il en eut tout le temps : car dix
années après la confidence, c'eft-à-
dire, après feize ans de mariage, &
dixfept aumoins de féjour fur le Mont-
inacceffible, il n'était pas encore parti
pour aler f'illuftrer. On voyait alors
la plus charmante Jeuneffe des deux
fexes fur l'heureuse Montagne. Victorin y arrangea une nouvelle efplanade,
comme celle du midi, auffi grande,
mais à un étage audeffus, & qui avait
une efpèce de petit lac au - milieu.
Il la fit défricher : il y mit lui-même
la main, & tout le monde l'imita.
L'année fuivante il y établit dix jeunes
Couples, qui fe trouvèrent fuffisam-
ment partagés de terres, pour y vivre
dans l'abondance. Il ouvrit un chemin
facile entre les deux Peuplades, au
moyen d'un rocher qu'il fit fauter avec
de la poudre à canon (*). Toute fa

(*) Le bruit que fit en cette occasion l'ex-
plosion de la poudre, intrigua beaucoup les
Phyfiçiens, qui écrivirent dans tous les *Jour-*

Famille & les Habitans étaient presens à cette opération ; mais ils étaient en sureté à l'entrée d'une caverne. Victorin seul, la mèche à la main, plânait les aîles éployées, & sut aisément se garantir du danger. Il empoissonna le petit lac, qui sut d'un très-grand secours à la Colonie, pour la nourrir une partie de l'année.

Sa manière pour aler faire ses achats, était de s'envoler du Mont-inaccessible, la nuit avant le jour, & de s'abbatre dans un bois proche d'une grande Ville. Il y avait découvert un endroit sûr, entre deux rochers, où il laissait ses aîles : il alait ensuite à la Ville acheter les choses dont il avait besoin, sous un habit de Paysan. Il y passait la journée ; en sortait le soir, & se rendait à son bois, d'où il s'envolait avec sa charge. Observez, que si l'on avait trouvé ses aîles, on n'aurait pu en faire aucun usage, parce-

___naux de ce temps-là, qu'il y avait eu en Dauphiné, un coup-de-tonnerre terrible, le Ciel étant serein. (*Joly*.

qu'il en emportait toujours le reſſort dans ſa poche : Ainſi, en toute ſuppoſition, il aurait pu aiſément ſ'en faire d'autres, en moins d'une nuit.

Mais, il reſte un embarras : comment avait-il de l'argent ? C'eſt que je n'ai pas dit, qu'on travaillait ſur le Mont-inacceſſible. Le Cordonnier, le Tailleur, la Jeuneſſe, tout le monde ſ'occupait, & l'on confiait le ſuperflu de ſon travail à Victorin, qui donnait en échange toutes les petites commodités dont on pouvait manquer. Il n'y avait pas juſqu'au bon Eccléſiaſtique, qui ne fit des Cantiques ſpirituels, & des Romans pieux, tels que ceux du père *Marin*, que Victorin alait vendre aux Libraires de Lyon, qui le prenaient pour un nouveau maître *Adam*, de Nevers. La Coïfeuse inventait les plus plus jolis bonnets, les coïfures les plus ſéyantes, à-peu-près dans le goût de celles *en-heriſſon, en-griffe, à-la-paudoure, en-chignon-double ou bouillonné;*

né; des *coîfures-en-fichu*, des *poufs-à-tuyaux*, des *chignons-en-chaînette*, des *coques-à-crochet-renverfé*, &c.ᵃ, &cᵃ. Les deux Couturières imaginèrent les *polonaises*, les *circaffiennes*, les *lévites*, les *croupes-renflées*, les *hanches-pofiches*, & d'autres modes non-moins élégantes : Victorin en porta dans tout le Royaume ; & le bon-goût y a fi-bien fermenté, qu'il f'eft depuis-peu renouvelé à Paris, où il fait fortune : Car l'air eft fi pur fur le Mont-inacceffible, que les têtes y font extrêmement inventives. Victorin, lui, pour fon propre compte, fesait différentes machines très-curieuses & très-utiles ; & f'étant procuré des outils, il devint fans Maître un des plus habiles Horlogers de l'Europe. Il fit une *montre-marine* la plus belle & la plus jufte qu'on eût jamais vue : il vola jufqu'à Londres pour la vendre : mais il f'en eft fouvent repenti depuis ; l'Acheteur ayant profité de cette belle invention, pour établir fa gloire, aux dépens de celle de vos Artiftes : mais je la reftitue ici à la Nation-françaife. Vous voyez qu'il ne devait pas manquer d'argent. Je croirais aflés, d'après cela, que les premiers Monarques furent des Marchands, des Machiniftes, des Gens habiles, qui fe firent refpecter par leurs richeffes & par leur utilité.

Cependant les Enfans des Souverains du Mont-inacceffible grandiffaient. Ils avaient deux ans de-moins que la Jeuneffe qu'on venait de marier ; c'eft-à-dire, treize à quinze ans. L'Aîné était un beau Jeune-homme, le portrait vivant de fon Grandpère, dont fa Mère l'avait fouvent entretenu. Le Cadet reffemblait à Victorin, & un-peu à fa Mère ; ce qui ne le rendait que plus aimable : cet Enfant annonçait des difpofitions brillantes pour les arts d'invention. Quant à la Fille, c'était Chriftine même, telle qu'elle était lorfque fon Mari l'avait enlevée. Ces trois aimables Créatures étaient douées de mille perfections, qui fesaient le bonheur de leurs Parens.

Un-jour *De-B—m—t* (c'est l'Aîné, auquel Victorin fesait porter le nom du bon Seigneur son Beaupère) dit à Chri-stine : —Il me semble, chère Maman, que si je voyais mon Grandpère, je saurais si-bien le fléchir, qu'il pardon-nerait à mon Papa, une faute qui n'en est pas une, puisqu'elle a fait votre bonheur, & que c'est tout ce que mon Grandpère voulait ? —Tu as raison, mon Fils ! mais comment y aler ? —J'en parlerai à Papa, qui pourra m'apprendre à voler comme lui-. Christine trembla : —Ah-Dieu, ne vous en avisez pas, mon Fils ! Il n'y a que votre Père au monde qui ait assés de force & d'adresse pour cela-! La jeune Sophie se joignit à sa Maman: —Oh ! mon Frère, vous tomberiez-! Mais le petit Alexandre, second Fils, se mit à sourire : —Je ne tomberais pas, moi ; & si Papa voulait m'ap-

prendre ,.... vous verriez , ma Sœur !..,
Et même .... mais je ne veux rien dire.
—Parlez, mon Fils, lui dit Chriſtine,
qu'avez-vous fait ?   —Chère petite
Maman, je ne te veux rien déguiser,
tant je t'aime !   J'ai un-jour vu les aîles
de Papa, & je m'en fuis fait de pareilles,
avec de vieilles à lui.   Voulez-vous me
voir voler ? je m'y amuse dès que je
fuis feul.   —Ah! mon Fils! je vous
le défens !   —Paix ! paix ! petite Maman ! je volerai tout-bas, tout-bas, &
vous alez voir-.   Chriſtine le laiſſa faire,
bien déterminée à l'empêcher de voler,
s'il y avait le moindre danger.   Le
petit Bonhomme (il avait treize ans)
s'ajuſta ſes aîles; mit en mouvement
ſon paraſol exalteur, & s'éleva en
deux coups à la hauteur des arbres.
Sa Mère fit un cri perçant, mais le
petit Gaillard dirigeant ſon vol en
droite ligne, attrappa un Pigeon-ramier,
qu'il lui apporta. - Chriſtine, moitié effrayée, moitié ravie; ſerra l'Étourdi

contre son sein maternel, en lui disant :
—Je ne veux plus que vous vous ser-
viez de vos aîles, que votre Père ne
vous ait montré-. Pour la petite Sophie,
elle était transportée, & sans la pré-
sence de sa Mère, elle aurait volontiers
prié son Frère de recommencer.

Dès que Victorin fut de retour, on
lui raconta ce trait. Il pâlit : car il
adorait encore sa Femme dans ses Enfans. —Voyons vos aîles, mon Fils-?
Alexandre les lui présenta triomphant.
Mais le Père n'y trouvant pas le ressort-
d'assurance, qu'il n'avait lui-même ajouté
qu'après-coup, il lui dit, en lui
montrant les siennes, —Voyez-vous,
jeune Imprudent, à quoi tenait votre vie?
si votre courroie avait manqué, qui
vous aurait soutenu?... Il est vrai qu'elle
est bonne, ajouta-t-il, en voyant Christine s'effrayer : mais enfin, vous n'en
êtes pas moins coupable, d'avoir exposé
notre Fils, ce qui nous est plus cher
que nous-mêmes-....

L'Enfant demanda pardon à fon Père, fur-tout à fa tendre Mère, & promit de ne plus jamais rien faire en Étourdi. Victorin lui fit fur-le-champ commencer un reffort d'affurance; lui donna plu-fieurs fangles ou courroies, & le len-demain, lorfque ce reffort fut achevé, il lui permit de f'élever en l'air. Ce que l'Enfant exécuta avec autant de hardieffe, que f'il avait été réellement un Oifeau.

Victorin n'avait pas encore fongé à apprendre à fes Enfans à fe fervir d'ailes pareilles aux fiennes. Loin de-là; il avait toujours apporté la plus grande attention à fe cacher. Mais fe voyant découvert, il comprit qu'il n'avait pas d'autre moyen d'élever fa Famille au-deffus des autres Habitans du Mont, que de leur donner la faculté exclusive de voler. Il leur détailla fes idées là-deffus, & leur fit fentir de quelle importance il était pour eux, qu'un fi beau fecret ne fût pas divulgué. Dès le lendemain, il donna des leçons de vol à fon Époufe elle-même, & à sa Fille ; car il trouva Alexandre naturellement si formé, qu'il lui abandonna l'instruction de son Frère, se reservant néanmoins de présider aux premières leçons, depeur d'accident.

En un mois, toute la Famille du Souverain du Mont-inaccessible sut faire usage des aîles factices : Sophie était presqu'aussi hardie que son Frère-cadet, & souvent elle fit trembler sa Mère, qui malgré sa science, n'osa jamais prendre l'essor qu'à-côté de son Époux.

Ce fut alors que le Fils-aîné ramena la proposition d'aler trouver son Grandpère. Alexandre & Sophie le voulaient accompagner : mais Victorin & Christine leur représentèrent, Qu'il falait auparavant être sûr des dispositions de leur Ayeul, & qu'en-tout-cas, il serait plus facile d'en délivrer un, si on le retenait comme imposteur, que d'en délivrer trois. Le jeune De-B—m—t partit donc avantjour par un beau clair-de-lune, guidé par son Père, & accompagné de son Frère & de

fa Sœur.   Ils defcendirent tous-quatre à
un endroit connu de Victorin, où il avait
conduit un Cheval la nuit même, richement enharnaché: c'était dans un bofquet
près du château; Victorin ôta les aîles
à fon Fils-aîné, qui fe trouva mis
comme un jeune Cavalier, & après lui
avoir donné fes avis, il f'en retourna
avec fes deux autres Enfans au Mont-
inacceffible; non fans la plus grande
inquiétude. Ils y trouvèrent Chriftine
en larmes, & n'eurent pas peu à faire
pour la confoler.... Hélas! point de
bonheur parfait! Aucune peine ne
femblait devoir affecter cette heureufe
Époufe, en reftant tranquile fur fa montagne: mais elle avait un Père; elle
voulait joindre un nouveau degré de
bonheur à celui dont elle jouiffait déja,
& elle fefait des facrifices à cette flateufe
efpérance.

Cependant le jeune De-B—m—t laiffé
dans le bofquet, en fortit au jour, &
monté fur le joli Cheval, il ala droit au

château de son Ayeul. Comme il arrivait à la porte, le Père de Christine ouvrit la croisée de son balcon, pour y fumer sa pipe. Il apperçut l'aimable Cavalier, & s'empressa d'aler lui-même audevant de lui. Sa beauté, sa jeunesse, ses traits, la richesse de ses habits & du harnois de son Cheval, étonnèrent le Vieillard, & l'émurent prodigieusement. —Soyez le bien-venu, Monsieur, lui dit-il : car vous ne pouvez apporter que de bonnes-nouvelles. —Aumoins, Monsieur, répondit le Jeune-homme, est-il sûr que je vous souhaite tous les biens à-la-fois-. Le Vieillard lui présenta la main, sans lui répondre, & le conduisit dans la plus belle pièce du château, où il le fit asseoir, en lui demandant ce qu'il souhaitait pour déjeûner. Le Jeune-homme était prévenu par sa Mère, que dans la salle-de-compagnie de son Ayeul, il y avait les portraits de sa Famille, & sur-tout le sien à elle, entre ceux de son Père & de sa Mère.

G v

De-B—m—t, en répondant au vieux
Seigneur, qu'il avait bon-appétit, &
que le chois des mêts était indifférent,
cherchait ces tableaux des yeux : Il
eut le temps de les examiner, pendant
que fon Ayeul donnait fes ordres. De-
forte qu'à l'inftant où le Vieillard revint
à lui, il le trouva la larme à l'œil, en
confidérant le portrait de Chriftine.
—Qu'avez-vous, jeune Cavalier? dit le
Seigneur. —Hélas! Monfieur, je regarde ce portrait : c'eft celui d'une
Perfonne qui m'eft bien-chère!....
—Bien-chère-!.., Et le Vieillard confidérant à fon tour fon jeune Hôte, dit
en treffaillant, —C'eft ma Fille!
—C'eft Maman. —A vous, Monfieur!
—Reconnaiffez votre fang, Monfieur! Je
fuis le Fils-aîné de Chriftine De-B-m-t,
& l'on m'affure que je reffemble à mon
Ayeul. —Ah! mon cher Fils!... Mais
où eft ma Fille?... qui eft fon Mari?
—Vous n'en rougirez pas, Monfieur;
car elle eft femme d'un Souverain; &

quoique ses États ne soient pas fort-vas-
tes, il y est maître absolu, en-même-
temps qu'il est l'amour & le Père de ses
Sujets. —Souverain ! —Oui, très-
cher Père : (souffrez que je vous donne
un nom si doux !) —O mon Fils !....
Oui, je te reconnais ; tu es mon sang,
mon portrait ; je te reconnaîtrais, fusses-
tu le fils de Victorin. —Cher Seigneur
& Père, aussi le suis-je : mais ce que
je vous ai dit n'en est pas moins vrai :
& quand il vous plaîra de venir dans
les États de mon Père, je vous y conduirai. Vous y verrez une Fille qui ne
respire que pour vous, & qui parfaitement heureuse par son Mari & par
ses Enfans, trouve pourtant qu'il lui
manque son Père.. —Tu as des Frères
& des Sœurs ? —J'ai un Frère & une
Sœur : Sophie De-B—m—t (car nous
ne portons que votre nom ; mon
Père l'a voulu), Sophie est charmante,
& vous croirez voir ma Mère, lorsqu'elle était avec vous ; au-point, que

mon Père & ma Mère, ont quelquefois dit, que s'ils vous respectaient moins, on aurait pu vous enlever, après vous avoir procuré un profond sommeil, & à votre réveil, vous persuader que tout ce qui est arrivé, n'est qu'un songe, en vous présentant Sophie pour votre Christine, habillée comme elle était le jour où elle disparut. —O mon Fils! que tu me donnes de desir de les voir tous! Car enfin, puisque Victorin est souverain, ne fût-ce que d'une Bicoque, je ne dois plus lui en vouloir, & son alliance m'honore. Alons, déjeûnons, & nous partirons dès aujourd'hui. —Cela ne se peut que cette nuit, cher Seigneur-Ayeul; mon Père qui m'a amené jusqu'au bosquet voisin, viendra s'informer de moi, & je le préviendrai de vos dispositions généreuses à notre égard.

La journée se passa donc dans les plaisirs: le vieux Seigneur ne pouvait se lasser d'admirer son Petitfils; &

fubjugué par la nature , & le préjugé ,
& les anciennes haînes , & les projets de
vengeance , tout céda au délicieus fentiment de la paternité. Aufli montra-
t-il le jeune De-B—m—t , fous ce nom ,
à tous fes Vaffaux : il aurait voulu
pouvoir le montrer à tout l'Univers.
Cependant , il lui vint une réflexion
fur le foir : —Comment ton Père &
ta Mère fe font-ils mariés ? —Par le
miniftère d'un Prêtre , qui eft encore
avec eux , mon bon Papa. —Ah !
je fuis content. Je donnerai ma ratifi-
cation , dès que je les verrai , & tout
fera dit-.

  Enfin la nuit arriva. L'inquiétude de
Victorin & de Chriftine , pour leur Fils-
aîné , ne manqua pas de les faire tous
partir , fous le voile de l'obfcurité , pour
le château de B—m—t. Chriftine elle-
même , à-côté de fon Mari , fut du voyage.
Ils arrivèrent à minuit. Leur Fils-aîné
les attendait feul dans le bofquet. Dès
qu'il entendit le bruit de leurs aîles ,

il treffaillit de joie, il s'éleva en l'air & leur cria : —Bonne iffue-! (c'était le mot convenu); alons au château-. Ils y alèrent tout-de-fuite, & s'abbatirent tous-cinq fur le grand balcon.   Ils ôtèrent promptement leurs aîles, & leur Fils-aîné ala les annoncer à fon Ayeul.

Il eft impoffible d'exprimer quelle fut la joie du vieux Seigneur, à la vue de fa Fille, encore prefqu'auffi fraîche, que lorfqu'il l'avait perdue.   Il ne put proférer une parole ; mais il la preffait contre fon cœur paternel.   Sophie & le jeune Alexandre eurent leur tour. Le Vieillard pleura fur Sophie : elle reffemblait trait pour trait à Chriftine *D.-l.-T.-d'A.* fa Femme, quand il l'avait épousée.   Ainfi préparé, fon cœur s'ou-vrit fans peine, lorfqu'il vit à fes genous Victorin, les yeux baiffés, & dans la contenance d'un Coupable.   Il fe jeta à fon cou, en l'appelant fon Gendre. Enfuite, il entendit avec plaifir, tout ce que lui dit Chriftine, du bonheur dont ce cher Épous l'avait fait jouir. Après ce récit intéreffant, le premier mot du vieux Seigneur, fut, —Qu'on me faffe venir le Notaire-. Il ratifia le mariage, & déclara par un même acte, le Jeune De-B—m—t, fon petitfils-aîné, fon héritier univerfel ; fur ce que lui avaient dit fon Gendre & fa Fille, qu'ils n'avaient aucun befoin de fortune.

Toutes ces chofes ainfi arrangées, Victorin propofa à fon Beaupère, de profiter de l'obfcurité, pour aler dans fes États... —Volontiers, mon Gendre, f'écria le Vieillard : mais par quelle voiture ? —Par celle qui nous a amenés, mon Papa, dit Chriftine. —Alons mes Enfans-.

Les cinq Volans fe r'ajuftèrent leurs aîles ; ils paffèrent fur le balcon, & le Vieillard, après avoir donné les ordres néceffaires dans fa maifon, fe mit entre les bras de fon Gendre, qui l'enleva comme une plume. Chriftine & les trois Enfans voguaient à-côté d'eux dans les airs, & en moins d'une heure, on arriva au Mont-inacceffible.

Ce n'était plus dans une grotte que le Souverain était logé : Le Maffon qu'il avait enlevé, & auquel il avait donné pour Compagne la Fille de la-Vezinier, avait enfeigné fon art à tous les Jeunes-gens : On avait élevé à-côté du ruif-feau, & adoffé au rocher, un palais d'ordre corinthien très-bien diftribué : fur la cime du rocher, qu'on avait applanie, on avait porté de la terre, & on y avait formé un jardin charmant. Ce fut-là que f'abbatit Victorin avec fon Beaupère & fa Famille. On fe mit au lit en arrivant, & on différa la visite du Mont, ainfi que tous les détails, pour l'inftant du reveil du vieux Seigneur.

Il dormit peu : la curiosité, le plai-sir, la joie, lui permirent à-peine quelques heures de repos. Il admira d'abord le jardin, dans lequel une pompe afpirante fesait monter l'eau. Enfuite il defcendit dans le palais, richement orné;

d'où il ala visiter les habitations.   Il fut
furpris de trouver une chapelle très-bien
tenue, & garnie de toutes les choses
néceffaires.   Il admira fur-tout la beauté
des jeunes Habitans : ce qui venait fans-
doute de la pureté de l'air, & fur-tout,
de l'exemption des paffions desagréables :
car la beauté eft naturelle à l'Homme,
ainfi que la bonté.   On lui montra enfuite l'efplanade d'été, où il n'y avait
qu'une feule maison, mais vafte, &
capable de contenir tous les Habitans.
C'était un lieu de plaisir, où l'on alait
paffer le temps deftiné aux jeux, durant
tous les étés, à l'abri de la chaleur.

Après fon dîner, le Vieillard fut
témoin des jeux, qui avaient lieu tous
les jours, après que chacun avait achevé
fon ouvrage ; à-moins que la République n'eût des travaux communs &
preffés, comme lorfqu'on avait bâti le
Palais & la Chapelle ; ou lorfqu'il
f'agiffait de préparer une habitation
aux Nouveaux-ménages : car alors on

travaillait avec zèle & fans relâche;
le travail étant un plaisir en ce cas,
pour des Gens auſſi raiſonnables & auſſi
obligeans les uns envers les autres.

Le bon Seigneur paſſa toute la journée
à parcourir les États de ſon Gendre;
& il était tranſporté. Au-moyen d'une
excellente lunette, il reconnut facilement la ſituation du Mont-inacceſſible,
par les Lieux environnans, qui lui
étaient aſſés familiers : il découvrit
même ſon château, de la pointe eſcarpée d'un roc, ſur lequel ſon Gendre
le porta, & où il fut entouré de
toute ſa Famille, depeur qu'il ne lui
prît un éblouiſſement. —C'eſt ici,
cher Père, lui dit Victorin, que depuis
quelques temps, je montrais votre demeure à mon Épouſe bien-aimée, & à
mes chers Enfans, & qu'ils vous payaient
un tribut de tendreſſe & de larmes:
ſur-tout votre tendre Fille. —Tout
ce que tu me dis m'enchante, mon
Gendre; & ne fuſſes-tu pas Souverain,

je te donnerais encore ma Fille.   Eh !
ne me la rens-tu pas dans cette jeune &
charmante Perfonne, dans ta Sophie,
qui eft auffi la mienne-!

On defcendit du roc, & l'on ala
fouper.

Le lendemain, Victorin fit part à fon
Beaupère des lois qu'il avait établies dans
fa petite Souveraineté.   Elles étaient fi
belles & fi juftes, qu'on ne peut trop
admirer comment le fimple Fils d'un
Procureur-fiscal avait acquis tant de
fageffe.   Mais la nobleffe ne donne pas
le mérite & l'intelligence ; & le mérite
& l'intelligence peuvent donner la nobleffe :   c'eft une vérité dont on devrait
être bien-convaincu.   Si les Grands voulaient réfléchir, qu'ils n'ont réellement
aucuns droits, & que ce font des raisons
d'utilité générale qui leur confervent
ceux dont ils jouiffent, ils feraient moins
vains, moins durs, moins égoïftes : fi
les Magiftrats penfaient qu'ils n'exiftent
que pour les Peuples, & non les Peuples

pour eux, ils feraient fans-doute plus intègres, moins cruels fouvent envers les Coupables, &c.ᵃ

Les Lois de Victorin étaient fort-fimples : Tous les cas n'y étaient indiqués que par un mot :

,, *Meurtre* : jeté du haut du Mont » enbas.

» *Vol* : impoffible.

» *Calomnie* ou *médisance* : priva-» tion des plaisirs publics.

» *Biens* : en commun.

» *Adultère* : efclave du Mari pen-» dant deux ans.

» *Viol* : efclave de la Fille, tant » qu'elle voudra.

» *Coups donnés* : le Chef rendra le » talion.

» *Enfant desobéiffant* : condamné » à vivre loin de fes Camarades.

» *Fils* ou *Fille mauvais-fujet* : fé-» queftrés, & condamnés au célibat, » jufqu'à ce qu'on foit fûr de leur » changement.

» *Incorrigibles :* précipités.

» *Bonnes actions, services rendus :*
» honorés, recompensés, par des mar-
» ques de distinctions :

» Les *plus Capables :* pour le travail,
» auront le chois des plus belles Filles
» pour épouses.

» *Si un Mari & une Femme ne*
» *s'accordent pas :* la République en-
» tière s'assemblera avec son Chef, &
» l'on avisera à casser le mariage ; si les
» moyens de conciliation ne sont pas
» possibles, & dans le cas où il n'y
» aurait pas trop d'inconvénient : mais
» les Épous seront un an séparés, avec
» la faculté de se reprendre, avant de
» pouvoir penser à d'Autres ».

Je suis fort-content de ces lois-là,
dit le Père de Christine à son Gendre :
mais elle ne suffiraient pas dans nos pays,
où l'intérêt personnel & le prix qu'ont
les richesses bouleversent tout. Alons,
mon Gendre, il ne te manque, pour
être un grand Souverain, que d'avoir de

grands États. Cependant il y a ici une chose qui me fait plaisir ; c'eft que tu es plus en fureté, que beaucoup de Princes d'Allemagne ou d'Italie, dont les États font mille-fois plus vaftes que les tiens : Ils n'ont qu'une autorité précaire, & la tienne eft abfolue.

—Je ne me borne pas à ce point du Globe, mon Père, répondit Victorin : à-préfent que me voila reconcilié avec vous, & que le bonheur de ma Femme & le mien eft complet, il me vient de grandes idées. Dans quelque temps d'ici, je veux faire un voyage, avec mon Cadet, dans les *Terres-auftrales*, loin de tout pays découvert par les ambicieux Européans ; & lorfque j'y aurai trouvé une île comme *Tinian*, ou celle de *Juan-Fernandèz*, j'y tranf-porterai ma Colonie. Comme je pren-drai le chemin le plus court, après ma découverte, & que je n'aurai point de détour à faire, je mettrai peu de temps à ce voyage. Il faudra cependant que les deux premiers Habitans que nous y transporterons, mon Fils & moi, y trouvent une subsistance facile ; parce-que nous ne pourrions porter assés de provisions : mais une - fois ce point assuré, je vous répons que Christine De-B—m—t sera la première Souveraine d'un grand Royaume : car tel est mon respect & ma tendresse pour elle, que je veux qu'elle en soit proclamée Reine. Voila, cher Seigneur, les desseins de votre Gendre-.

Le Vieillard, pleurant de joie, embrassa Victorin : —Remplis tes hautes destinées, mon Fils, lui dit-il : Ah ! je vois bien, que Celui qui a su se faire des aîles, & former un petit État sur le Mont-inaccessible, est capable aussi de former un grand Royaume ! Il n'y a que du moins au plus-…. Alons, alons, me voila heureus à-jamais.

—Je puis encore faire de très-belles choses, Seigneur-&-Père, reprit Victorin. Par-exemple, je puis aler offrir mes services au Roi, dans la guerre actuelle; je puis porter des ordres, donner des avis aux Flottes que nous avons sur mer : que de bien ne ferais-je pas, en avertissant nos Escadres de tous les mouvemens des Ennemis ? Enfin je pourrais encore, me rendre l'arbitre des différends des Rois & des Nations, & leur interdire la guerre, soit en menaçant d'un grand malheur le premier Turbulent; soit enfin, en enlevant & en sequestrant le Moteur de ces vastes querelles, qui plongent dans le deuil des Nations entières. Je n'aurais pas plutôt sequestré sur le Mont-inacessible cinq à six de ces Messieurs-là, tant Anglais, qu'Allemands, Portugais, Moskowites, &c.ª, que les Autres tout-épouvantés, n'oseraient plus rien faire, après une défense de l'Homme-volant.

—Tu as raison, mon Gendre! ce projet vaut mieux que celui de l'Abbé de *Saintpierre*, que ceux-même de *J.-J.*
Rousseau

Rousseau même, & voila le vrai moyen d'établir une paix universelle !

—Je m'amusais l'autre jour à composer un discours, tel que je voudrais le prononcer à deux Armées, prêtes à en venir aux mains : Il me semble que soutenu de quelques coups-d'éclat, tels que ceux dont je vous ai parlé, il ferait une très-grande impression.

» Sont-ce des Hommes que je vois prêts à s'entredétruire ? Non, non ! ce ne sauraient être des Hommes ! L'Homme, cet Être doué de raison, se conduit, se défend, s'explique par elle : Le Lion, le Tigre seuls, dont le sang est toujours alumé par une fièvre de bile-âcre, peuvent ne défendre leurs droits qu'en s'entredéchirant. Mais l'Homme, image de la Divinité, emploie d'autres moyens.... Non, ce ne font pas des Hommes que je vois, ou ce sont des Fous. O Fous, écoutez-moi ! écoutez l'Homme-volant, qui peut vous écraser d'une grêle de pierres,

qui peut anéantir vos Chefs infenſés ;
écoutez-moi, Fous : vingtmille, trente-
mille d'entre vous , vont périr dans la
mêlée : quand ils feront morts, lequel
des deux Partis aura raiſon ? Le plus
Fort, fans-doute : Ainſi, Malheureus !
c'eſt à une force aveugle que vous
alez remettre la décision de vos intérêts ! Abjurant la raiſon, qui rappro-
che l'Homme de la Divinité, c'eſt en
athées, ou plutôt c'eſt en brutes que
vous voulez vous conduire ! O Fous ! &
vous avez des lois qui condamnent à-mort
les Aſſacins, les Voleurs ! Les premiers,
les plus féroces des Aſſacins, ceux qui
méritent mille roues & mille buchers,
ce font vos Généraux, qui vont blaſphémer la Nature, en ordonnant le meurtre ! blaſphémer la Divinité, en conſa-
crant l'injuſtice ! dégrader l'Homme, en
le réduiſant à ſe conduire comme les
Bêtes, tandis qu'il eſt doué de raiſon,
& qu'il peut ſ'expliquer avec dignité !
Mais, ô Méchans-infames ! c'eſt que

vous craignez la raison! car fi vous ne la craigniez pas, vous l'emploïeriez, vous vous en rapporteriez à elle; ou fi vous êtes trop prévenus, trop offufqués, vous vous en rapporteriez à des Arbitres desintéreffés. Mais vous ne voulez pas de la raison, ni de la juftice. Cependant Dieu eft la juftice même : Vous apoftasiez donc la Divinité! Malheureus! & vous avez des lois contre les Athées, contre les Affacins! & vous avez un culte, des Prêtres, des autels! Eft-ce une dérision? vous moquez-vous de la Divinité?..... Vous n'êtes pas des Hommes, & je vous méconnais! non, vous n'êtes pas des Hommes! Battez-vous, & à l'inftant je dirige mes coups fur les principaux des deux Armées; leur vie criminelle va payer l'infulte qu'ils font à la Nature. Osez commencer! Moi, l'Homme-volant, je vous ordonne de vous expliquer; de vous proposer vos griefs; d'en demander réparation; comme doivent faire des Êtres

raisonnables : Que celle des deux Nations qui n'accédera pas à ce qui eſt
juſte, ſoit ſur-le-champ flétrie par le
mépris de tout l'Univers : ſi elle prend
les Armes la première, alors que tous
les autres Peuples la repouſſent comme
une Bête-féroce, juſqu'à ce qu'elle ſoit
redevenue raisonnable ». (—Bon! mon
Gendre! tenez-ferme! ſ'écria le vieux
Seigneur tranſporté de plaisir de voir le
Mari de ſa Fille arbitre des Nations, &
des Armées, qui pis eſt!) »—Moi,
l'Homme-volant (reprit Victorin), j'ac-
cepte votre arbitrage, pour cette fois:
faites des mémoires reſpectifs, courts,
clairs, & où rien ne ſoit contraire à la
vérité; mettez-les ſur une roche que
voila; je les prendrai, & je vous rapporterai ma réponſe ».

Voila, cher Seigneur-&-Père, quel
eſt le diſcours que j'ai préparé, & que
je tiendrai peut-être quelque jour.

—Il eſt fort-beau, mon Gendre!
& je ſerais ſur-tout bien-flaté que tu

serviffes la Patrie contre ces Forbans d'Anglais : mais le plus important & le plus preffé, c'eft l'établiffement de ton Royaume aux Terres-auftrales. Le Capitaine *Halley* en vient (1700) ; il n'a rien trouvé qui vaille ; mais il peut f'être trompé, & tu verras mieux que lui cent-fois. C'eft alors que ma Fille fera vraiment Reine-. (Et le Vieillard fe leva de joie pour embraffer fon Gendre).

Telles furent les choses dont Victorin entretenait fon Beaupère, durant le le féjour qu'il fit fur le Mont-inacceffible. Enfin, aubout de huit jours, il reporta le bon Seigneur chés lui, vers les dix heures du foir. Il était accompagné de toute fa Famille ; mais Perfonne n'en vit rien dans le château : fa Fille & fes Petitsenfans lui aidèrent à fe mettre au lit, ils l'embraffèrent, & retournèrent à leur montagne.

Or, quelle fut la furprise des Domeftiques de m.ʳ De-B—m—t, lorfque le lendemain ils virent leur Maître fumer fa pipe à fon balcon! Ils ne pouvaient en croire leurs yeux, & ils le prenaient pour un fantôme. Mais bientôt fa voix bruyante les ayant tous appelés pour leur donner fes ordres, ils ne purent douter de la réalité de fon retour. Cependant Perfonne n'ofa lui en parler; car le bon Seigneur était un-peu fier; fi ce n'eft une vieille Femme-de-charge, qui était plus ancienne que fon Maître dans la mafion de quelques années. —Oh! Monfieur! quand êtes-vous donc revenu? —Hier-foir, ma Bonne. —Perfonne ne vous a donc vu? —Parbleu, vous dormez fi-fort-tous, qu'on emporterait bien mon château, fans vous éveiller. —Avez-vous fait bon voyage, Monfieur? —Très-bon, ma Bonne: J'ai vu ma Fille, mes Petitsenfans, mon Gendre: mais un Gendre .... fuffit que j'en fuis très content, & que je n'aurais pu trouver un pareil Parti dans tout le Royaume. —Oh! Monfieur!

tant-mieux! tant-mieux, mon cher Maître! comme il ne faut pas s'en rapporter
aux bruits, pourtant! tout le monde
croit que c'est Victorin! —Bon! c'est
un Prince que ma Fille a épousé, & elle
sera encore plûs que princesse avant peu.
—Dieu soit béni, Monsieur! —Ainsi-
soit-il, ma Bonne: mais alez à vos affaires, & laissez-moi m'occuper de choses importantes. Je crois que le bon
Seigneur voulait travailler à la légiflation
du futur Royaume de la Reine sa fille:
mais ce qu'il imagina, & qui sans-doute
était fort-beau, n'a point été divulgué.
Revenons au Mont-inaccessible.

Chriftine avait quelquefois été témoin
des entretiens de son Père avec son
Mari, sur sa royauté future. Après le
départ du bon Seigneur, au premier
moment de tranquilité, elle lui dit en
riant: —Eft-ce que tout ce que tu as
dit des Terres-auftrales & d'une Ile de
Tinian, de Fernandez, était férieus,
mon Ami? —Comment, férieus, ma

chère Épouse ! très-férieus ! je ne men-
tirais pas à ton Père ! —Et tu comptes
donc que nous ferons-là plus heureus
qu'ici ! —Ce n'eft pas pour le bonheur, ma chère Femme ; il eft pour
moi dans tous les lieux où tu habites :
mais c'eft pour la gloire & l'utilité : nous
fonderons un Peuple nouveau, qui peut-
être fera célèbre un-jour : nous lui don-
nerons d'abord les arts & les fciences,
de-façon qu'il ne puiffe les perdre. —Je
crains bien, mon Ami, que ce grand
projet ne puiffe avoir lieu dans tous fes
points : car d'abord, pour faire une
grande fociété, le bon-fens me dit, qu'il
faudra que tu y mettes tous les vices qui
font répandus dans le monde : autrement,
fi tes Citoyens étaient comme ici, bornés
dans leurs vues & vertueus, ils feraient
la proie de la première Nation-euro-
péane qui les découvrirait. Il faudra
que tu les rendes guerriers, c'eft-à-
dire méchans, afin qu'ils ne foient point
efclaves ; il faudra avoir des vaiffeaux,

& qu'ils commercent. S'ils fe con-
tentent de leurs productions, qu'ils ne
fortent pas de chés eux, je crois qu'ils
f'abâtardiront peu-à-peu. Je remarque
même ici qu'on y a bien l'innocence ou
l'exemption des vices : mais l'on y a peu
d'énergie ; & fi ce n'était & tes lois, &
les exercices que tu as établis, en-un-
mot, fi tu n'étais pas l'âme des Habitans de notre Mont, ils f'engourdi-
raient. —Cela eft très-bien-vu, ma
chère Compagne, & je favais que vous
aviez beaucoup d'efprit : mais fi les
choses glorieuses fe fesaient fans rifques,
fans danger, fans peine, où ferait le
mérite ? La gloire eft de les furmonter,
& c'eft ce que j'efpère : d'ailleurs, nous
avons des Enfans, pour qui cet établif-
fement-ci devient trop étroit. Je vais
d'abord travailler à la découverte de
mon île, ou de mon continent, peu
m'importe, pourvu qu'il foit inhabité,
ou tout-aumoins, qu'il ne le foit point
par des Nations puiffantes, aufquelles

H v

notre voisinage serait incommode. Si
je trouve de ces dernières, je me garderai bien de les faire connaître aux
Européans. Je tâcherai de découvrir
une terre fertile, entre le quarante ou le
quarantecinquième degré; ce qui, suivant les Voyageurs que j'ai lus, équivaut
à-peu-près au 50.me dans notre hémisphère
septentrional : car c'est à cette latitude
que les Hommes sont plus hommes.
Et lorsque nous serons bien-établis, je
porterai à ces Peuples les arts & les
sciences : mais j'aurai le plus grand
soin de leur recommander d'éviter les
navigations au-loin; je ferai ensorte
qu'ils ne quittent pas leurs côtes, &
qu'ils s'avancent très-peu du côté de
l'équateur. Toute ma peine, durant
ce voyage, chère Epouse, est de me
séparer de vous : mais je vous laisse
notre Fils-aîné avec notre Fille : De-
B——m——t tiendra ma place ici : il y
amènera souvent votre bon Père, ainsi
que le mien, que j'ai eu des raisons

pour ne point voir encore ; vous les
fentez ; je voulais ménager la délicateffe de votre Père , & lui laiffer la
liberté de parler de fon Gendre , dans
les termes qui lui conviendront. —Mais,
eft-ce que tu partiras bientôt? —Je
fais déja mes préparatifs : Il nous faut
des aîles plus puiffantes , & pour-ainfi-
dire de longue haleine , afin de porter
nos provisions : nous en aurons une
autre paire , plus légère , pour quand
nous ferons dans le pays , & pour aler
à la chaffe-.

Chriftine fut très fâchée de ce prompt
départ : mais il fesait tant de plaisir a
fon Père , que Victorin ala chercher
pour achever de la déterminer , qu'il
partit vers la mi-feptembre , avec fon
Fils-cadet , mouillés des larmes de
Chriftine , de fon Fils-aîné , & de l'aimable Sophie. Pour le Beaupère , il
était fi tranfporté de joie , qu'il leur
donna fa bénédiction.

Les deux Hommes-volans équipés de
H vj

leurs fortes aîles, s'élevèrent en l'air de la pointe la plus escarpée du Mont-inacceſſible, à dix heures du ſoir, por-tant chacun un panier de provisions, attaché à la ſangle de cuir qui entourait les reins: ce qui d'enbas leur donnait l'air de deux Oiseaus d'une incomparable groſſeur (*). Ils alèrent droit au ſud, prenant pour direƈion le point du mé-ridien marqué par les étoiles de la queûe du *Capricorne*. Ils ne furent que huit nuits à gâgner l'équateur; & comme ils s'élevaient toujours plus-haut, à-mesure que la chaleur augmentait, ils n'en furent point incommodés. Au-contraire, ils eurent quelquefois peine à ſe garantir de la fraîcheur durant la nuit; car ils ſe reposaient le jour ſur les montagnes escarpées, prenant leur ſommeil la tête appuyée ſur leur panier de provisions. Peu de Perſonnes purent faire attention à eux durant ce voyage:

____

(*) *Voyez* le *Frontiſpice*.

l'obscurité, lors de leur départ, & la haute élevation où ils se tinrent ensuite les fesaient passer aux yeux des Paysans pour un petit nuage ; & quant aux Gens des Villes, ils n'en virent rien, si ce n'est ceux du Caire en Égypte ; parce-que les Hommes-volans s'étaient abbaissés pour examiner un gros Crocodile qui dormait sur le Nil : leur apparition causa une frayeur générale à toute la Ville, Musulmans, Cophtes, Juifs : les Premiers crurent que Mahomet, en personne, venait les punir de leurs fréquentes révoltes : les Seconds pensèrent que c'était la fin du monde : pour les Juifs, ils ouvrirent tous leurs fenêtres, & se mirent à s'écrier, *Messiah ! Messiah ! Adonaï !* Mais & les Uns & les Autres furent très-étonnés, quand ils virent les deux Hommes-volans passer sans s'arrêter, & gâgner la plus haute des pyramides, où ils se posèrent

Victorin & son Fils parvinrent la douzième nuit vers l'aurore, au tropique-

du-Capricorne , ayant cette conftella-
tion à leur zénith.   Ils parcoururent les
jours fuivans environ vingt à vingtcinq
degrés , cherchant fous le même parallèle
que la France , un pays qui leur convînt.
Ils apperçurent d'abord une Ile fi confidérable , qu'ils la prirent , à ce premier
voyage pour un Continent : mais comme
elle était habitée , ils la laiffèrent ; &
à vingt–lieues de–là , par les oo degrés
de latitude-fud , & les oo de longitude,
ils en virent une autre grande comme
l'Angleterre , l'Écoffe & l'Irlande réünies,
fituée fous le même méridien que la
France ; de–forte que les heures du jour
y font les mêmes , & qu'il n'y a que les
faisons , qui y foient diamétralement
opposées.

         I.ᵉ Ile : Chriftine , *ou* Nocturne.

Victorin & fon Fils volèrent fur cette
belle Ile durant plusieurs jours : elle
était couverte de bois : cependant il
y avait comme des prairies ,   & une
infinité d'Animaux paisibles ; tels que des

Les Hommes-de-nuit.

Bisons, des Buffles, des Bœufs, des efpèces de Cerfs & de Daims, des Chèvres fauvages ; un Animal qui reffemblait au Zèbre ou à l'Ane ; un autre qui approchait du Cheval ; & pour toute efpèce carnacière, un Tigre ou Jagal, de la plus petite efpèce, mais fort-multipliée, & qui n'attaquait les gros Animaux que lorfqu'ils étaient languiffans de vieilleffe. Ils ne virent point d'Hommes. Ce ne fut que le troifième jour, vers le crépufeule du foir, que le jeune Alexandre découvrit dans l'Ile une Créature prefqu'humaine (*). C'était une forte d'Homme nud, qui les examinait de l'entrée d'une caverne. Il le montra

(*) 3.ᵐᵉ *Eftampe :* Elle repréfente un Homme & une Femme-de-nuit, nuds, couverts d'un poil rare, & ayant les cils fort longs : ils ferment les yeux, à-caufe du jour qui commence, & paraiffent tâtonner : un Troifième eft éloigné. On voit au haut d'un rocher, les deux Hommes-volans, en état tranquile, les aîles rabbatues, qui les examinent. Les arbres ont des fruits-à-pain,

à fon Père ; qui ayant pris fa lunette-
de-nuit (*), & ayant mis en usage le
reffort-de-foutien-fixe, apperçut couchés fur le ventre plufieurs autres
Hommes & Femmes tout-nuds.

—Il n'y a que des Sauvages dans
cette Ile, dit Victorin à fon Fils ; & ils
me paraiffent en fort petit nombre : nous
pouvons nous y fixer. Choisiffons un
endroit découvert & fort, pour y placer
nos premiers Habitans-. Ils fe mirent
à vifiter les hauteurs de l'Ile, en volant
fort-bas, avec leurs aîles légères, mais
non fans précaution ; ils trouvèrent une
montagne, qui leur parut abfolument
deserte, audeffus de laquelle était une
plaine & un lac. Ils f'y abbatirent,
& mirent leurs paniers en fûreté dans
une grotte inacceffible, qu'ils nétoyèrent
de quelques petits Jagals, & où ils

(*) C'eft une forte de lunette inventée en
Angleterre, pour découvrir les vaiffeaux la
nuit.   (Dulis.

paffèrent la nuit. Le lendemain, armés de bons fabres, & de piftolets, ils alè- rent à la chaffe. Ils tuèrent quelques Oiseaus, qu'ils firent cuire dans un vase qu'ils avaient apportés, & ils en prirent le bouillon, qui les fortifia beaucoup. Ils cherchaient à ménager par-là leur bif- cuit. Ils trouvèrent auffi une efpèce de fruit-à-pain, reffemblant à la châtaigne pour le goût. Ils en firent provision, après f'être affurés de fa falubrité, par le moyen facile de le faire manger aux Animaux.

Chaque jour ils f'enhardiffaient d'a- vantage, & ils alaient toujours un-peu plus loin ; ayant foin de faire des marques aux arbres pour retrouver leur grotte. Ils n'épargnaient pas les Jagals, qu'ils tuaient à coups-de-fabre ; pour les autres Animaux, ils n'en prenaient que ce qui leur était néceffaire. Enfin le huit ou dixième jour de leur féjour dans l'Ile, ils trouvèrent un chemin tracé. Ils le fuivirent, en écoutant à chaque pas,

Ils les conduisit à une fontaine, autour de laquelle ils virent une infinité d'Animaux inconnus; qui firent un mouvement de furprise en les voyant, mais fans prendre la fuite. Ils continuèrent de fuivre le chemin, perfuadé que les habitations ne pouvaient pas être éloignées. Ils ne tar-dèrent pas d'arriver où il aboutiffait: c'é-tait une grotte fermée par des tiges d'ar-bres, groffièrement équarries avec des caillous. Ils y regardèrent: mais l'obf-curité y était fi profonde, qu'ils ne purent rien découvrir. Cependant y ayant entendu quelque mouvement, ils eurent peur, mirent leurs aîles légères en état, & f'éloignèrent fort vîte à-pied. Ils regâgnèrent leur montagne, fans avoir rien découvert.

—Mais, mon Père, dit Alexandre, je crois que les Gens de ce pays-ci reffemblent aux Chauvefouris ! nous ne voyons rien & tout eft dans un filence profond durant le jour; mais je vous affure que toutes les nuits, j'ai entendu

comme des voix & des cris d'Hommes :
veillons un-peu celle-ci : pour cela,
couchons-nous dès-à-présent, afin de
nous éveiller à minuit. Victorin y
avait déja pensé : mais pouvait-il deviner
de quelle espèce étaient les Hommes de
l'Ile-*Christine* ? (c'est le nom qu'il lui
avait donné.) Il applaudit à la réflexion
de son Fils, & vers le minuit, tous-
deux se placèrent dans un endroit sûr,
d'où ils pouvaient tout observer. Ils
y étaient à-peine, qu'ils apperçurent
cinq à six Habitans de l'Ile, avec leurs
Femmes & leurs Enfans, qui s'avançaient de leur côté. Ces Sauvages
regardèrent la grotte, & prononcèrent
quelques mots, avec un son de voix
guiorant, à-peu-près comme celui des
Souris ; mais beaucoup plus-fort. Victorin comprit par leurs discours, & par
ce qu'il put saisir de leurs gestes, que son
séjour n'était pas un mystère pour les
Habitans de l'Ile : mais ce qui le surprit
infiniment, c'est qu'ils couraient avec

la même vivacité ; qu'ils cueillaient les
fruits, tout-comme s'ils euffent vu clair.
Ils avaient des crochets de bois, pour
tirer les branches à eux.   Il en vit enfuite
d'autres arriver en grand nombre ; tous
fe parlèrent amiablement.   Ils firent enfuite un repas de fruits-à-pain, & lorfque
l'aurore annonça le retour du jour,
ils fe retirèrent.   Les deux Européans
les fuivirent de loin , & les virent rentrer
dans leur caverne.   Comme ils étaient à
confidérer cette conduite fingulière, deux
Sauvages, Homme & Femme, qui marchaient à-tâtons, quoiqu'il commençât
à-faire grand-jour, vinrent les heurter :
ils en eurent une affés grande frayeur ;
mais s'étant bientôt raffurés, en les voyant
feuls, ils s'emparèrent de l'Homme, malgré fon petit cri de Souris, & ils l'emmenèrent fur leur rocher.   En chemin, ils
rencontrèrent un autre Sauvage , que
leur Prifonnier ne vit pas, quoiqu'il en
fut affés près : mais ils le laiffèrent paffer ;
& ils obfervèrent qu'il fuivait auffi

le chemin à-tâtons, & les yeux fermés.

Dès qu'ils furent arrivés sur le rocher, ils examinèrent le Sauvage : c'était un Jeune-homme d'environ vingt ans, d'un roux-blanc, ayant les cils des yeux très-longs. Il vit un-peu, lorsqu'il fut dans la grotte du rocher, & il marqua beaucoup de frayeur : Victorin & son Fils tâchèrent de le rassurer, en lui fesant des des gestes d'amitié, & en lui offrant de leur déjeûner ; mais il parut insensible à tout, & cherchait à s'endormir. On le mit sur un lit de mousse, où il ne tarda pas à s'assoupir, & où il demeura sans mouvement jusqu'au crépuscule du soir, temps auquel il s'éveilla fort-leste : Victorin & son Fils se présentèrent, & le Sauvage eut encore beaucoup de frayeur ; il ne cherchait qu'une issue pour s'échapper. Ils lui offrirent à manger de la viande cuite & des fruits-à-pain. Mais il n'y voulut pas toucher, & paraissait trembler.

—J'entrevois ce que sont les Sauvages de cette Ile, mon Fils, dit alors Victorin ; ce font des Hommes-de-nuit, dont on prétend qu'il n'y a que quelques Individus accidentels : mais il paraît que c'eft réellement une race, que les autres Hommes ont anéantie par-tout où ils fe font rencontrés avec elle, & qui fubfifte feulement dans les contrées où elle f'eft trouvée feule. Alons : nous ferons une loi, par laquelle il fera expreffément défendu de leur causer aucun mal. Ils ne paraiffent pas méchans : mettons celui-ci en liberté ; tenons-nous enfuite fur nos gardes, & voyons ce qui en arrivera-.

Victorin ouvrit auffitôt l'entrée de la grotte, & l'Homme-de-nuit f'échappa comme un trait. Les deux Européans, munis de leurs aîles, & ayant mis leurs paniers fur un roc inacceffible, fuivirent leur Prisonnier, qui ne tarda pas à rencontrer une troupe de fes Compatriotes. Il f'arrêta ; ils l'entourèrent, & ils commencèrent tous à

guiorer avec une force singulière : à
chaque guiorement du Prisonnier, tous
les autres y répondaient par un cri très-
aigü. Enfin le Prisonnier guiora seul
pendant près de dix minutes. Après
quoi tous les autres guiorèrent à-la-fois,
& tous ensemble vinrent du côté de la
grotte, se tenant fort-serrés. Mais
aucun ne songeait à employer la violence ; ils ne touchèrent à rien, &
ne parurent pas tentés de forcer l'entrée de la caverne. Ils regardèrent seulement par quelques ouvertures, &
témoignèrent qu'ils ne voyaient pas les
deux Etrangers. Victorin & son
Fils connurent par-là que ces Hommes
étaient fort-doux, & qu'on pouvait
vivre avec eux : mais ils comprirent
aussi qu'il serait très-difficile de les apprivoiser. Ils toussèrent alors tous-
deux, en se montrant, pour s'en faire
appercevoir. Il se fit un mouvement
étrange dans la Troupe : ils regardaient
avec étonnement, prêts à s'enfuir :

mais le Jeune-homme qui avait été prisonnier paraiffait les raffurer; il f'avança même
quelques pas, en invitant toute la Troupe
à le fuivre : cependant Perfonne ne l'ofa.
Alors Victorin leur préfenta de-loin de la
viande cuire & des fruits. Ils parurenten
avoir envie, & f'exhorter à l'aler prendre;
mais aucun ne put fe resoudre à commencer : le Prisonnier même ayant fait
vingt pas , fut rappelé par les Autres,
& f'en-retourna. Enfin, Victorin &
fon Fils , pour les étonner d'avantage,
battirent des aîles , & f'élevèrent en
l'air. Alors les Hommes-de-nuit pouffèrent des guioremens d'effroi, & f'enfuirent tous. On entendit , par-tout
à-la-ronde, à-mesure qu'ils avançaient,
des guioremens très-aigüs. Après cette
expérience, les deux Européans fe retirèrent dans leur grotte , jufqu'au jour.
: Bien-fûrs de n'avoir rien à craindre
des Habitans de l'Ile , pendant que le
foleil était fur l'horison , ils la visitèrent
avec plus d'affurance, tantôt volant ;
                                    tantôt

tantôt marchant. Ils la trouvèrent très-fertile.

Pendant qu'ils étaient en l'air, ils apperçurent un vaiſſeau battu par la tempête. Ils ſe propoſèrent d'être de quelque ſecours aux Malheureus prêts à périr dans ces parages, & ils volèrent audeſſus de la ſurface liquide des mers. Ils y étaient à-peine, que le vaiſſeau donna contre un rocher & ſ'entrouvrit : les deux Homme - volans ſ'abbatirent auſſitôt ſur le roc, & crièrent en français à l'Equipage, de ne point ſ'effrayer ; de monter ſur le pont, & de ſe tenir aux cordages. Ils attachèrent enſuite une corde au haut du mât, & ſe ſervant de toute la puiſſance de leurs grandes aîles, ils remorquèrent le vaiſſeau proche d'un endroit où le rocher était à ſec : ils l'y amarrèrent par les mâts, & invitèrent l'Équipage à y grimper à l'aide des cordages. Ce qui fut d'une facile exécution. Ce vaiſſeau était heureuſement français. Dans le premier mo-

ment, la vue d'une mort certaine avait
fait exécuter les ordres des Hommes-
volans, fans grande attention : on fuyait
la mort, & on ne voyait pas autre chose :
mais lorfqu'on fut un-peu plus tranquile
fur le rocher, la furprise des Paffagers
& des Matelots fut étrange, de fe voir
fecourus, à quatremille-lieues de leur
pays, par des Gens qui parlaient français
& volaient en l'air ! Cependant on remit les queftions, le danger n'étant pas
entièrement paffé. Les deux Hommes-
volans portèrent tous les Paffagers à terre
fur l'Ile-Chriftine, deux-à-deux, c'eft-
à-dire, quatre à chaque voyage. Quand
tout le Monde fut en fureté, la mer
fe calma ; & l'Equipage f'étant repofé,
quatre furent reportés fur le vaiffeau,
pour mettre la chaloupe à la mer, &
fauver ce qu'on pourrait des provisions.
On trouva plusieurs caiffes de bifcuit
en bon état état ; du vin, du bléd, de
l'eau-de-vie, des outils ; il n'y avait
que la poudre, qui fût abfolument

perdue. On fauva auffi beaucoup de marchandifes, qui quoique mouillées, pouvaient encore fervir. Ce fut après qu'on eut tiré tout ce qu'on put du vaiffeau, que la mer acheva bientôt de brifer, que les Naufragés envifagèrent les Hommes-volans.

Ils découvrirent ce qu'ils étaient ; obfervant de ne parler que du Seigneur De-B—m—t, dont ils fe dirent fils & petitfils, afin d'être plus refpeétés. Il n'y avait dans tout le vaiffeau, que deux Femmes : on les tira au fort entre les plus jeunes & les plus aimables des Officiers, dont les Hommes-volans firent chois, & tous les autres jurèrent de les conferver en poffeffion de leurs Époufes. Enfuite les Hommes-volans donnèrent des lumiéres fur les Habitans de l'Ile, & proposèrent à l'Équipage de f'accommoder des Filles des Sauvages-noéturnes, perfuadés qu'il en naîtrait une Race mixte qu'on pourrait apprivoiser. Tout-cela f'exécuta dans la fuite : car les premières nuits, on ne fongea qu'à prendre du repos, & dans le jour, à f'arranger un-peu commodément. On laboura enfuite la terre à bras, fuivant les principes de la nouvelle culture, & on y fema une partie des grains trouvés dans le vaiffeau. En attendant la récolte, il fut décidé qu'on économiserait le bifcuit, & qu'on vivrait de fruits-à-pain, de gibier & de laitage : car on découvrit bientôt qu'on pouvait apprivoiser des Chèvres & des Vaches-fauvages. On trouva auffi des Oifeaus reffemblans aux Poules-pintades, qui fournirent des œufs : on fit un jardin ; on fema quelques graines qu'on avait, & les Hommes-volans fe proposèrent d'en apporter de toutes fortes.

Lorfque la nouvelle Colonie fut en-train, les Gens-de-l'équipage furent à la grande caverne des Hommes-de-nuit, & ils y choifirent les plus jolies Filles, qu'ils emmenèrent en-plein-jour, afin qu'elles fuffent plus dociles dans l'obfcurité. Le plaifir apprivoifa en affés peu

de temps ces Épouses singulières (aulieu que les Hommes parurent toujours
indisciplinables; ils tremblaient même à
la vue des Hommes-de-jour ; il n'y avait
que les deux jeunes Européanes qu'ils
semblaient voir avec plaisir). Quand
donc les Naufragés se trouvèrent dans
une situation supportable, Victorin & son
Fils les avertirent qu'ils s'en retournaient
en Europe, pour accomplir ce qui avait
été le motif de leur voyage. Chacun
leur demanda ce qu'il desirait davantage,
& ils partirent chargés de commissions.

En revenant, ils passèrent sur les mines-
de-diamant du royaume de Golconde,
où ils choisirent quelques-unes des pierres
les plus grosses, après avoir épouvanté
les Gardes & les Marchands. Ensuite
ils s'élevèrent en l'air, & gagnèrent
l'Angleterre, où ils les vendirent. Ils
en achetèrent un superbe vaisseau, qu'ils
amenèrent au port de Brest, où ils le
laissèrent à l'ancre.

Ils rentrèrent enfin sur le Mont-inaccessible, six mois après en être sortis, c'est-à-dire, aux environs du 25 mars. Ils y trouvèrent le bon Seigneur De-B—m—t, qui n'en sortait plus, pour calmer les inquiétudes de sa chère Fille. Il est inutile de dire comment ils furent reçus. Mais le succès de leur voyage causa sur-tout une joie inexprimable au vieux Seigneur. Et quand il apprit le parti avantageus que son Gendre avait tiré du naufrage du vaisseau français ; les mariages déja effectués de l'Équipage avec des Femmes-de-nuit, il ne pouvait se modérer ; & il fut le premier à mettre un genou en terre devant sa Fille, en la saluant de Reine, & la traitant de Majesté. Pour mettre le comble à son raviffement, on lui parla des diamans de Golconde, & du vaisseau acheté, afin d'emmener tout-d'un-coup les Habitans du Mont - inaccessible , & beaucoup d'autres Personnes encore, tant Artisans qu'Artistes, aufquels on se garderait bien de dire leur destination. Le bon Seigneur

ne voulut pas refter deux minutes de-plûs
fur le Mont-inacceffible ; il pria fon
Petitfils aîné de le reporter chés lui ;
pour vendre fon château, ainfi que tous
fes biens, & du prix, faire une pacotille.
Tout cela f'exécuta facilement : & pour
ne pas vous arrêter fur des détails que
vous arrangerez vous-même auffi-bien
que moi, je vous dirai en-bref, que
tout le monde fortit, dès qu'on le put,
par une belle nuit, du Mont-inacceffible :
que des voitures préparées reçurent les
Émigrans : que Victorin emmena le
bon Procureur-fifcal fon père, avec fes
Frères, fes Sœurs, fes Cousines, fes
Alliés, tant qu'il y en eut : que tous
gâgnèrent le port de Breft, où leur
beau vaiffeau les attendait : quon y
embarqua des Artiftes & des Artisans,
de toutes les efpèces, avec leurs Femmes
& leurs Enfans, fous prétexte d'aler à
Cayenne : qu'on partit par un beau-
temps & un bon vent, & que lorfqu'on
fut en pleine-mer, Victorin & fes Fils

s'élevèrent en l'air, d'où ils tenaient une corde attachée aux mâts du vaisseau, afin de le diriger, comme fesaient chés les Anciens, *Castor* & *Pollux*: qu'ils trouvèrent ainsi les passages les plus courts, & encore inconnus; que ne se servant pas de boussole, l'Équipage ignora toujours où il alait; que l'un des trois Victorins, & quelquefois Sophie, volaient proche de l'eau, la sonde à la main, pour éviter les bancs-de-sable & les rochers; enfin, qu'en trois mois de navigation, ils abordèrent heureusement, c'est-à-dire, sans perte, quoique non sans peine, à l'Ile-Christine, où ils furent reçus avec des transports inexprimables, par les autres Colons, qui venaient de faire leur première récolte, & d'avoir leur premier Enfant: qu'en mettant piéd-à-terre, Christine fut proclamée Reine: qu'on bâtit un palais, & des maisons commodes; que tout le monde mit la main à l'œuvre, cultiva, défricha, chassa, cueillit des fruits-à-pain, &c.ᵃ : qu'on établit dans l'Ile les lois du Mont-inacceffible, & qu'elles y alèrent très-bien, parce-que Victorin y maintint une forte d'égalité, malgré fon Beaupère, qui voulait de la Nobleffe, des Barons, des Comtes, des Marquis, & même des Ducs & des Cordons-bleus; mais il ne tarda pas à entendre raison : que le bon Procureur-fifcal voulait auffi des Officiers-de-juftice; qu'on eut quelque chose d'approchant, mais qui cependant en différait dans plusieurs points : Enfin, je vous dirai, que les Femmes-de-nuit donnèrent des Métifs, affés particuliers, tenans plûs ou moins des Hommes-de-jour; mais qu'on efpéra de perfectionner cette Efpèce-nouvelle, par des alliances, en-même-temps qu'on abandonnerait entièrement la Race-noc-turne à elle-même; les Hommes-de-jour n'y devant prendre des Femmes que dans le cas de la plus urgente néceffité. Voila dans quel état fe trouvèrent les choses, les fix premiers mois après l'ar-

I v

rivée de Victorin & de sa Famille ; c'est-
à-dire, jusqu'à la première récolte ; après
laquelle tout le monde, qui avait été
agriculteur, reprit chacun ses occupations particulières, soit dans les arts,
soit dans les sciences.

La première Ville, ou le premier
Bourg de l'Ile-Christine, eut trois-cents
Habitans, y compris les Gens du premier navire échoué ; ceux du Mont-inaccessible, qui formaient une véritable
Noblesse, par la pureté de leurs mœurs,
& l'affection que les Souverains & leurs
Enfans avaient pour eux ; & enfin les
Artistes & les Artisans embarqués.   Le
vaisseau qui avait amené les véritables
Sujets de Christine, fut confié à la garde
de la Jeunesse du Mont-inaccessible, avec
avec une défense motivée d'y laisser entrer aucun des autres Habitans : & pour
plus de sûreté, Victorin & ses Fils en
ôtèrent les voiles.   Ce vaisseau fut des-
tiné au commerce avec les Habitans de
la grande Ile voisine, que Victorin &

Alexandre avaient reconnue , avant de
fe fixer à celle des Hommes-nocturnes.

On fit une pacotille pour la grande Ile
aubout de quelques années, lorfque les
Artifans & les Ouvriers de l'Ile-Chriftine eurent affés travaillé pour avoir des
uftenfiles audelà de la confommation des
Habitans.   Victorin & fes Fils y avaient
fait plufieurs voyages pour en connaître
la Nation la plus voifine: ce fut d'après
leurs obfervations, qu'on chargea le vaiffeau de différentes productions, d'ouvrages de l'art de la plus grande perfection ;
en-un-mot, qu'on fe fournit de tout ce
qui pouvait être un objet de commerce.
Voici l'idée qu'ils en prirent.

II.ᵈᵉ *Ile :* La-Victorique, *ou* Patagonie.

Les Peuples de *la-Victorique* (c'eft le
nom qu'ils donnèrent à la grande Ile ,
qui fera deformais le chêf-lieu de la Cinquième Partie-du-monde) font tous des
efpèces de *Patagons* d'environ douze à
quinze piéds de haut.   Ils font fi-doux,
qu'on ne voit pas entr'eux la moindre

querelle. Victorin & fon Fils Alexandre les confidérèrent longtemps avant d'oser defcendre nulle-part : mais quand ils furent à-terre, à-peine f'apperçurent-ils qu'on les regardât. Ils en trouvèrent bien-tôt la raifon, en voyant voler tout-près d'eux de grands Oifeaus, de l'efpèce du Condhor. Enfin le Père & le Fils f'étant abbattus fur une éminence, ils f'y arrangèrent, pour de-là pouvoir faire quelques excurfions dans le pays.

Tandis qu'ils admiraient ce nouveau climat & fes Habitans, ils apperçurent une Jeune-fille, d'environ dix-piéds, (elle avait douze ans) qui détournait deux arbres, & avançait une main pour les faifir. Ils f'éloignèrent un-peu, & comme ils étaient équipés de leurs aîles légères, ils f'élevèrent à quelques piéds de hau-teur : la Jeune-fille prit une pierre pour la leur jeter. Mais une Femme de douze piéds, apparemment fa Mère, l'en empêcha, & fe mit à appeler les les deux Hommes-volans, comme les

Gens de ce pays appellent les Oiseaus ;
manière qui ne diffère de celle de France,
qu'en ce qu'elle eft plus forte.   Victorin & Alexandre crurent pouvoir aler
à elle ; ils f'approchèrent, en lui donnant
des marques de foumiffion & de joie.
Ce qui fit un plaisir infini à la grande
Femme, ainfi qu'à fa Fille. Victorin
ala fe percher fur l'épaule de la Mère,
& Alexandre fur celle de la Fille, qui
paraiffait palpiter de joie, fans ôser lui
toucher.   Enfuite ils f'envolèrent, &
revinrent plusieurs-fois ; & quand les
deux Femmes f'en retournèrent, ils les
fuivirent.   Ils arrivèrent à une grande
maison, entièrement conftruite de bois ;
où ils y virent des Hommes encore plus
grands que les Femmes, auxquels celles-
ci parlèrent beaucoup, en les montrant.
Mais les Hommes parurent faire affés peu
d'attention à eux.   On fe mit à table,
comme on f'y met dans ce Pays-là ;
c'eft-à-dire, que chacun prit place fur
des poutres qui fervaient de fiéges, &

la Mère de la Jeune-fille diſtribua des fruits-à-pain, des racines, outre une eſpèce de pâte, dont chacun eut plein un grand vase de bois. Quand tout cela fut mangé, chacun ſe coucha ſur des feuilles & de la mouſſe, audeſſous de la place qu'il avait occupée pour ſouper. Il n'y eut que la Jeune-fille, qui ſongeât à donner quelque nourriture aux deux Hommes-volans : ils la prirent de ſa main, & cauſèrent à cette bonne Enfant une joie très-vive.

Ils partirent dès le lendemain : ce ſéjour leur paraiſſait fatiguant : l'Homme accoutumé à être le Roi de la nature, n'eſt pas à ſon aise avec des Êtres qui paraiſſent le regarder avec le dédain de la ſupériorité physique, dont rien ne conſole : aulieu que la ſupériorité civile qu'ont vos Princes, les Rois même, ne fait qu'une ſenſation aſſés légère ; en conſidérant les choses ſous leur vrai point-de-vue, on ſ'en conſole : j'ai autant de force ; je puis goûter les

mêmes plaisirs ; je vis autant : fans les
fecours qui leur font étrangers , ils
feraient tous mes égaux , &c.[2] Mais
un Être qui peut prendre deux ou trois
Hommes dans fa main , & les tenir-là
comme des Oiseaus , nous avilit en
quelque forte. Il n'eft donc pas furprenant , que les Géants d'autrefois,
qui étaient répandus dans l'ancien continent , aient été détruits peu-à-peu
par les petits Hommes ; fi la-Victorique
fe peuplait d'Européans , les Patagons
qui l'habitent aujourd'hui , ne fubfifte-
raient peut-être pas trois fiècles.

De retour chés eux , Victorin & fon
Fils publièrent leur découverte : mais
ils ne pouvaient encore fonder là-deffus
aucune fpéculation de commerce. Ce
ne fut qu'après trois ou quatre voyages,
qui les familarifèrent avec les Patagons,
& les Patagons avec eux , qu'ils fe
déterminèrent à leur porter différens ouvrages , dont ils leur avaient montré des
échantillons , & qui leur avaient agréé,

Ils eurent sur-tout l'attention, que ces ouvrages sussent proportionnés à la tâille du Peuple avec lequel ils voulaient commercer.

Le vaisseau chargé de marchandises, arriva donc chés les Patagons-austraux, qui furent très-émerveillés de le voir, & auxquels il donna une grande idée des Petits-hommes. Ils parurent sur-tout charmés de voir que l'Équipage du vaisseau était entièrement composé de Nains, faits absolument comme eux, & sans aîles. On s'expliqua par signes; & on parvint, en un mois, à entendre passablement la langue les Uns des Autres. Ce fut alors que la raison, l'industrie, la science des Petits-hommes, les mit en haute considération chés les Patagons. Ils admirèrent tous nos arts, toutes nos inventions; & si quelques-uns d'eux les regardèrent comme un effet de notre faiblesse, les autres (ce fut le plus grand nombre, mais non les plus Sages) en furent réellement

enchantés.   Le fecret de fe fervir d'aîles
factices fur-tout, leur femblait admirable :
mais Victorin fe garda bien de les éclai-
rer là-deffus !   Quant au vaiffeau, ils
ne parurent pas tentés d'en conftruire :
ils dirent que leur terre était fuffifante,
& qu'il était fou d'employer des moyens
que la Nature ne nous a pas donnés pour
aler chercher d'autres demeures : que
l'Homme, ainfi que la Plante, doit refter attaché à fon fol, & qu'il ne peut
que fe dénaturer en le quittant.

Ces raifons ne parurent pas excellentes à Victorin, qui fe trouvait bien-
mieux Souverain à l'Ile-Chrifline, que
Procureur-fifcal en Dauphiné, ou même
Roi du Mont-inacceffible, d'où on ne
pouvait f'étendre, & qui bientôt n'aurait
pu nourrir fes Habitans; de-forte que
les Expulfés auraient tout découvert.
Auffi n'y avait-il laiffé Perfonne; &
depuis fon départ, ce Mont eft abfolument inhabité, comme il l'était auparavant.

On rapporta en échange du pays des
Patagons, ou de la-Victorique, des
métaux qui ne fe trouvaient pas dans
l'Ile-Chriftine ; fur-tout de la platine,
qui y était en abondance & prefqu'à fleur
de terre. Celle de la Victorique eft
beaucoup plus fufible & plus malléable
que celle de l'Amérique ; auffi a-t-elle
aujourd'hui à l'Ile-Chriftine, la même
valeur que l'or en Europe. On en fait
les plus beaux ouvrages, & toute la
monnaie du pays. On apporta encore
des dents d'Éléphans d'une prodigieufe
groffeur, dont on fit des ouvrages ad-
mirables, & même des colonnes-de-lit.
On découvrit auffi un métal approchant
du cuivre ; mais, qui n'eft point fujet
au verd-de-gris comme le nôtre : il n'y
avait point d'argent, ni d'étaim ; mais
il f'y trouvait un-peu de fer, & une
efpèce de plomb. On effaya de faire les
inftrumens tranchans de ce fer, & on y
réuffit affés bien ; cependant ils ne valent
pas ceux de votre pays : C'eft pourquoi

Victorin s'était proposé de faire de loin-
en-loin, un voyage dans les Terres-
boréales, pour y échanger de l'acier,
contre des productions de l'Ile-Christine
& de la-Victorique: mais il a depuis
changé d'avis, ne voulant pas divulguer
les mines de son hémisphère, & il se
procure du fer & de l'acier par le moyen
des Patagons, qui exploitent eux-mêmes,
leurs mines. Aussi ne voit-on en Europe
ni de la platine australe, ni du cuivre nouveau. Victorin a fait réflexion que ces
métaux pouvaient exciter la cupidité des
Européans, & il reserve cette branche de
commerce, pour les temps, où l'Ile-
Christine, suffisamment peuplée, servira
de barrière au Nouveau-monde. J'ai
cru devoir vous donner ces idées sur la
nouvelle Peuplade, avant d'entrer dans
les détails de ses progrès & de son
Gouvernement intérieur.

Quelque temps après le premier
voyage du vaisseau à la-Victorique,
la Reine Christine & son Mari son-

gèrent au mariage de leur Fils-aîné.
Ils le preſſentirent, en lui diſant avec
tendreſſe, qu'étant le premier Parti du
Royaume, il pouvait choiſir parmi
toutes les Jeunes-perſonnes, celle qui lui
paraîtrait la plus belle & la plus méritante. Mais à cette propoſition, le
Jeune-homme garda le ſilence, & même
il parut triſte. Un mois ſ'écoula ſans
qu'il fît aucune réponſe. Cette reserve
dans un Jeune-homme bouillant donna
quelqu'inquiétude : Chriſtine en parla
au bon Seigneur ſon Père ; qui partant
de ſes préjugés, lui répondit : —Parbleu ! cela eſt bien étonnant ! qui
voulez-vous que votre Fils épouſe ?
la Fille de votre Femme-de-chambre,
ou de ſon Cordonnier apparemment ?
car ſe ſont les deux plus accomplies de
tout le Royaume ! Mais penſez-vous
que mon ſang, un Garſon qui me
reſſemble, & qui ſans-doute a mes
inclinations, puiſſe ſe ravaler juſques-
là ? —Mais, cher Seigneur-&-Père,

répondit Chrisline, comment voulez-
vous que nous fassions? Il n'y a pas
d'autre moyen de le marier; & il
faudra bien aussi que nous donnions
Sophie à quelqu'un de nos Sujets;
qu'Alexandre épouse.... —Pourquoi-
donc? Parbleu! Votre Majesté a des
vues bien-courtes, pour une Souveraine! Que le Père & les deux Fils
partent pour l'Europe; c'est l'affaire de
dix à douze jours que d'y arriver; qu'ils
y choisissent deux Princesses des plus
illustres, & qu'ils les apportent ici, où
vos Fils les épouseront. Quant à Sophie,
je pense qu'il ne sera pas plus difficile
d'aler lui chercher pour mari, quelque
Fils de Roi; non-pas un Aîné, qu'il
faut laisser à son Peuple, mais un Cadet.
—Cela n'indisposerait-il pas la Colonie,
mon Père? —Aucontraire, madame!
Votre-Majesté doit être persuadée, que
cela doit accroître le respect; aulieu que
la familiarité ne pourrrait que le détruire.
—Il faudra en parler à mon Mari.

—Oui, Madame ; & je me charge d'expliquer les intentions de Votre-Majeſté au Roi votre auguſte Épous- (dit emphatiquement, quoique très-ſérieusement le le Père de Chriſtine).

Victorin avait auſſi remarqué la rêverie de ſon Fils, & elle lui donnait des inquiétudes bien-plus ſérieuses qu'à Perſonne. Cette rêverie avait commencé depuis le voyage du vaiſſeau à la-Victorique : il avait même fait une découverte ; c'eſt que trois heures ſuffisant pour aler par vol, de l'Ile-Chriſtine à la-Victorique, ſon Fils y retournait aſſés fréquemment en ſecret : Mais il ne pouvait imaginer ce qui l'attirait chés ces Géants. Sans rien témoigner de ſes inquiétudes, à la Reine ſon épouse, lorſqu'elle lui parla d'enlever une Princeſſe, il ſe contenta de lui répondre, qu'il falait donner l'exemple aux Habitans de l'Ile-Chriſtine, en leur montrant qu'on ſuivait comme eux le ſyſtême de l'égalité. Cette raison parut bonne à la Reine ; qui, d'ailleurs n'était jamais d'un avis opposé à celui de son Mari , & elle se promit de la faire goûter au bon Seigneur son Père.

Victorin, de son côté, chargea Alexandre de tâcher de pénétrer les dispositions de son Aîné. Le Jeune-homme y travailla, mais sans succès : cependant comme il cherchait toutes les occasions d'entretenir son Frère en-particulier, il s'apperçut qu'il alait à la-Victorique. Il l'y suivit, ayant bien soin de n'en pas être apperçu. L'Aîné vola droit à l'habitation de la Jeune-fille Patagone, qui la première avait vu le Père & le Fils-cadet, à leur premier séjour dans cette Ile. Alexandre observa que la Jeune-personne attendait son Frère ; qu'elle le reçut dans ses bras, & qu'elle l'emporta avec elle, en le caressant beaucoup. Il vit que son Frère lui rendait ses caresses ; enfin il ne douta pas qu'ils ne fussent amans. Cette découverte lui parut très-extraordinaire. Il repartit sur-le-champ

pour l'Ile-Chriſtine , & vint rendre-
compte à ſon Père de ce qu'il avait vu.

Victorin aſſembla auſſitôt toute la
Famille-royale ; la Reine , la Princeſſe
Sophie , ſon Beaupère , ſon Père , ſa
Mère , ſes Frères , ſes Sœurs , auxquelles ſe joignit l'Eccléſiaſtique ; & il leur
expoſa ce qui ſe paſſait.   Le bon Seigneur fut d'avis que cette inclination
avait quelque choſe de grand , & qu'elle
était préférable à l'alliance avec une
Sujette : que d'ailleurs , par ce mariage
la Famille-royale deviendrait d'une ſtature audeſſus de celle du Peuple.   L'Eccléſiaſtique , qui était aumoins archevê-
que , ſ'il n'était pas davantage , ajouta
gravement , Qu'il n'y avait pas à douter ,
en liſant avec attention les écrits d'Ho-
mère , & même ceux dès Poëtes-latins ,
que les anciens Rois des Grecs , leurs
Héros , & leurs Dieus ne fuſſent des
Géants : que les amours de Jupiter , n'é-
taient que les goûts paſſagers de ce Géant
pour des Femmes de tâille-commune :
                                              que

que les Héros, qui fortaient de ce commerce, étaient des Hommes-moyens,
qui participaient du Géant par leur Père,
& de la petite Race par leur Mère;
ce qui est aussi confirmé par nos écri-
tures-sacrées; car tels furent les Hommes turbulens, dont elles parlent, qui
étaient issus des Enfans-de-Dieu & des
Filles-des-Hommes: tels furent chés les
Grecs, Hercule, infiniment supérieur à
son Frère Euryfthée, quoique né de la
même Mère, mais non du même Père;
celui d'Hercule était un Géant; aussi la
Mère de ce Héros eut-elle beaucoup de
peine à le mettre au monde; comme
le dit Ovide: le Père d'Euryfthée aucontraire, était un Homme commun, nommé
Amphitryon: tel fut Bacchus; mais Sé-
mélé fa mère fut moins heureuse qu'Al-
cmène, son Enfant trop-gros obligea de
l'en débarrasser avant fept mois, & elle
en mourut; d'où la fable, qu'elle avait
voulu voir Jupiter dans toute fa gloire;
fable qui préfente un autre fens, que

mon caractère m'empêche de vous expliquer, &c.ª-.

Le bon Seigneur trouva ce savant discours admirable. Il ne fit aucune impression sur Christine : mais Victorin y réfléchit, & il resolut de voir, si un pareil mariage serait possible. Il attendit le retour de son Fils-aîné, qui ne tarda pas à paraître, & dans qui tout annonçait que ses amours n'avaient pas un succès malheureus.

Victorin l'aborda d'un air de bonté : il lui fit entendre qu'il connaissait les dispositions de son cœur, & ala jusqu'à le prier, au nom de la tendresse qu'il avait pour lui, de le mettre, par une confidence entière, dans le cas de travailler à son bonheur, en quelque chose qu'il le fît consister. Un discours si affectueus produisit son effet. Le Jeune-homme, quoiqu'en rougissant, répondit à son Père :

—Je serais indigne de tant de bonté, Seigneur, si je ne vous ouvrais toute mon âme. Vous savez que j'ai été très-bien reçu chés les Patagons, lors de notre voyage pour le commerce. La Jeune-perfonne qui vous avait apperçu la première, vous & mon Frère, me témoigna fur-tout beaucoup d'affection : & dès que nous pumes entendre quelques mots du langage l'Un de l'Autre, elle m'affura que, fi je voulais être à elle, aucun Patagon ne lui ferait jamais rien. Voila ce qu'elle me fit comprendre clairement. Vous favez comme elle eft charmante ; comme elle eft bien-faite ! mon cœur ne put refifter. Je lui dis, que j'étais le Fils-aîné du Chef des Petits-hommes. Elle me répondit, que chés eux, tous les Hommes étaient égaux : que fon Père était très-eftimé dans fa Nation : que cependant, fi j'étais plûs que les autres Petits-hommes, cela nous rapprocherait. Nous convinmes de nous voir fouvent. A notre départ, elle parut très-affligée : je lui dis qu'au-moyen de mes aîles, prérogative unique dans ma Famille, je pourrais la voir preſque tous les jours. Je n'y ai pas manqué, mon Père : je ne ſaurais vous exprimer à quel point je l'aime, & j'en uis aimé : mais je ne me diſſimule pas les difficultés : conſentirez-vous, ma Mère voudra-t-elle que je prenne une pareille Épouse ? ne bleſſera-t-elle pas les yeux de la Nation ?　Quand votre bonté me ferait ſurmonter tous les obſtacles, les Patagons, qui nous regardent à-peine comme des Hommes, verront-ils de bon-œil une de leurs Filles donnée à un Pygmée, comparé avec eux ? Voila, mon cher Seigneur-&-Père, tout ce que je me ſuis dit, ſans pouvoir ſurmonter le panchant que m'inſpire la belle *Iſhmichtriſs* :　Je trouve de la grandeur à aimer une pareille Fille, toutes les Princeſſes, toutes les Beautés de l'Univers ne me paraiſſent rien auprès.... Cependant, mon Père, j'eſpère tant de votre bonté, que j'ose compter ſur votre aveu particulier, & même ſur des démarches auprès des Patagons-

Victorin, quoiqu'il s'y fût attendu, demeura très-surpris du discours de son Fils : il se retira pour y rêver à son aise. Après quelques réflexions tumultueuses, il rappela De-B—m—t. —Ne parlez à Personne de ce que vous venez de me confier, lui dit-il ; depeur que nous ne devinssions la fable de nos Compatriotes, en cas de non-réüssite. Je vous avouerai, mon Fils, que la grandeur de vos vues me flate, & je présume que vous aurez aussi, par des motifs particuliers, l'aveu de votre Grandpère maternel : mais moi, je vois beaucoup plus-loin ; & il me semble, que si nous pouvions unir les deux Nations par des mariages, nous aggrandirions notre Espèce. Je penserai à tout cela. En ce moment, il ne s'agit que de vous. Nous irons tantôt ensemble à l'Ile-Patagone, & je verrai à sonder les Principaux de la Nation.

Le Jeune De-B—m—t fut transporté de joie de trouver son Père dans des

ſentimens ſi conformes aux ſiens : mais
aulieu de l'attendre , il paſſa ſur-le-
champ à la-Victorique , pour prévenir
ſa Maitreſſe de la démarche de ſon Père.
Iſhmichtriſs en fut ravie. Elle mena
ſon Amant vers ſa Mère , à laquelle elle
avait déja avoué ſon inclination , & la
ſupplia de ſ'intéreſſer pour eux auprès
de ſon Père , & des autres Pères-de-
famille de la Nation. *Ouſlichſlo* écouta
ſa Fille avec bonté ; elle fit des careſſes
au petit De-B——m——t, qu'elle porta ſur
le poing , comme un Oiſeau-de-proie ,
& ils alèrent tous=trois auprès du grand
Horkhoumhannloch, Père d'*Iſhmichtriſs*. *Ouſlichſlo* lui fit , ſans détour ,
la proposition du mariage. Dès qu'il
l'eut entendue , on ſ'apperçut qu'il voulait rire ; mais les eſprits ne circulant
pas auſſi vîte dans ces grands corps que
dans les nôtres , on vit par-degrés ſes
traits ſ'y diſposer , ſes yeux ſ'animer , &
il n'éclata qu'environ cinq-minutes après
le diſcours de la Femme. Voici à-peu-

près la traduction de sa réponse :
»—On n'accusera pas notre Fille , ma
» chère *Itimikhili* (épouse), d'être *Rha-*
» *mca* (portée à la lubricité); aucontrai-
» re, toute la noble & puissante Nation
» des *Ppotkhoghans* (Patagons) la loue-
» ra, comme étant très-*mitimhipipi*
» (sobre en amour): mais à moi, ce qui
» me paraît en ce moment de grande
» considération, c'est que j'aurais pour
» petitsenfans des *Ouoûmbjíh* (Mouches-
» à-miel), & cela serait assés drôle! Il
» ne nous manquerait plus que de donner
» la Sœur de ce *Mijhi-titi-Mhan* (joli
» petit Homme) à notre Fils le grand
» *Skhapopantighô* : mais cela ne se pour-
» rait pas ; car il en arriverait autant à cette
» *Mijhi-titi-Mosti* (jolie petite Femme),
» qu'à la *Nhiti-Mosti* (Femme-de-nuit) de
» *Sunhichdhómbah* (Ile-nocturne; c'est
» le nom patagon de l'Ile-Christine), qui
» mourut *Oh-mhan-ʒalopipi* (enceinte)
» du *Ppotkhogh an* qui l'avait enlevée.
· »— Mon cher *Khratakhahboul* (mari),

répondit la bonne *Ouſliſchſlo,* „ j'aime
„ ce *Lilimhi* (bijou); donnons-lui notre
„ *Bikhijhi* (fille)'; il la rendra heureuse,
„ n'importe comment.

„—*Ha-Limiſëqui* (ma-Femme), je
„ ne puis décider d'une pareille chose,
„ ſans conſulter nos *Oh-Mahn-oh* (Chefs-
„ de-famille); il ne me faut qu'une dix-
„ aine d'*Orhomhodho* (cercles ou années)
„ pour les voir tous : je vous rendrai
„ réponſe auſſitôt „.

Les Femmes ſont vives par-tout, même chés les Paragons : la bonne *Ouſlichſlo* ſ'impatienta : „—Je veux réponſe
„ ſur-le-champ, dit-elle; ou vous alez
„ me voir me chagriner, pleurer & ne
„ plus manger du tout. —Alons, alons,
„ ma chère *Limiſëqui,* je vais ſeule-
„ ment parler à nos Voisins, & dans
„ dix *Vhicilli* (lunes ou mois) je pourrai
„ vous rendre réponſe. —Dix *Vhicilli!*
„ je ne boirai donc, ni ne mangerai, ni
„ ne dormirai, d'ici vos dix *Vhicilli !*
„ —*Ha-Oh!* (mon-Dieu!) que vous êtes

» prompte, ma *Limiſëqui!* Eh-bien, je
» ne veux que dix *Ikirikoh* (ſoleils ou
» journées) pour voir nos Voisins : on ne
» peut aler plus vîte! —Je ne vous don·
» nerai pas dix *Tabalah* (heures) : pas
» dix *Thathatha* (minutes ou battemens
» de pouls) : il faut appeler ſur-le-champ
» deux ou trois *Oh-Mhan-oh*, & que
» cela ſoit décidé. —Alons donc! je
» le veux! dit bonnement le grand *Hor-*
khoumhannloch.

On appela auſſitôt deux ou trois Chefs-
de-famille, & on leur proposa le cas
à décider, en - préſence de leurs
Femmes. Ces graves Perſonnages écou-
tèrent attentivement : enſuite ils ſe regardèrent : puis l'Un d'eux fit ſigne en
quatre minutes qu'il alait parler : les
autres ſe tournèrent à-demi de ſon côté ,
en trois minutes. Leurs Femmes bouil-
laient d'impatience. Enfin le grand
Ombomboboukikah, le plus ancien, dit :
«—Le cas eſt grave : il ſ'agit d'une
» alliance avec une Eſpèce inférieure,

„ qui bien qu'elle foit douée de raison,
„ nous a paru par fa vivacité, fa légèreté,
„ fa beauté, plus rapprochée des Femmes :
„ Adonc, il faut affembler la Nation,
„ & prendre vingt *Orhomhodho* pour
„ délibérer-„. Les Autres furent tous
du même avis, à l'exception d'un Seul,
qui opina pour trente cercles. Heureusement les Femmes perdirent patience,
& elles effrayèrent tellement ces graves
Perfonnages, qu'il fut décidé par elles,
que le mariage fe ferait dans dix foleils
au plus tard. Toutes prirent le Jeune-
De-B—m—t dans leurs bras, & le
careffèrent à l'étouffer.

Une raison particulière portait les
Femmes à favoriser la paffion de la belle
Ifhmichtrifs ; c'eft qu'il y a beaucoup
moins d'Hommes que de Femmes en
Patagonie ; ce qui fesait que chaque
Homme en avait aumoins trois. Il y
a apparence que c'était auffi la raison
qui avait déterminé la jeune Patagone :
elle avait calculé, que l'aimable Petit-

homme valait environ le tiers d'un Patagon, & qu'ainſi, l'ayant à elle-ſeule, cela reviendrait au même.

Le Jeune De-B—m—t, comblé de careſſes, partit à tire-d'aîle, pour retourner à *Sunhichdhômbah*, ou l'Ile-Chriſtine. Il trouva ſon Père qui l'attendait pour partir. Le Jeune-homme lui rendit-compte du voyage qu'il venait de faire, pour prévenir ſa Maitreſſe; ce qui fit beaucoup de plaisir à Victorin, & changea ſa resolution. Il remit le départ au lendemain, & dès le même ſoir, il fit aſſembler les Chefs de ſa Colonie, auxquels il tint le diſcours adroit qu'on va lire :

« —Très-chers Compatriotes : j'ai » l'honneur d'être votre Chef, & » quoique nous ſoyions tous égaux dans » cette heureuſe Colonie, puiſque nous » ſommes tous des Hommes, vous m'en » regardez comme le Fondateur. Mais » je ne veux les avantages de ma place, » qu'avec les peines, les charges & les

» facrifices ; vous êtes tous heureus,
» par une conduite honnête, affectueuse;
» il faut que ma Famille & moi nous
» alions audelà, pour mériter la confi-
» dération dont vous nous honorez;
» nous devons chercher à affurer votre
» repos, votre tranquillité, votre com-
» merce avec les Nations voisines.
» Concitoyens, je médite, depuis que
» mon Fils eft à marier, un grand
» deffein, un deffein qui vous étonnera ;
» dont le fuccès me paraît incertain, mais
» dont les avantages feraient immenfes :
» le voici : Vous avez des Filles char-
» mantes ; mon Fils-aîné eft aimable ;
» il n'eft pas que l'amour ne puiffe le dé-
» terminer pour quelqu'une d'elles : mais
» j'ai la certitude qu'il n'a encore ouvert
» fon cœur pour aucune. Mon deffein
» eft qu'il f'immole lui-même, & que
» pour le bien de l'État, il prenne une
» Épouse parmi la Grande-efpèce qui
» nous avoisine. Cette alliance nous
» apportera le plus grand des biens, la

» paix, l'amitié avec des Hommes puiſſans.
» Voila, chers Concitoyens, ce que mon
» Fils-aîné & moi ſommes déterminés à
» faire pour le bien public. Parlez,
» & que les Chefs de la Colonie diſent
» librement ce qu'ils penſent ».

Un murmure d'applaudiſſemens s'éleva
auſſitôt : les Chefs entourèrent le bon
Seigneur, père de la Reine ; & le
chargèrent de faire les remercîmens de la
Nation au Père & au Fils.

»—C'eſt avec tranſport, s'écria le
» Vieillard, que je me vois chargé
» par des cœurs vraiment français, de
» témoigner au Roi mon Gendre & au
» Prince - héréditaire - dauphin, mon
» Petitfils, la haute vénération qu'inf-
» pire aux Chefs de la Colonie, leur
» resolution noble & généreuse! Alez,
» Héros immortels, alez conſommer
» votre ouvrage ; c'eſt le vœu de tous
» les Habitans de l'Ile-Chriſtine, &
» ſur-tout, c'eſt le mien » !

La Reine était présente : elle embraſſa

fon Fils les larmes aux yeux; en lui
difant, —Obéis à ton Père & à ton
Ayeul-. Victorin reprit la parole:

»—Quant à mes deux autres Enfans,
» je propose ma Fille comme un prix,
» pour le plus méritant Jeune-homme
» de la Colonie, celui qui fe diftinguera
» par les qualités du cœur & de l'efprit,
» joints à une aimable figure : Tous les
» Jeunes-gens de la Colonie, fages, bien-
» faits, plus âgés de deux ans aumoins
» que ma Sophie, peuvent prétendre à
» fa main; & celui qui gâgnera en-même-
» temps fon cœur, qui obtiendra l'eftime
» de fa Mère, la mienne, & le fuffrage
» de la Nation, quel qu'il foit, devien-
» dra fon épous. Quant à mon Fils-
» cadet, il eft auffi dévoué pour le bien
» public que fon Frère, & nous fonge-
» rons à lui, après le mariage de fon
» Aîné-».

Le lendemain-matin, Victorin & fes
deux Fils volèrent en Patagonie, & defcendirent chés les Parens de la belle

Ishmichtrifs. Ils furent reçus par la bonne *Ouflifchflo*, avec les témoignages de la plus tendre affection. Et comme en ce pays-là, on ne demande les Filles en mariage qu'aux Femmes, qui en dif-posent à leur gré, la demande de Victo-rin fut faite & agréée fur-le-champ. Le point qui arrêta le plus longtemps, ce fut le féjour de la Nouvelle-mariée à *Sunhi-chdhómbah* (l'Ile-Chriftine); on ne vou-lait pas y confentir; difant, que c'était le pays des *Tlitilhiti-Mahn* (Chauvefouris humaines). Mais le Roi de l'Ile-Chriftine ayant détaillé fes grandes idées, expliqué ce qu'il efpérait de l'alliance patagone, pour aggrandir fon Efpèce, & de-plûs, ayant été vivement appuyé par la Future, les Dames-patagones fe rendirent, & fi-rent décider le mariage par les Hommes: (car dans ce pays-là, les Hommes pa-raiffent décider de tout, & ne décident de rien; & aucontraire, les Femmes, paraiffent ne rien faire, & elles font tout, *comme ici.*) Le jour pris pour

la célébration, il fut convenu qu'elle aurait lieu à la manière des deux Nations ;
que toute la Famille du Marié f'y trou-
verait, & qu'on l'aggrégerait à la Nation Patagone, dont elle ferait pár-la-
fuite réputée Membre, en confidération
de l'alliance.

Victorin & fon Fils très-fatiffaits,
f'en-retournèrent chés eux, pour travailler aux préparatifs.   On fabriqua de
belles étofes rose-vert-&-or, pour en
faire plusieurs polonaises à la Mariée ;
car il était décidé qu'elle prendrait l'habillement français.   Lorfque les étofes
nouvelles furent achevées, on lui en
porta les échantillons, & d'habiles Couturières de l'Ile-Chriftine, avec les plus
célèbres Marchandes-de-modes, ainfi
que le Cordonnier, alèrent en Patagonie, pour prendre la mesure à la belle
Ifhmichtrifs, avoir fon goût, ou le
lui infpirer. Les Ouvrières en furent
très-bien reçues ; & au-moyen de petites
échelles comme celles des Bibliothèques,

elles prirent les dimenfions du vafte corps de la Belle, qui ayant atteint fa quinzième année, avait déja les trois-quarts de fa hauteur : car les Patagons grandiffent jufqu'à vingtcinq ans. On lui conftruisit un bonnet de la forme d'une frégate, avec les agrès, les cordages, les canons, les mâts, les voiles (*), &c.ª, qui lui fut à ravir, parce-que le bonnet étant vafte, les objets pouvaient y être détaillés avec grâce. *Ifhmichtrifs* en fut très-contente.   Mais cette parure n'était que pour le jour du mariage : on en fit une autre plus féyante & moins vafte, dans le goût le plus exquis pour le lende-main.   On lui effaya un fourreau, qui reffemblait parfaitement aux polonaises actuelles, & n'avait rien de la mauvaise forme que les Ouvrières mal-adroites commencent à y donner ; & au-moyen des coudes & de la croupe-artificielle qu'on y ajufta, la belle Patagone aurait

(*) On vient d'en renouveler la forme, fous le nom de *bonnet-à-la-Belle-poule.*

pu cacher fous fes jupes un Régiment
entier de nos Soldats habillés à-la-pruf-
fienne. Tout l'embarras était de trouver
des plumes affés grandes : les Marchandes-de-modes le témoignèrent à la Mère
de l'Accordée. —Ce n'eft que cela qui
vous manque , leur répondit-elle ! eh !
que ne parliez-vous-? On envoya à la
chaffe le Frère d'*Ifhmichtrifs*, le grand
Skhapopanthighóh, qui tua une forte
d'Autruche, dont les plumes des aîles
étaient auffi longuesq ue des joncs marins :
on les façonna comme on put, on les
teignit de différentes couleurs, & on
parvint à en faire un panache, qu'on
affujétit fur la tête d'*Ifhmichtrifs* avec
des fils-de-platine, & des épingles comme
de petits leviers. Le grand embarras ,
ce fut la frisure : les cheveux de la belle
Patagone étaient fi longs & fi rudes, que
les deux Coïfeurs les plus expérimentés
de l'Ile-Chriftine, célèbres auparavant
à Paris, ne parvinrent qu'avec peine à
les contourner : Ils y réüffirent néan-

I. Schmichtriſs qu'on achève de parer

moins, tant ils étaient habiles! l'Un
d'eux mettait dans une boucle le bras
entier, autour duquel son Camarade la
roulait; desorte-que chaque boucle ref-
semblait fort à ces cylindres qui foulent
le gazon dans vos jardins stériles. Quant
à la chauffure, le Cordonnier *Parisien*
eut l'art de donner de la grâce au vaste
soulier de la Belle; il observa si bien
toutes les proportions, fit la pointe si
aigüe, le talon si mince, tint le cou-de-
pied si élevé, que lorsqu'*Ishmichtriss*
fut en bas-de-soie, & chaussée en dro-
guet-blanc, les Français même convinrent, que son pied était le plus mignon
qu'une Femme de sa taille pût avoir. (*).

(*) 4.me *Estampe*: *Ishmichtriss*, dont on
achève la toilette: Elle est sous une tente attachée aux arbres: Son Futur sur des échasses lui
présente un bouquet: un Coiffeur donne la dernière nuance de poudre à ses cheveux: une Fille-
de-modes passe la tête & les bras par le trou de
sa poche: son Cordonnier boucle son soulier: Le
Père de la Patagone est immobile devant elle.

Le jour où les deux parures furent achevées (c'était l'avant-veille du mariage) on assembla le Voisinage, pour voir la belle *Ishmichtrifs.* Elle sortit d'une belle cabane formée par les branches des arbres voisins, & construite exprès : tout le monde Patagon était assemblé devant la porte ; les Femmes d'un côté, les Hommes de l'autre ; le Père d'*Ishmichtrifs* seul avait été curieus de rester où l'on parait sa Fille. Les Ouvrières au nombre de dix, coîfées le plus haut possible, avec des plumes d'Autruche, & ayant des chaussures dont le talon avait un demi-pié, des hanches, des croupes, &c.ª, la précédèrent. Les Patagons en les voyant, se récrièrent, que les Naines de l'Ile-*Sunhichdhômbah* n'étaient pas si Naines ! ensuite parut la belle *Ishmichtrifs.* A son aspect, toute l'Assemblée resta muette d'étonnement : les Patagones elles-mêmes demeurèrent la bouche entr'ouverte. Elle s'avança majestueusement entre deux haies de ses Parens

& de ses Concitoyens, fesant à chacun, une salutation grâcieuse, telle que le cé-lèbre *Marcel* (amené parmi les Artistes, lorsqu'on avait abandonné le Mont-inac-essible, & qu'on a cru mort sans-doute à Paris), lui avait enseigné à la faire : *Ishmichtriss*, donc, s'avançait maje-stueusement, fesant à chacun une grâ-cieuse salutation. Tout le monde Pata-gon fut enchanté de ses grâces ; mais un-peu humilié de sa *hauteur* (prenez ce mot au physic) : elle surpassait infini-ment tout ce qu'il y avait de grand parmi les plus grands Patagons. Le jeune De-B—m—t n'eut pas la mauvaise politique de suivre sa Maitresse ; il mit entr'elle & lui, les Artistes mâles & femelles qui avaient contribué à la parer ; & comme avec ses aîles & ses échasses, il les sur-passait en hauteur, il parut moins dispro-portionné. —Quoi! lui disaient les Femmes, votre Future n'est-elle pas assés grande déja, que vous la grandis-sez encore ! —Elle ne saurait l'être

trop, Mesdames, répondit le Jeune-
homme ; mes sentimens pour elle sont si
respectueus & si tendres, que je me plais
à la voir briller, étonner, tout éclipser.
—Ah que les Maris *Frishmish-Mhan,*
(français) sont tendres, s'écrièrent
toutes les Patagones ! notre Parente
n'a pas eu tort d'en prendre un, ni ses
Parens d'y consentir ! —Ah ! qu'ils
sont sots ! (dit entre ses dents un Patagon.) —Moins que vous (répondit une
de ses Femmes qui l'avait entendu): ils
portent le joug de bonne-grâce, &
n'ont pas l'air d'Esclaves enchaînés. Eh !
que serait-ce, si vous n'aviez qu'une
Femme ? Nous vous verrions ramper
à nos piéds-.

　Après cette montre-de-parade, la
belle *Ishmichtrifs* rentra chés elle, &
demeura habillée comme elle était le reste
du jour, tant pour satisfaire la curiosité
de ses Amies, que pour s'y accoutumer.
　Enfin le grand jour arriva : Victorin,
sa Femme, son Beaupère, son Père, sa

Famille, les Chefs de toutes les Tribus
de l'Ile-Chrifline paffèrent à la-Victorique pour affifter à l'illuftre mariage.
Victorin, pour que fa Troupe fût moins
ridicule aux yeux des Patagons, avait
chargé un *Cocosate* (Habitant des landes
de Gafcogne), de faire des échaffes, qui
devaient grandir chaque Homme de près
de quatre piéds : elles furent bientôt
prêtes, & tous les jours on f'exerça,
pour marcher auffi facilement avec cette
machine, que ces Paysans des Landes
fabloneufes, qu'on voit à Bordeaux fe
repofer affis fur les auvents des bouti-
ques, ou fur le rebord des croifées du
premier-étage. Cette idée fut très-heu-
reufe, & fit fur les Patagons, une im-
preffion favorable : d'ailleurs, elle rendit la converfation plus commode ; on
pouvait fe parler, fans que les Géants
fuffent obligés de fe courber tout le
corps, pour entendre ce que les Chrifli-
niens leur difaient.

On était arrivé fur le beau vaiffeau,

que Victorin fesait tenir en bon état.
On avait amené l'Ecclésiastique.　　Quant
aux Patagons , ils n'ont pas de Prêtres
proprement dits :　ce font les plus anciens des Vieillards , qui portent au Soleil & à la Terre , l'hommage fimple &
naturel de la Nation : ce qui n'arrive
qu'une-fois l'année pour le Soleil au folftice d'été ;　& une-fois pour la Terre,
au folftice d'hiver.

Fin du P.^{er}* Volume.*

La
Découverte auſtrale

Par un Homme-volant,

ou

Le Dédale français ;

Nouvelle très-philosophique :

Dædalus interea Creten, &c. (Citation de la Préface.

Suivie de la *Lettre d'un Singe*, &c.ᵃ

Second Volume :

Imprimé à Leipsick :

Et se trouve à Paris.

Sujet de l'Eſtampe :

Mariage du Fils-aîné de Victorin avec une jeune Patagone-auſtrale : Les deux Époux ſont devant un Vieillard-géant qui les marie : Il tient le ſymbole des deux hémiſphères, qu'il réünit à la vue des deux Nations. A-côté du Vieillard, eſt le Prêtre-français : Derrière l'Épouſe, ſont les Patagons ; on entrevoit particulièrement ſon Père, & ſa Mère, coïfés & vêtus ſuivant le coſtume du pays : du-côté du Mari, ſont le Roi Victorin, la Reine Chriſtine, & les Chriſtiniens : La cérémonie ſe fait à-découvert ſur une montagne. Le Jeune-époux eſt ſur ſes échâſſes.

» Ainſi ſoient à-jamais réünies les Nations des deux » Époux» !

Mariage du Fils de Victorin avec Iʃhmichtriʃs,

La Découverte auſtrale

par un Homme-volant;

ou

Le Dédale français;

Nouvelle philosophique.

Ce n'eſt pas que ces Grands-hommes croient que le Soleil & la Terre ſont la Divinité-principe : mais ils les regardent comme les deux premiers Êtres visibles, relativement à nous : le Soleil eſt le père ; la Terre eſt la mère ; la Lune comme une tante, &c.ª Ils disent que nous devons directement adreſſer notre hommage au Soleil & à la Terre, ſeuls dignes de le porter au Dieu-universel, qu'ils connaiſſent, & que nous ne connaiſſons pas, &c.ª Mais je re-

viens au mariage du Fils-aîné de Victorin & de Christine De-B-m—t, qui
épouse une Géante.

La cérémonie du mariage fut auguste
& simple : Le Vieillard par-excellence,
âgé de cent-soixante ans (car ces Géants
vivent plus longtemps que notre Espèce),
réünit les deux Épous, & leur fit les
questions suivantes, auxquelles on leur
avait préparé des réponses :

Le Vieillard Patagon. Pourquoi
venez-vous devant moi?

Réponse. Pour nous conjoindre par
le nœud du mariage.

L. V. P. Pourquoi vous mariez vous?

Rép. Parce-que l'amour a parlé à
nos cœurs.

L. V. P. Que leur a-t-il dit?

Rép. Unissez-vous, & vous con-
naîtrez les délices.

L. V. P. Vous desirez-donc les délices?

Rép. Oui, vénérable Ancien; car
le plaisir est le développement parfait
de l'exiftance de tout Être vivant.

L. V. P. Eſt-ce un plaisir ſtérile ou fecond que vous desirez ?

Rép. C'eſt un plaisir fécond : car le plaisir ſtérile n'eſt pas un vrai plaisir.

L. V. P. Que produira votre plaisir ?

Rép. Le chéfd'œuvre de la Nature, l'Homme.

L. V. P. O mes Enfans, ſongez-y bien ! rien de plus ſaint que le plaisir du mariage, qui produit l'Homme ! ne le profanez point par des querelles & des diſſenſions !.... Lequel des deux eſt le Chef ?

Rép. L'Homme ; comme le divin Soleil eſt l'Épous & le chef de la Terre, de la Lune & des autres Planètes ſes Femmes.

L. V. P. à la Femme. Songez, ma Fille, à être ſoumise à votre Mari ; car l'Homme eſt l'Être producteur, & la Femme n'eſt que l'Être développant ; elle ne donne que le corps, & l'Homme donne l'âme & la vie.... Ainſi, le Soleil tout-puiſſant vous échauffe, vous éclaire & vous réjouisse! que la Terre bienfesante vous offre des plaines agréables, des ombrages frais; qu'elle vous fournisse des fruits savoureus, des sources limpides, & des lits-de-fleurs pour goûter les délices! Ainsi vous bénissent & vous aiment le Soleil & la Terre, comme je vous aime & vous bénis: Que le Soleil échauffe de son feu divin le Mari; que la Terre forme un lit de mousse à l'Épouse, & qu'elle y reçoive doucement le premier Fruit de votre mariage: O Soleil! ô Terre! unissez vos Enfans!... Êtes-vous unis de cœur?

Rép. Oui, saint Vieillard.

Le V. P. Soyez-le de corps, par l'autorité sainte de toute la Nation, que j'exerce en ce moment-.

Telle est la formule patagone; à laquelle on ajouta, pour la circonstance, deux moitiés de sphère, que le V. P. réünit, en disant: —*Ainsi soient à-jamais unies les Nations des deux Epous-!*

On fit enfuite la cérémonie du mariage à l'Européane ; ce qui parut fort fenfé aux Patagons eux-mêmes, qui dirent qu'il convenait que le mariage fût fait fuivant les deux rites. Enfuite les Époux, & toute la nombreufe Affemblée defcendirent du Rocher élevé, fur lequel la célébration f'était faite, pour aler manger & fe divertir, dans une grande prairie, où les Tables étaient dreffées.

On fervit d'abord un potage aux Patagons, dans des chaudières de platine comme celles à-falpêtre, qu'on voit ici à l'Arfenal. Elle étaient ciselées, & fculptées : le mariage qui venait de fe célébrer, y était fculpté, d'après les deffins d'un Artifte *Méga-patagon*, (je vous parlerai bientôt de ce Peuple admirable), qui avait eu grand foin d'y repréfenter le jeune Prince de l'Ile-Chriftine, de la même grandeur qu'il était avec fes échâffes, en les cachant par fes aîles. Enfuite on voyait différens divertiffemens, tels que ceux que

K iv

je ne tarderai pas à vous décrire. On servit enfuite le bouilli, couronné d'une forte de perfil & de creffon ; avec lequel fe trouvaient les différens Oifeaus, qui avaient donné au potage un goût excellent.

Les Chriftiniens furent fervis en vaiffelle plate ordinaire.

On mit enfuite devant chaque Patagon un Veau d'Hippopotame rôti, dont un feul fuffit à tous les Chriftiniens. Puis on leur fervit à chacun un Condhor, dont chaque cuiffe pefait vingt-cinq livres. Après quoi, vint un Serpent-géant, de cent piéds de long, mis au bleu, & qui fut trouvé délicieus. Enfin, pour achever de les raffasier, on leur donna des foies de jeune Éléphant, bien épicés. Chaque Patagon, eut en vin la valeur de deux muids de Bourgogne.

Pour les Chriftiniens, chacun eut fes deux bouteilles, qui fesaient à-peu-près le quart d'une gorgée de m.rs les Patagons. Ils mangèrent des petits-piéds de l'Ile-Chriftine, & d'autres misères ; que les Patagons regardaient en pitié , les comparant à des mouches.

Au deffert , on eut des fruits des deux Pays : ceux des Patagons étaient exquis ; on en partagea un entre les Chriftiniens ; tandis que les plus gros de l'Ile-Chriftine , apportés d'Europe , avec nos abricots , nos pêches , nos prunes-de-reine-glaude , &c.ª , f'avalaient par douzaine à la fois, à la table des Patagons , qui prenaient les noyaux de pêche , pour des petits pepins.

Le repas fini , on fe prépara à fe divertir. Un inftrument Patagonais préluda. C'était une forte de trompette marine , faite d'une tige de fapin creusée, portant cent-vingtcinq piéds de lon- gueur , fur fix de circonférence : c'eft la plus belle trompette marine qui fe foit jamais vue. Dès que cet inftru- ment eut donné , on vit m.rs les Pata- gons , avec leurs deux muids de vin dans

K v

le corps, fans compter l'Hippopotame,
le Serpent, le foie d'Éléphant, &c.ᵃ,
commencer à fe mettre en cadence, &
lorfqu'ils eurent entendu jouer environ
une heure, ils fe trouvèrent en état de
fauter. Quelle danfe! on eût dit des
clochers qui fe hauffaient & fe baiffaient.
La Jeuneffe, beaucoup plus prompte,
danfait à d'autres inftrumens un-peu
plus doux, car la belle trompette-marine
était reservée aux Hommes - faits,
comme l'inftrument le plus fort & le
plus noble. Quant aux Chriftiniens,
affourdis par la tompette-marine, &
par les inftrumens patagonais, ils f'éloignèrent le plûs qu'il leur fut poffible,
pour aler danfer au violon & aux autres
inftrumens européans. Quelques Patagons des deux fexes les fuivirent par
curiofité, & fe couchèrent, pour tâcher
d'entendre nos airs : ils convinrent qu'ils
étaient très-harmonieus; mais ils ne les
entendaient que comme nous le *vion-
vion* que font les Moucherons du foir.

Le Marié & la Mariée danſèrent tour-à-tour aux deux Aſſemblées ; & il faut avouer que le pauvre Prince eut beaucoup à ſouffrir de la trompette-marine : mais il ſeignit de la trouver admirable ; & au-moyen d'un bon porte-voix, que lui avait fabriqué ſon jeune Frère, le plus habile Mécanicien du monde, il ne ceſſait d'en faire des complimens aux Patagons. —Tu es trop aimable, lui dit tout-bas *Iſhmichtriſs* ; mais tu fais ſagement de les flater : ces Grands-hommes ont en général un fond d'orgueil, qui leur fait mépriſer tout ce qui eſt plus petit qu'eux : tu loues leur inſtrument mauſſade, & ils te croient quelque raiſon ; continue d'encenſer leurs préjugés. —Chère Épouſe, lui répondit le jeune Prince, j'admire tous les jours combien vous avez de philoſophie ! Ce que vous venez de dire eſt reconnu chés les Européans, où l'on en voit tous les jours des preuves : Les Hommes, plus grands d'un piéd

K vj

que leurs pareils par la ſtature (ce n'eſt quaſi rien) mépriſent les autres Hommes, naturellement, & preſque ſans le vouloir ; à-peine daignent-ils être juſtes avec eux. Ceux qui ſont grands par l'eſprit, mépriſent encore les Hommes davantage : ſi vous voyiez comme ils les traitent ! cela vous ferait pitié !

....Je n'ai garde de pouſſer plus loin cet entretien philoſophique des deux Nouveaux-épous : Ils dirent encore beaucoup d'autres excellentes choſes, qui vous paraîtraient ici déplacées.

Après que tout le monde ſe fut bien diverti, le ſoir vint : les Chriſtiniens alèrent ſouper : Quant aux Patagons, ils ne mangent qu'une-fois en vingtquatre heures ; ils furent ſe coucher, pour achever tranquilement leur digeſtion.

La Nouvelle-épouſe ſe mit à table pour la forme ; enſuite elle fut conduite au lit-nuptial par ſa Mère, & par la plus Agée des Femmes du *Mahn-mouhh* (habitation). Je crois intéreſſant de rapporter la cérémonie du coucher de la Mariée , telle qu'elle se pratique en Patagonie. La Mère & la Doyenne de la Nation la conduisent chacun sous un bras , & la présentent au Mari , en lui disant : »Soleil bienfesant , voici une » Terre que nous te présentons, pour » que tu l'échauffes de tes rayons, & » que tu la fécondes par le principe de » vie qui est en toi. Chéris-la , aime- » la ; car elle te chérit, t'aime & te res- » pecte : ménage sa délicatesse, car une » Femme n'est pas un Homme-. (Ici la Mère d'*Ishmichtriss* sourit, en regardant la taille de son Gendre , quoiqu'il fût encore sur ses échasses.) »Nous » te l'avons donnée, parce-que tu és le » plus agréable des Maîtres : traite-la » comme la plus aimée & la plus fidelle » des Servantes, qui donnerait pour toi » son sang & sa vie.... Ma Fille, jurez » foi, fidélité, obéissance à votre Mari. »—Cher *Khrahakhaboul* (Mari), je » vous jure un éternel attachement ; &

» puisque, conformément aux lois de vo-
» tre Nation, vous n'aurez que moi
» d'Épouse, je vous aimerai trois-fois
» autant que j'eusse aimé un Mari _Ppot-_
» _khoghan_ » (patagonais). A cette réponse, non-dictée, les deux Dames Patagones embrassèrent la Jeune-épouse;
& son Mari s'élança jusqu'à son sein
naissant, sur lequel il s'assit, & d'où il
l'embrassa tout-à-son aise. Les deux
Dames firent ensuite la prière d'usage :

» Que le Soleil, père du jour; que
» la Terre, mère de la nuit, pendant
» laquelle on goûte le repos & les
» douceurs du _Guiguimhitlhi_ (de l'a-
» mour), vous aiment & vous favorisent
» tous-deux; sans que jamais vous ayiez
» de plus longues disputes que le Soleil
» n'en a quelquefois avec la Terre, ou
» la Terre avec la Lune sa jeune Sœur,
» lorsque l'Une, ou les deux Autres
» _semimisisbim_ » (s'éclipsent).

Après avoir baisé les deux Époux, la
bonne _Ouslichslo_ & la vieille _Mani-_

mhilitiii se retirèrent à-reculons, &
fermèrent la porte sur eux, en leur
disant : —Demain, à l'*Avikikikoh* (l'aurore) nous viendrons vous féliciter-.

Dès quelles furent parties, le jeune
Prince fit entrer les Ouvrières-chris-
tiniennes, pour deshabiller son Épouse,
& tout mettre en ordre : cela ne dura
qu'une heure, qui lui parut un siècle.
Enfin, il se trouva seul avec la belle
Ishmichtriss., dont la jeunesse & l'innocence lui promettaient les plaisirs les
les plus doux. Il les goûta, ces
délices inexprimables, & les fit partager à sa Compagne, en dépit des
sarcasmes des jeunes Patagons : & la
Belle, très-contente, considérant la délicatesse de son cher petit Mari, modéra
ses feux renaissans, & l'obligea de s'endormir sur son sein.

Les deux Dames ne manquèrent pas
de revenir le lendemain matin, suivies
de la Reine Christine. On trouva les
rophées de la victoire du jeune Prince :

& comme c'eſt l'usage en Patagonie, tout-comme en Turquie, de les porter en triomphe, on les mit aubout d'un jet de cinquante piéds, & la plus proche des Parentes d'*Iſhmichtriſs*, âgée de ſix ans, montée ſur une Girafſe, & ſuivie d'un chœur de Jeunes-filles, les porta par toute l'habitation. Ce qui fit taire bien des langues Patagones !

Les fêtes continuèrent durant trois jours; après quoi Victorin demanda la permiſſion de ſe retirer. On la lui accorda à regret: car les Petits-hommes étaient parvenus à ſe faire aimer des Grands, par leur eſprit & leur gentil-leſſe: & ſi ce n'avait été la diſpro-portion, le Frère d'*Iſhmichtriſs*, le grand *Skhapopantighó*, ſe ferait très-bien accommodé de *Sophie*: mais il n'y avait abſolument pas moyen. D'un autre côté, plusieurs jeunes Patagones voulaient imiter *Iſhmichtriſs*; mais leurs Mères, plus expérimentées, les en diſſuadèrent: d'ailleurs Victorin voulait

conferver les avantages de l'alliance Patagone à fa feule Famille. Ainfi, de
toutes les jeunes Géantes qui témoignèrent de l'amitié aux Chriftiniens,
on ne ménagea que la jolie *Mikitikipi*,
cousine d'*Ifhmichtrifs*, qu'on deftina
au fecond Fils de Victorin, l'inventif
Alexandre. — On partit la nuit du quatrième jour, fur le vaiffeau, emmenant
la Nouvelle-mariée, qui verfa quelques
larmes en quittant fes chers Parens.
On arriva le foir même à l'Ile-Chrifline,
où la jeune Princeffe fut logée dans un
Palais convenable à fa grandeur.

Je dirai tout-de-fuite que neuf mois
arprès le mariage, *Ifhmichtrifs* accoucha
d'un beau-Fils, haut de deux piéds-&-
demi : c'était environ la moitié de la
tâille des Enfans Patagons. Alexandre
en porta auffitôt la nouvelle en Patagonie, avec l'exacte dimenfion de l'Enfant : ce qui fit beaucoup de plaisir aux
Dames Patagonaises, qui virent que des
deux Races, il alait en naître une

moyenne, q ui ſerait plus rapprochée d'elles. On fit des grandes réjouiſſances à la-Victorique ainſi que dans l'Ile-Chriſtine. Dans la ſuite la Princeſſe eut encore cinq autres Enfans : ce qui était deux de plûs que n'ont accoutumé d'en avoir les Femmes patagones. En-fin, pour tout dire ſur-le-champ, Alexandre ſe maria, comme ſon Frère, à la belle *Mikitikipi*, & en eut huit Enfans. Sophie épouſa le plus méritant des Chriſtiniens, ſon couſin paternel. Les deux Géantes furent de bonnes Épouſes ; & l'on a eu ſoin dans le temps, de marier enſemble les Enfans des deux Frères, ſans leur donner ni des Patagones, ni des Chriſtiniennes, afin de maintenir la Race-moyenne dans une juſte proportion, qui doit en faire la beauté, aux yeux des deux Nations : car les Patagons la trou-veront mignone, ſans être pygmée ; & les Chriſtiniens majeſtueuſe, ſans être coloſſale. A-préſent que vous devez être tranquile ſur tout cela, je paſſe à d'autres choſes.

Victorin ayant marié ses Enfans, vivait heureus dans l'Ile-Christine : la mort ne lui avait encore rien enlevé, & il jouissait du plaisir inexprimable d'avoir pour témoins de sa gloire, son Père, sa Mère, & le bon Seigneur, père de son Épouse : Il jouissait, dis-je, du bonheur de Christine elle-même, & il le goûtait avec encore plûs de douceur que le sien propre. Il était dans son Ile depuis vingt ans, & il voyait prospèrer toutes ses tentatives. Quel Mortel fut jamais plus fortuné ! Ah ! la félicité suprême, inconnue dans les Villes corrompues, mais que je sens, c'est d'avoir fait son sort, & d'avoir pour témoins de ses succès, les Auteurs de ses jours ! de voir leur joie ; le sentiment délicieus que nous leur inspirons ; de les voir savourer le nectar rajeunissant du pieus orgueil qu'ils éprouvent, en disant de nous, *Mon Fils !* (car la gloire du Fils appartient bien-plûs au Père, que celle du Père n'appartient au Fils).

Les Hommes-de-nuit vivaient tranquiles dans leurs retraites , où Perſonne
ne les troublait : aucontraire , on leur
portait des provisions , qu'on abandon-
nait à l'entrée de leur caverne ; c'était
comme un tribut que Victorin voulait
qu'on payât aux vrais Propriétaires de
l'Ile. Si tu veux donner de bonnes-
mœurs à ton Peuple , & qu'il ſoit juſte ,
ô Légiſlateur ! ne fais pas comme l'Eu-
ropéan ; ſois juſte toi-même à l'égard
de Nations faibles & ſans défenſe : car
rien n'était ſi facile , que d'égorger en
un jour tous les Hommes-de-nuit : mais
Victorin fit une loi fondamentale de
les reſpecter.

Il eut bientôt lieu de ſ'applaudir de ſa
conduite , & il dut éprouver un mouvement bien-doux , quand il fut témoin
de ce que je vais raconter. Après qu'on
eut , pendant quelques années , fait ſans
interruption des préſens a ux Hommes-
de-nuit ; ceux-ci , qui d'abord avaient
paru les recevoir ſans attention , ou les

regarder peut-être comme un piége, furent enfin touchés de reconnaissance. Ils virent bien qu'ils ne pouvaient donner aux Hommes-de-jour des fruits d'une terre que ceux-ci cultivaient, & qui étaient à eux. Ils leur alèrent chercher au-loin des fruits indigènes. Ils prirent des Chèvres, des Vaches-sauvages, les les lièrent, & les amenèrent à la porte de *Chriſtineville*, la Capitale. La pre-mière-fois qu'on trouva toutes ces choses, le matin, on en fut extrêmement ſur-pris. Victorin, qui rôdait durant la nuit, en volant, & qui ſe partageait avec ſes deux Fils cette pénible fonc-tion, pour veiller à la ſûreté de ſon Peuple, ſavait bien que c'étaient des préſens des Hommes-de-nuit. Il en fut comblé de joie, malgré leur peu de valeur; mais il n'en voulut rien dire. Il fit enlever les préſens, & on les conduiſit en triomphe. Le ſoir, il fit augmenter ceux deſtinés aux Hommes-de-nuit, & il ordonna que les Princi-

paux de la Nation se tinssent debout,
pour découvrir les Auteurs de cet acte
d'amitié. Vers les deux heures après
minuit, on vit les Hommes-de-nuit
apporter de nouveaux présens, en poussant des cris d'allégresse : toutes les
Femmes-de-nuit, autrefois épousées par
les Gens du vaisseau échoué, accompa.
gnaient les Anciens, au nombre des-
quels étaient le bon Seigneur, & le Père
de Victorin, malgré leur extrême vieil-
lesse. On demanda aux Femmes, ce
que signifiaient ces cris. Elles coururent
audevant de leurs Compatriotes, se mê-
lèrent avec eux, & lorsqu'elles leur
eurent parlé, elles revinrent en dan-
sant, portant à la main les plus beaux
fruits-à-pain de l'Ile. Elles racontèrent,
que leur Nation avait enfin compris,
que les Hommes-de-jour leur voulaient
du bien; qu'ils rendaient présens pour
présens, afin d'entretenir l'amitié; &
qu'ils avaient composé une Chanson qui
disait :

Langage-Nocturne.

Mhi - rhi lhi, lhi, lhi, lhi, lhi ;
Traduction mot-à-mot.
Homme-jour bon, bon, bon, bon, bon ;

Mhi - rhi ppih bhlhi khuî appi ;
Homme-jour nous donnant le bien ton ;

Mhi - rhi nhi - klhi vhappih ;
Homme-jour point-méchant, vous ;

Mhih - rhi nhi - khrrih ppih :
Hommes-jour point-tuans nous :

Mhih - rhi khuî - fhîh Mhih - ghrrih :
Hommes-jour bien-aimans Hommes-nuit ;

Mhih - rhi ppih khuî - fhîh - brhi.
Hommes-jour nous bien-aimans aussi.

—Vous voyez, chers Concitoyens, dit alors la Reine Chriſtine, ſi mon Mari n'a pas eu raison, dans ſa conduite pleine d'humanité ? Nous avons des Amis, qui peuvent nous être utiles : conſervons-les, en vivant avec eux dans la plus cordiale fraternité-. Enſuite Victorin, qui avait appris la langue guiorante des Hommes-de-nuit, leur répondit par ce couplet, qu'il fit apprendre par cœur aux Femmes-de-nuit, & qu'il les chargea d'aler chanter à leurs Compatriotes :

Traduction seulement :

Les Hommes-de-jour sont vos Frères,
Et veulent être vos Amis :
Leurs sentimens seront sincères,
Acceptez-en le compromis :
Hommes-de-nuit, soyez sans crainte ;
Le jour, nous veillerons pour vous ;
La nuit protégez notre enceinte ;
Les Hommes doivent s'aider tous.

Il eut soin de faire l'explication de ce couplet aux Femmes-de-nuit, & de les pénétrer de son vrai sens, afin qu'elles fissent passer ces lumières à leurs Compatriotes ; & il eut la satisfaction, au-bout d'une heure, de les voir revenir avec six Vieillards, & autant de Jeunes-gens, de chaque sexe. Les Femmes-de-nuit mariées à des Hommes-de-jour servirent d'interprètes aux deux Nations, & quoique les Hommes-de-nuit soient infiniment bornés du côté de l'intelligence, on eut néanmoins avec eux l'entretien suivant :

Vieillard-de-nuit. Je vois vous : vous voir moi : moi bien-aise : vous l'être-t-il aussi ?

Victorin.

Victorin. Nous fommes bien-joyeus de vous voir, de vous parler; & nous béniffons le moment heureus qui nous réünit: nous béniffons ces bonnes Femmes de votre Nation, que nous avons prifes par néceffité; mais qui feront le lien qui nous joindra. (Les Femmes furent très-longtemps à faire comprendre ces dernières paroles au Vieillard-de-nuit).

Le Vieillard-de-nuit. Vous bons, bons, bons-. (Victorin lui tendit la main. Les Femmes expliquèrent ce qu'il fouhaitait; & le Vieillard, en tremblant, avança une patte velue & crochue: Victorin & lui fe tinrent ainfi quelque-temps: enfuite l'Homme-de-jour f'écria les larmes aux yeux:

—O Soleil, Père du monde, tu n'as jamais éclairé d'alliance auffi étonnante! O Terre! mère commune, bondis de joie, en voyant l'union de tes Enfans, que des barrières infurmontables fembleient avoir féparés-! (Les Femmes expliquèrent encore ceci, quoique Vic-

torin l'eût prononcé dans les deux
langues, la française & la guiorante.
Mais, je le répète, l'intelligence des
Hommes-de-nuit est si bornée, que les
Femmes sorties de leur Nation, & un-
peu plus éclairées, par le séjour avec
leurs Maris, eurent beaucoup de peine
à le faire comprendre parfaitement :
jamais ces Hommes n'avaient pu voir le
Soleil ; l'aurore suffisait pour les chasser
dans leurs cavernes).

Après ce Traité solemnel, les
Hommes-de-nuit se retirèrent chés eux,
accompagnés de quelques – unes des
Femmes-interprètes, pour expliquer à
la Nation ce qui venait de se passer :
car on craignait quelqu'erreur de la part
des Députés : Les Maris de ces Femmes
les accompagnèrent pour les ramener ;
mais ils n'entrèrent pas dans la caverne :
& après qu'elles eurent rempli leur commiffion, elles revinrent en plein-jour,
conduites par leurs Maris, parce-qu'elles
n'y voyaient plus.

C'était une chose affés singulière que ces ménages. Le matin, le Mari fe levait, & la Femme fe couchait : le foir la Femme fe levait, & fesait tout ce qui était de fa compétence & à fa portée, tandis que fon Mari reposait. Aurefte, les ouvrages de ces Femmes étaient peu de chose ; elles étaient incapables d'induftrie ; feulement, elles nétoyaient la maison, & alaient arroser les légumes du jardin. Ce fut la principale des raisons pour lefquelles on resolut de n'en plus prendre dans la fuite : mais Victorin était charmé que la néceffité eût obligé de le faire d'abord. Quant aux Enfans provenus de ces mariages, ils étaient fort-fufceptibles d'éducation, & on la leur donnait la meilleure poffible, & avec des foins particuliers. Ils n'avaient d'autré défaut que de cligner des yeux pendant le jour, avec un mouvement inceffable des paupières très-vif, mais qui ne les empêchait pas de voir. Ils voyaient auffi la nuit, & on résolut de tirer quel-

qu'utilité par-la-fuite de cette Race mê-
langée, à-raison de la faculté qui lui
était commune avec les Femmes dont elle
était provenue. Mais on accoutuma ces
Enfans, malgré un certain panchant contraire, fort-marqué dans les uns, moins
fenfible dans les autres, à dormir la nuit,
& à faire comme les autres Hommes durant le jour ; & cette habitude devint
pour eux une feconde nature (*).

Voila ce que j'étais bien-aise de vous
dire, au fujet du mélange des Hommes-
de-jour & de-nuit. J'ajouterai, que la
bonne-intelligence fe maintient entre les
deux Nations. Si quelqu'Homme-de-
jour fe trouve égaré durant la nuit, les
Hommes-nocturnes le ramènent affec-
tueufement jufqu'à fa porte. Si de-mê-

_____

(*) *Voyez* la *Differtation* curieufe de mon Ami
fur les différentes Efpèces d'Hommes, que je dois
placer dans le ivme Volume : ce morceau
rendra moins furprenant ce qu'on dit ici des Hommes-de-nuit, & des autres Races d'Hommes plus
extraordinaires encore dont il fera queftion bientôt. (*Joly*.

me on rencontre un Homme-de-nuit furpris par le jour, il eſt amicalement re-
mené à ſa caverne.   Bien-plûs, les Hommes-de-nuit ſ'étant apperçus que les
Laboureurs feſaient-paître leurs Bœufs
durant la nuit, & que leurs Enfans les
gardaient, pour les ramener le matin
ils offrirent de ſe charger de cet emploi·
Ils font en-conféquence, paître tous les
troupeaux durant la nuit, & les ramènent fidèlement vers l'aurore à l'entrée
de Chriſtineville & des bourgades de la
campagne; ils les conduiſent même aujourd'hui dans les écuries.   De pareils
ſervices font un avantage confidérable ;
les Beſtiaux ne font point tourmentés par
la chaleur ni par les mouches, & ils tra-
vaillent ou repoſent durant le jour, ſans
incommoder leurs Maîtres par les ſoins
qu'ils exigeraient-.

. (*Ici* Salocin-emde-fitér *interrompit*
l'Auſtralien par une exclamation :
—Iufortunés Péruviens ! que n'eutes-
vous un Victorin pour Conquérant, au-

lieu d'un Pizarre ou d'un Cortèz ! Nous
verrions aujourd'hui votre Nation heureuse & floriffante peupler l'Amérique
abandonnée, & nous fournir le fecours
d'une fincère amitié ; dans des climats
inconnus ! Tombent fur vos Tyrans tout
le mal qu'ils vous ont fait !... Hélas ! fans
l'évènement du commencement du fiècle,
mon exécration ferait accomplie ! & cette
Nation avilie & fuperfticieufe, ferait
prefqu'auffi à plaindre que vous-!...)

*L'Auftralien fourit de cette vive
fortie, & continua)* :

I I I me *Ile.*

Victorin, au fein de la profpérité,
voyant fon Peuple augmenter prodigieu-
fement, fa Famille heureufe, fes Brus
fécondes, c'eft-à-dire enceintes ; ainfi
que l'aimable Sophie, qui avait époufé
Antonin, fils d'une de fes Tantes pa-
ternelles, ne tarda pas à chercher à faire
de nouvelles découvertes ; fecondé par
fes deux Fils, fur-tout par Alexandre le
plus jeune, qui était plein d'activité ,

d'invention, & qui avait infiniment per-
fectionné les aîles de fon Père. Un
beau-matin, après avoir laiffé l'adminiftration des affaires à fon Fils-aîné,
fous l'autorité de fa Mère, ils partirent
tous-deux, & dirigèrent leur route en
longitude, fous le parallèle de l'Ile-
Chriftine, du côté de l'orient. Ils tra-
verfèrent une grande mer, & virent les
bornes de la-Victorique : mais ils ne
l'eurent pas dépaffée de deux degrés, ou
cinquante lieües, qu'ils trouvèrent une
Ile fort-vafte, quoique moins grande
que l'Ile Chriftine. Suivant leur usage,
ils volèrent plusieurs jours audeffus de
cette Ile, pour en découvrir les Habitans : mais ils n'y apperçurent que des
Animaux, tous marchans à-quatre-pates.
A-la-vérité, ils en voyaient de certaines
efpèces abfolument inconnues. Enfin, ils
defcendirent fur une montagne, & con-
jecturèrent que cette Ile n'était encore
peuplée que d'Hommes-de-nuit.

Après f'être mis en fûreté, par quelques précautions, ils prirent leurs aîles légères, & se hasardèrent à se promener à quelque distance de leur retraite. Ils trouvèrent des chemins frayés : ce qui les confirma dans leur première idée ; mais ces chemins recouverts par des arbres, étaient si bas, qu'on ne pouvait y marcher qu'à-quatre-pates. Ils n'osèrent s'y engager, parce-qu'il aurait été impossible d'y prendre son vol.

Tandis qu'ils étaient ainsi en suspens, Alexandre, plus alerte que Victorin, apperçut un Animal velu à-quatre-pates, très-ressemblant à un Singe, qui alait porter sur son Père une main crochue.

Il fit un cri, & comme leurs aîles légères étaient toutes prêtes, ils s'élevèrent en l'air, à la hauteur de vingt piéds, d'un seul coup de parasol. Ils plânèrent alors, & virent sortir d'entre les arbres une centaine d'Animaux comme le Premier, qui les regardaient s'envoler, & dont plusieurs se dressèrent sur leurs piéds de derrière. Ce fut alors qu'ils s'apperçurent, que ces Animaux, quoique couverts de poil, avaient néanmoins une figure entre celle du Singe & celle de l'Homme. Ils les entendirent même se parler, en se regardant, d'une manière qui ressemblait parfaitement à celles des Singes, qui crient. Cependant ces cris avaient une continuité, qui marquait des idées combinées, en-un-mot un langage.

—Voila les Hommes de cette Ile, dit Victorin à son Fils : l'Homme peut différer par la figure, par la peau, par l'habitude du corps, être diurne, ou nocturne : mais ce rayon divin, la raison, est par-tout son caractéristique. Ces Êtres-là se parlent ; ils s'entendent : voi-les, mon Fils ! ils délibèrent ; ils se consultent ; ils nous regardent : en voila qui marchent debout, & qui ont l'air de nous contrefaire, en nous montrant. Nos ailes factices doivent renverser toutes leurs idées ; elles renverseraient bien celles des Européans, s'ils

n'étaient pas à-portée de les examiner!
Fesons-leur des signes d'amitié, &
voyons un-peu s'ils les entendront-.

En même-temps les deux Hommes-
volans s'abbatirent dans un endroit découvert, & de-là, ils firent différens
signes d'amitié aux Hommes-singes,
qui les regardèrent d'abord avec étonnement (*). Victorin & son Fils s'avancèrent quelques pas, en prononçant des
paroles douces, d'un ton caressant,
Venez, venez, mes Amis. Les Hommes-
singes parurent se consulter entr'eux, &
après un conseil muet, accompagné, du
seul mot *Rrrhî,* un Vieillard s'avança
tout-seul. Victorin & son Fils crurent
devoir faire la moitié du chemin, examinant tout, avec la plus grande attention.

(*) 6.me *Eſtampe.* Un Homme & une Femme-
singe debout, dans leur attitude naturelle &
grotesque, regardant les Hommes-volans en l'air:
ils sont velus, à l'exception du visage & des
mains, mais sans queue; on en voit un qui fuit
à quatre-pates.

Les Hommes-singes.

Lorſqu'ils furent à quelques pas , ils cherchèrent à lire dans les yeux de l'Homme-
ſinge. Ils les trouvèrent méchans : ce
qui leur fit redoubler les précautions.
Cependant ils ſ'approchèrent, & lorſqu'ils
furent preſqu'à-portée de ſe toucher , ils
ſ'apperçurent que tous les autres Sauvages ſ'ébranlaient pour venir ſur eux.
Ils leur firent ſigne de la main de reſter ,
& ce ſigne fut compris : mais Alexandre
avertit ſon Père qu'ils étaient entourés ,
& que ceux qu'ils avaient par-derrière
ſerraient le cercle : un ſigne les con-
tint de-même. Enfin, les deux Volans, & le Vieillard-ſauvage ſe trouvèrent à quatre pas les uns des autres.
Victorin commença les ſignes-d'amitié ,
en offrant un préſent de fruits de l'Ile-
Chriſtine, que le Vieillard ſaiſit avide-
ment, conſidéra & mangea. Il les trouva bons, à ce qu'il parut. Cependant
la Troupe des Sauvages, à la moindre
marque d'inattention ſur elle, ſ'avançait inſenſiblement, croyant que les

Hommes-volans ne s'en appercevaient pas: mais ceux-ci les contenaient toujours du geste & de la main; enfin ils les obligèrent même à reculer, en leur marquant qu'ils alaient s'envoler. Ils continuaient de s'entretenir par signes avec le Vieillard, plus occupé de manger que de leur répondre. Ils tâchaient de l'interroger sur sa Nation; de savoir, si elle avait des armes, des habitations; quelle était sa nourriture? Mais le Vieillard ne paraissait pas les comprendre. Enfin les Autres firent une espèce de cri. Aussitôt le Vieillard retourna vers la Troupe, à laquelle il ne parut pas qu'il dit rien. Mais un autre Homme-singe s'avança seul: il était plus jeune, & paraissait plus vigoureux. Il s'approcha doucement; s'arrêtait, regardait, comme s'il eût épié les mouvemens des deux Hommes. Enfin dans un instant où il les crut moins sur leurs gardes, il s'élança pour se jeter sur l'Un d'eux: mais ils l'évitèrent. En-même-temps la Troupe des Hommes-finges, qui avait l'œil fur les mouvemens de leur Envoyé, f'était précipitée pour le feconder, avec la promptitude d'une flèche.

Victorin & fon Fils comprirent par-là, que cesHommes-finges étaient natu-rellement méchans. Ils ne virent d'autre parti à prendre, pour avoir quelque liaison avec eux, & les connaître, que d'enlever quelques Individus encore jeunes, & de les emmener dans l'Ile-Chriftine; où on les traiterait bien, & où on tâcherait de les apprivoiser, d'en-tendre leur langage, & de leur ap-prendre un-peu de français. Ils exé-cutèrent aisément ce projet. Ils f'en-volèrent audeffus de l'*Ile-finge* (c'eft ainfi qu'ils la nommèrent, comme ils avaient d'abord appelé l'Ile-Chriftine, l'*Ile-nocturne*), & ayant apperçu dans un endroit bien découvert, des Jeunes-gens-finges qui jouaient, ils f'abbatirent au milieu d'eux, & les effrayèrent. Ils choisirent alors un Jeune-garfon d'environ quinze à feize ans, & une Fille du même âge, qu'ils enlevèrent, non fans peine, car peu f'en falut qu'ils n'en fuffent déchirés. Mais enfin, ils f'envolèrent jufqu'à l'Ile-Chriftine, où ils les déposèrent entre les mains du jeune De-B—m—t & de fa Femme *Ifhmichtrifs*, en les priant de tout employer pour les adoucir & les apprivoiser. Enfuite, après avoir embraffé leur Famille, & renouvelé leurs provisions, ils repartirent à tire-d'aîle, dépaffèrent l'Ile-finge fans f'y arrêter, & parvinrent le foir du même jour à une autre Ile, qui n'était féparée d'une plus grande, que par un détroit d'un demi-quart-de-lieue de large.

IV.me Ile.

Ils cherchèrent, fuivant leur usage à fe jucher fur une roche, pour y paffer la nuit, & prendre leur repos. Le jour venu, ils plânèrent audeffus de l'Ile, pour en découvrir les Habitans. Ils n'en virent aucun ; ce qui ne les étonna point. Ils alèrent s'abbatre dans un endroit découvert, & s'avancèrent en regardant par-tout. Ils trouvèrent des routes, comme dans l'Ile-singe, & aussi basses. Tandis qu'ils étaient à les examiner, pour voir s'ils y verraient l'empreinte de quelque piéd, ils entendirent un mugissement plaintif. Ils levèrent les yeux, & virent sur les arbres, cachés entre les feuilles, des espèces d'Ours qui les examinaient; & à deux-pas un Mâle & une Femelle de cette espèce, qui commençaient à grimper. Alexandre s'éleva aussitôt à la hauteur des arbres, en s'approchant le plûs qu'il lui fut possible de cette nouvelle espèce d'Êtres, qui lui était absolument inconnue : car ces Ours n'avaient pas le museau alongé comme les autres, mais une face arrondie comme celle du Doguin. Victorin resté à terre les observait de son mieux ; tandis que son Fils s'approcha de si-près, d'un jeune Enfant-ours, que celui-ci effrayé, se laissa tomber. Alexandre

s'élança pour le recüeillir en l'air (*), &
l'enleva. Son Père s'envola auffitôt,
& ils emportèrent l'Enfant, tandis que
les Ours pouffaient des cris épouvan-
tables, & defcendaient précipitamment
de leurs arbres pour aler fe cacher.

Lorfque les deux Volans furent
parvenus fur leur roc, ils posèrent
l'Enfant-ours à terre, en lui fesant
des fignes d'amitié, & lui préfentant à
manger différentes chofes : mais il était
fi effrayé, qu'il fit le mort, & ferma
les yeux. On l'examina facilement :
on vit, que toute fa conformation
extérieure reffemblait à celle de l'Homme;
& qu'il n'y avait que fa fourrure qui fût
celle de l'Ours. Cependant fes doigts

(*) 7.me *Eftampe*: Un Homme-ours, une
Femme - ourfe, & leur Enfant : l'Homme
prêt à monter à un arbre, regarde fièrement :
la Femme eft à mi-tige, lorfque fon Enfant
tombe : Alexandre déja en l'air, fe précipite
pour le recüeillir : Victorin s'apprêtant à prendre
fon vol.

Les Hommes-ours.

étaient armés d'espèces de griffes , & son néz, quoiqu'applati entre les deux joues , ressemblait beaucoup à celui de l'Ours. On le garda jusqu'à ce qu'il s'ennuyât de faire le mort , & lorsqu'il eut hasardé quelques mouvemens, on le descendit du roc, on lui mit différentes choses dans les mains , & on le laissa libre. Il s'enfuit avec une rapidité singulière, en courant sur ses deux piéds , & en fesant des cris plaintifs approchant de ceux de l'Ours. Ces cris attirèrent plusieurs de ses Semblables, qui accoururent à lui , & le le voyant seul , parurent lui demander ce qu'il avait ? Il leur montra le roc, & les exhorta à le suivre. A la vue de cette action réfléchie, Victorin & Alexandre ne doutèrent plus que ce fussent des Hommes. Ils s'envolèrent dans la resolution d'en enlever deux, s'il était possible, mâle & femelle, pour les porter dans l'Ile-Christine. Ils eurent beaucoup de peine à y réussir : l'Enfant ours qu'ils avaient pris, était si effrayé ;

qu'il répandit l'alarme dans toute la partie de l'Ile qui était découverte. Mais les deux Volans s'étant cachés durant quelques jours, ils eurent le loisir d'examiner & de choisir deux Jeunes-gens, qu'ils enlevèrent, & qu'ils portèrent à l'Ile-Chriſtine.

. Ils trouvèrent que le Garſon & la Fille-ſinges avaient déja fait d'aſſës heureus progrès. Ils en furent reconnus, & en reçurent même quelques marques d'amitié; ce qui leur parut d'un bon augure. Il était cependant arrivé un accident, qui avait failli de mettre la mesintelligence entre les Hommes-de-jour & les Hommes-de-nuit : C'eſt que le Jeune-homme-ſinge, ſe promenant avec ſon Conducteur le ſoir, avait apperçu un Homme-de-nuit, qui alait ſans défiance : il ſ'était auſſitôt élancé ſur lui, & l'alait étrangler, en pouſſant des cris affreus, ſi plusieurs Chriſtiniens ne l'avaient arraché de ſes mains. Cet Homme effrayé & bleſſé, ala porter l'alarme chés fes Compatriotes, qui ne fortirent pas cette nuit-là de leurs cavernes : on f'en-apperçut, & on envoya fur-le-champ les Femmes-nocturnes mariées à des Hommes-de-jour, dont j'ai déja parlé, leur expliquer la cause de cet accident, & les affurer que cela n'arriverait plus. Quant au Jeune-homme-finge, il parut qu'il avait la plus grande horreur pour les Hommes-de-nuit ; & il f'étonnait fort, lorfqu'il fut un-peu aprivoisé, qu'on fouffrît de pareils Monftres. Il fit entendre qu'autant en trouvaient les Hommes-finges, autant ils en tuaient. On tâcha de le ramener à des fentimens plus humains : mais ces Hommes-finges font fi brutes, qu'on ne vit pas d'apparence à lui infpirer une certaine délicateffe : les plus groffiers des Nègres font des génies, en comparaison de ces Hommes-finges. Victorin voulut qu'on continuât d'inftruire ces deux Jeunes-gens, & il recommanda bien, qu'on ne leur laiffât

voir le Jeune-homme & la Jeune-fille-
ours, qu'avec les plus grandes précautions, depeur qu'ils ne fuſſent ennemis, & ne ſe fiſſent du mal.

Victorin & ſon Fils, après quelques
temps de ſéjour, ſe r'envolèrent pour
continuer leursdécouvertes. Ils prirent
la même route, paſſèrent ſur l'Ile-ſinge,
ſur l'Ile-ourſe, & parcoururent une
grande étendue de mer, en ſ'avançant
du côté du pôle. Vers le 50ᵐᵉ degré
de latitude auſtrale, ils apperçurent
un vaiſſeau : ils attendirent la nuit pour
ſ'en approcher de fort-près. Ils reconnurent alors que c'était le Capitaine *Bou-*
vet. Comme Alexandre avait entendu
dire que les Anglais venaient d'inventer
une lunette pour voir les vaiſſeaux
dans une nuit obſcure, il ne douta pas
que celui du Capitaine n'eût une pro-
viſion de ces lunettes : il proposa à
ſon Père de tâcher d'en attrapper une.
Pour cet effet, ils épièrent l'inſtant où
le Pilote ſ'en ſervirait. Ils n'atten-

dirent pas fort-longtemps. Le Capitaine lui-même vint fur le pont, & braqua fa lunette. Au même inftant, Alexandre dont les aîles de nouvelle invention fefaient peu de bruit, rasa le tillac, & prit la lunette. —Parbleu, dit le Capitaine, voila ma lunette à l'eau ! je ne fais d'où vient ce coup-de-vent ! l'air eft calme ! il faut fe défier de ces coups-de-vents fubits dans ces parages-l Et il rentra pour aler chercher une autre lunette. Pendant qu'il l'ajuftait, Victorin & Alexandre f'éloignèrent, ne voulant pas être diftingués. Mais cette lunette leur eft très-utile, pour voir durant la nuit, & même pendant le jour au fond des forêts.

L'inftant de faire des découvertes près du pôle-auftral n'était pas encore arrivé : les deux Hommes-volans n'y virent qu'une mer chargée de glaces : ils fe rapprochèrent de l'équateur, & vinrent f'abbattre dans l'Ile voifine de celle des Hommes-ours.

Vme *Ile.*

Quoique cette Ile fût prefque contigüe à l'autre, néanmoins les Habitans en étaient un-peu différens, quant à l'efpèce humaine; quoique les mêmes pour les Animaux. Il eft à préfumer que la cause de cette différence, venait de ce que les Animaux traverfaient le détroit à la nage, & fe mélaient: au-lieu que les Hommes f'étaient apparemment interdit tout commerce les uns avec les autres, & n'avaient contracté aucun mélange. Victorin & fon Fils Alexandre ne fe furent pas plutôt abbatus fur une éminence, qu'ils entendirent aboyer autour d'eux environ deux ou trois-mille Chiens. Ils en furent épouvantés, & fe tinrent fur leurs gardes. Ils virent alors fortir d'un bois touffu les Êtres qui pouffaient les aboyemens qui les avaient furpris; les uns marchaient fur leurs piéds-de-derrière en aboyant très-fort, les autres couraient de leur côté à-quatre-pates. Les deux

Hommes s'élevèrent aussitôt de vingt piéds, & de-là jetèrent quelques-unes leurs provisions à ces espèces d'Hommes très-ressemblans à des Chiens, qui les dévorèrent en un instant, & qui regardèrent aussitôt les Hommes-volans, en les aboyant, comme pour leur en demander encore. Ils en jetèrent de nouveau. Ensuite ils firent leur différens signes-d'amitié, qui furent très-bien-entendus : tous ces Êtres avaient des queûes, & les Mâles étaient couverts d'un poil approchant de celui des Caniches, mais plus court & moins fourni. Les Femelles, aucontraire, tenaient beaucoup par leur coupe-déliée, des Levrettes de nos Dames. Victorin & son Fils ne crurent pas qu'il fût possible de s'exposer à descendre au-milieu de cette Troupe : mais ils se proposèrent d'en enlever deux, mâle & femelle, comme ils avaient accoutumés de faire, & de les porter dans l'Ile-Christine, pour les donner à instruire. Auparavant néanmoins ils prirent avec eux, pour quelques heures, un de ces Hommes-chiens, qu'ils traitèrent de leur mieux, & qu'ils lâchèrent ensuite.　Cet Homme ne s'enfuit pas, comme les autres Hommes-bêtes; il les suivait, en virant sa queûe, & leur fesant des caresses: mais ils le laissèrent, après lui avoir donné toutes les marques imaginables d'amitié, afin qu'il commençât à bien disposer ses Compatriotes. Ils s'emparèrent le même jour d'un Jeune-garson & d'une Jeune-fille-chiens, en leur donnant des provisions (*), & ils les remirent à l'Ile-Christine.　Ensuite les deux Hommes-Volans repartirent, dirigeant leur vol, audelà de l'Ile des Hommes-chiens: qui fut nommée l'*Ile-cynique.*

(*) 8.me *Estampe.* Un Homme-chien, à poil de Barbet, & une Femme-chienne à forme de Levrette: le premier regarde Victorin en aboyant; la seconde Alexandre d'un air caressant: les deux Volans leur jètent de leurs provisions.　On voit accroutir du bois un Enfant-chien.

VI.

Les Hommes-chiens.

VIme Ile.

Dès qu'ils furent audeſſus de la nouvelle Ile, Alexandre en découvrit les
Habitans. —Parbleu ! dit-il à ſon Père,
voici de vilains Hommes : voyons,
voyons un-peu ! Abbatons-nous dans
cette plaine, couverte d'arbres renverſés
& pourris : nous verrons ces Meſſieurs-
là-! Ils mirent auſſitôt piéd-à-terre ;
& la première choſe qu'ils apperçurent
entre les abbatis, ce fut une Femme
aſſiſe ſur la tige d'un arbre renverſé,
ayant ſix mammelles ; & alaitant autant
d'Enfans ; qui ne reſſemblaient pas mal à
des petits Cochons-de-lait ; & plus loin,
un Homme-Cochon, dont l'air était fort-
rébarbatif. Alexandre ſe mit à rire : Victorin ſurpris, obſervait ; il entendait la
Femme careſſer ſes Enfans, qui la tet-
taient, à-peu-près comme une Truie qui
grogne. Ce ſont apparemment ici les
Hommes-cochons ? dit-il à ſon Fils : ils
doivent être farouches, mais peu méchans.
En même-temps ils ſ'approchèrent de la

Femme-truie, qui les ayant entendu marcher, leva fon muſeau tenant du viſage de la Femme & du groin du Cochon, les regarda(*), fit un cri, & s'enfuit aſſés lentement à deux piéds, à-cauſe qu'elle emportait ſes ſix Enfans. Quant au Mâle ſa fuite fut beaucoup plus prompte. Alexandre lui coupa le chemin, & ſe préſenta devant elle, en lui offrant des provisions, d'un air affectueus. La Femme fit un geſte ſuppliant, & paraiſſait s'offrir à la mort pour ſauver ſes Petits. Mais Alexandre la raſſura, en lui donnant des fruits-à-pain, qu'elle flaira, & qu'elle mangea. Enſuite il lui laiſſa le paſſage libre, & s'éloigna d'elle. Elle en parut fort-aise, & s'en ala très-doucement, mais en regardant ſouvent derrière elle. Dès qu'elle fut parvenue à un bois dont les arbres

(*) 9.ᵐᵉ *Eſtampe*: Une Femme-truie, alaitant ſix Enfans attachés à ſes ſix mammelles: le plus Jeune des deux Volans la raſſure, en lui offrant des provisions: On voit un Homme-cochon debout, qui regarde fièrement ce qui ſe paſſe.

Les Hommes-cochons.

étaient debout , & paraissaient approcher de l'espèce du chêne, elle grogna très-fort. Le Mâle qui l'avait quittée, revint à elle, & l'on entendit aussitôt un bruit-de-grognemens effroyable. Près de six-cents Hommes-cochons sortirent du bois, & vinrent du côté des deux Hommes-volans, marchant à-quatre-piéds ; mais se levant très-souvent sur deux, pour regarder & flairer. Victorin & son Fils s'envolèrent sur un arbre, où ils se posèrent. Les Hommes-cochons parvinrent jusqu'au piéd de cet arbre ; & aussi-tôt, ils se mirent à creuser la terre avec leur néz, qui était fait en hure, afin de renverser cet azile des deux Êtres inconnus. Mais pour leur en éviter la peine, les Hommes-volans s'élevèrent, & demeurèrent plânant audessus de la Troupe ; qui cessa son travail, & se tint debout en silence à les considérer. En-suite, il se mirent à grogner les uns aux autres : leurs soies, très longues, assés blanches, & peu fournies se hé-

riffèrent, ce qui marquait qu'ils n'étaient
pas de fens-froid. Enfin, l'un-d'eux fit
un bond, en tortillant la queûe, grogna
d'une manière effrayante, & f'enfuit.
Tous les Autres le fuivirent en courant &
bondiffant. Ce qui fit rire Alexandre aux
larmes. Les Hommes-volans en prirent
un des Derniers, fuivant leur usage,
auquel ils firent manger des fruits-à-
pain, & qu'ils apprivoisèrent en une
demi-journée, au-point qu'il venait les
flairer, & qu'il leur préfentait le groin.
Ils le mirent en liberté vers le foir, &
il f'en retourna fort-lentement auprès
de fes Compatriotes. Le lendemain les
Chriftiniens enlevèrent deux Jeunes-gens
d'un fexe différent, de l'efpèce de ces
Hommes-cochons, & ils les portèrent
à l'Ile-Chriftine, pour les former, &
les rendre propres à être un-jour les
Civilifateurs de leur Nation.

A ce voyage, Alexandre eut la fatiffaction de voir la belle *Mikitikipi*, fa
haute & chère Épouse, lui donner un

Fils, qui fut nommée *Skhapopantigho-Hermantin :* mais il ne porta que ce dernier nom dans la société; l'autre étant trop dur, & n'ayant été donné à l'Enfant, que par complaisance pour la Nation-patagone.

Après les réjouissances que cette naissance occasionna dans toute l'Ile-Christine & en Patagonie, le Père & le Fils repartirent, accompagné du Frère-aîné d'Alexandre, dont son Épouse voulut bien se séparer pour quelques jours; car elle l'adorait, & ne trouvait de plaisir qu'à passer le temps avec lui, & à élever leurs Enfans.

Je dois vous avertir que les Jeunes-gens enlevés, tant chés les Hommes-singes, que chés les Hommes-ours & chés les Hommes-chiens, fesaient de très-grands progrès, & qu'on en était fort-content, pour des Êtres de cette espèce! quoiqu'incapables de la finesse de notre raisonnement, ils ne l'étaient point d'apprendre à lire & à écrire, & à plus forte-raison d'entendre & d'exprimer les

idées communes. Les Jeunes-gens-chiens
fur-tout avaient en peu de jours, fait des
progrès fi rapides, qu'on en avait auguré
des merveilles, & même qu'ils appro-
cheraient beaucoup de l'intelligence des
Hommes-parfaits: ils étaient careffans,
attachés, en-un-mot, infiniment aimables: mais ils ne purent jamais prendre
une prononciation différente de l'aboie-
ment, & ils reftèrent beaucoup audeffous
des Hommes-finges, qui avaient d'abord
paru plus difficiles à former.... Revenons à Victorin, voguant dans la vague
des airs avec fes deux Fils.

VII.me Ile.

Ils dépafferent en un jour, l'Ile-finge,
l'Ile-ourfe, l'Ile-cynique, & l'Ile-gro-
gnante, & parvinrent le foir, après
feize heures d'un vol rapide, à une Ile
encore inconnue, entre le 48 & le
49me degré de latitude; parconféquent
beaucoup plus froide que les précédentes:
mais ils ne f'en apperçurent pas; on était
alors au mois de janvier, qui eft le

juillet de ces climats.   Ils se reposèrent, prirent leur repas, & s'endormirent. Mais ils furent réveillés dès l'aurore, par un bruit de beûglement épouvantable.   Ils regardèrent autour d'eux, & ils virent des espèces d'Hommes cueillans & broutans l'herbe, qui s'appelaient les uns les autres.   Ils étaient couverts d'un poil fauve, avaient une grande queûe, & sur-tout, leur front était orné de belles & fortes cornes, très-longues, droites, lisses & luisantes (*). —En voici bien d'une autre! dit Alexandre à son Père & à son Frère; ce sont des Hommes-cornus qu'a cette

(*) Il y a eu de ces Hommes dans notre Continent: il se nommaient les *Cérastes*, & ils furent détruits quelque temps avant la guerre de Troïe, au même siècle où vivait Adonis, dans l'Ile de Cypre, & lors du combat fameux qui opéra la destruction des Centaures, &c.ᵃ *Ovide*, Met. l. x, fab. 5, dit, en parlant de ces Hommes-cornus: *An genuisse velit Amathunta* ..... *Illos gemino quondam quibus aspera cornu Frons erat, unde etiam nomen traxére Cerasta?*

Ile ! Pardi , mon Frère n'eſt pas malheureus , & pour ſon premier voyage ,
il a du très-ſingulier-! De-B—m—t ſe
mit à rire. —Heureuſement que cela
n'eſt pas de mauvais-augure, répondit-il.
—Voyons, voyons, mes Fils, dit Victorin : voila les Hommes-cornus qui
nous regardent : examinons un - peu
l'effet que va produire ſur eux notre
première vûe-! En-effet les Hommes-
taureaux venaient d'appercevoir les trois
Voyageurs , & ils les contemplaient
avec étonnement , mais ſans effroi : ils
parurent enſuite ſe conſulter , ſans parler , ni mugir , & ſeulement par leurs
regards. Après un moment de cette délibération muette , ils mirent ſur une première ligne les Mâles les mieux cornus
& les plus vigoureus ; derrière leſquels
il ſe forma une ſeconde ligne ; puis une
autre ; enfin la quatrième & les deux ſui-
vantes furent compoſées des Femmes &
des Filles-geniſſes, qu'on reconnaiſſait facilement à la délicateſſe de leurs cornes

couleur-de-chair fort-agréable ; aulieu
que celle des Hommes étaient couleur-
de-marron, & un-peu noires par le bout.
Toute la Troupe forma donc un
cercle épais autour des trois Hommes-
volans, pour les environner, & f'avança
en rétréciffant le cercle, & en ferrant
davantage chaque Homme-taureau l'un-
contre-l'autre. Quand ils furent à
vingt pas, on ne vit qu'une forêt de
cornes extrêmement preffées. Alors
un Homme-taureau des mieux encornés,
& dont l'air était fort-grave, fe détacha
feul du cercle, & f'avança vers les trois
Étrangers qui fe tenaient tout-prêts à
f'envoler. Il f'arrêta à dix pas, & fe
mit à beûgler fort-doucement, ces paroles ; *Meuûmh ! Moûmh ! Hoûmh-*
houah ! Moûmh ! Houîh, Houaîh,
hoûhoumh ! Auxquels mots, ni Victorin, ni fon Fils-aîné, ni même Alexandre ne comprirent rien du-tout : mais
à tout-hasard, le Dernier penfa qu'il falait bien leur répondre quelque chose ;

M v

& il fe mit à dire : *Moûh ! Mouhoûh !
Meûh !* Soit que ces paroles fuffent
réellement de la langue-cornue, foit
que l'Homme-taureau les prît pour
quelque dialecte d'un langage approchant
du fien, il leva la queûe, bondit trois-
fois, & fe retourna du côté de fa Nation, à laquelle il beûgla les mêmes
mots qu'Alexandre venait de meûgler.
Toute la Troupe y répondit par un
beûglement général : après quoi, l'Homme-taureau retourna vers fes Gens :
Une Femme-geniffe, des plus agréables
de l'efpèce f'approcha, tenant dans fes
mains trois petites bottes d'herbes fraîches
qu'elle avait cueillies ; elle les donna à
l'Homme-taureau, qui les apporta aux
trois Voyageurs, auxquels il les préfenta en figne d'amitié. Ils les reçurent
avec les marques de la plus vive reconnaiffance : & donnèrent en échange à
l'Homme-taureau du pain de froment,
dont il goûta, & qu'il porta enfuite
aux Principaux de la Nation, qui tous

en mangèrent, & parurent le trouver
excellent.   De leur côté, Alexandre,
ainfi que fon Père & fon Frère, fei-
gnirent de manger de l'herbe qui leur
avait été préfentée ; ce qui leur concilia
l'amitié des Sauvages, qui virent par-là
qu'ils n'étaient point carnaciers.   Cependant les Hommes-volans n'osaient fe
laiffer entourer : le Mari d'*Ifhmichtrifs*
fur-tout avait la plus grande frayeur.
Alexandre offrit à fon Père d'approcher
des Hommes-taureaux ; en lui repréfen-
tant, qu'ils avaient, en cas d'accident, des
moyens d'épouvanter ces Sauvages, &
de le délivrer.   Victorin y confentit avec
peine : mais vaincu par les inftances de
fon Fils, il fe rendit.   Alexandre f'a-
vança, ayant à la main du pain de
froment, & quelques beaux fruits.
Les Hommes-cornus l'attendirent : les
Femmes fur-tout, le voyant approcher,
vinrent au premier rang, & le regardaient de tous leurs yeux.   Il fut très-
bien reçu.   Il fit fes préfens aux Prin-

cipaux , & reserva un morceau de pain
& une belle panate (c'eſt le nom du
fruit-à-pain) pour la plus jolie & la
plus apparente des Filles-geniſſes (*)
qui ſ'étaient avancée fort-près de lui.
Il lui offrit ces préſens avec beaucoup de grâce. La Fille rougit juſqu'au
bout des cornes , & parut intimidée:
mais voyant l'air affectueus de l'Homme
ſans cornes , elle reçut ſon préſent,
dont elle goûta ſur-le-champ , & ala
partager le reſte à ſes Compagnes.
Dès qu'Alexandre eut fait ſon préſent,
tous les Hommes-taureaux mugirent;
mais c'était d'applaudiſſement : car un
Vieillard, dont les cornes avaient cinq
piéds de haut , qui paraiſſait le Père de la
Jeune-fille-geniſſe , ſortit de la foule , &
vint préſenter la main au Jeune-homme-
volant. Après quelques témoignages

(*) 9.me Eſtampe : Une Femme-geniſſe recevant des proviſions que lui donne Alexandre,
tandis qu'un Homme-taureau les regarde fièrement tous-deux.

Les Hommes-taureaux.

d'amitié, Alexandre, qui favait dans quelles inquiétudes étaient fon Père & fon Frère, falua les Hommes-taureaux ainfi que leurs Femmes, en mettant fa main fur fon cœur & fur fa bouche, & il f'éloigna, tandis que tous ces pauvres Sauvages, répétaient le même figne. Lorfqu'il eut rejoint fes Compagnons, ils pouffèrent un beûglement très-fort, auquel les trois Hommes répondirent *Moûh-Moûhhh !* trois-fois.

Ils délibéraient entr'eux, comment ils feraient pour enlever deux de ces Sauvages, fans indifposer la Nation, lorfqu'ils f'apperçurent d'un mouvement dans la Troupe des Cornus. Un inftant après, ils virent deux Hommes, le premier Vieillard qui f'était approché d'eux, & celui qui leur avait donné des marques de confiance, f'avancer de leur côté, en conduifant la Fille-geniffe par la main. Ces Vieillards la remirent à Alexandre, en lui fefant figne très-intelligiblement, qu'ils la lui laiffaient pour en jouir.

Il les remercia, & parut faire beaucoup de cas de leur présent : mais
il demanda par signes, & en meûglant
un-peu, qu'on leur confiât aussi
un Jeune-homme. Il fut compris, &
les deux Vieillards en amenèrent un
des plus beaux. Les Hommes-volans
lui firent beaucoup de caresses. Ensuite
ils se disposèrent à s'envoler. Le Jeune-
homme & la Jeune-fille eurent alors
une grande frayeur ; cependant ils n'o-
sèrent prendre la fuite ; ils se laissèrent,
quoiqu'en tremblant, entourer de la
sangle, & emporter dans les airs. A leur
départ, tous leurs Compatriotes poussè-
rent des mugissemens horribles, apparemment pour leur dire adieu.

Victorin, ses Fils, & les deux Sauvages arrivèrent le lendemain vers midi
à l'Ile-Christine, où tout le monde fut
encore plus étonné de voir ces deux
nouvelles Créatures, que les précédentes.
On les remit entre les mains d'un Homme
très-habile, qui élevait les autres, & qui

lui-même avait été formé par m.ʳ l'Abbé *de-Lépée*, le même qui a confacré fes talens, à faire des Hommes raisonnables des Sourds-&-muets. Le bon Seigneur, beaupère de Victorin, ne pouvait fe laffer d'admirer les deux nouveaux-Élèves: —Eh-bien, Procureur-fifcal, disait-il au Père de fon Gendre, vous feriez-vous douté que nous dûffions voir ce que nous voyons fur nos vieux jours? C'eft pourtant la beauté de ma Fille, qui a été cause que votre Fils f'eft fait des aîles pour me l'enlever, & qu'il entâffe aujourd'hui merveilles fur merveilles? —Oh-bien-oui! répondit le Procureur-fifcal (*nota*, qu'on avait fait de cette charge la première de la courone, fans en changer le nom, & qu'elle était toute en faveur du Peuple & de l'égalité); mais fi mon Fils n'avait pas eu un fond de mérite & de bon efprit, jamais l'amour ne lui aurait fait trouver de fi belles choses. —Vous avez raison: Mais convenez

que fans Chriftine De-····   —Je conviens
de tout, mon cher Monfieur, & ce
n'eft pas moi qui difputerai avec vous,
contre le bien & l'honneur que nous
a fait une Bru que j'aime plûs que moi-
même : ainfi d'accord.   Mais convenez
vous-même que mon Fils....   —Cor-
bleu! fi votre Fils n'avait pas eu fon
mérite, aurait-il aimé ma Fille? c'eft
par fon mérite, qu'il a fenti tout le
prix de ma Chriftine, & qu'il a forcé la
nature pour l'obtenir : c'eft par fon
mérite qu'il a même honoré ma nobleffe.
Je n'ai pas plûs envie de difputer que
vous contre le mérite de ce digne Gendre ;
mais il falait Chriftine De-B—m—t
pour lui élever l'âme, au point où la
fienne f'eft élevée-.

   Le Procureur-fifcal laiffa le dernier-
mot au bon Seigneur, & tout finit-là.

   Victorin & fes Fils démeurèrent un
mois entier à l'Ile-Chriftine, pour les
affaires de l'Etat, & ils furent témoins
des progrès des différens Sauvages qu'ils

avaient enlevés. Tous , à l'exception
des Derniers, commençaient à parler.
Les Jeunes-gens-chiens fur-tout avait
tant d'attention & de docilité pour Ceux
qui les foignaient, qu'ils en étaient extrêmement aimés.   Leur exemple ne nuisit
pas aux autres Sauvages , qui , lorfqu'ils
furent un-peu formés , voulurent les
imiter.   Mais toutes ces différentes Efpèces d'Hommes avaient une haîne ir-
vincible contre les Hommes-noĉturnes ;
on était obligés de les enfermer durant
la nuit, & de les veiller de-près même
pendant le jour, parce-qu'ils cherchaient
à f'introduire dans les cavernes de ces
Malheureus.   Il faut pourtant en excep-
ter les Jeunes-gens-taureaux , dans lefquels on n'apperçut jamais aucune marque
de haîne contre les Noĉturnes.

Enfin les trois Voyageurs repartirent,
emmenant avec les deux Jeunes-gens-
chiens, qu'ils fe proposaient de remettre
dans leur pays à leur retour.

VIIIme Ile.

Ils avancèrent fous le même parallèle, f'étendant toujours audelà de leur der- nière découverte. Ils parvinrent le troi- sième jour, à une Ile nouvelle, qui était d'une journée-&-demie de vol plus occidentale que l'Ile-cornue, fur laquelle ils f'abbattirent. Ils virent dans cette Ile des Oiseaux abfolument inconnus, & fi familiers, qu'ils venaient fe repofer fur eux, & les becqueter.. —Il pa- raît, dit Alexandre, ou qu'il n'y a point d'Hommes dans ce pays, ou qu'ils y font bien-doux-! En achevant ces paroles, il fe retourna, & vit des efpèces de Lièvres, de Chevreuils, de Cerfs, &c.ª qui bondiffaient. Il leur fit des fignes, qu'ils regardèrent ftupidement, & tous f'en-alèrent enfuite, fans paraître fe rien communiquer. —Ce ne font-là que des Bêtes, dit Alexandre : la Nature ferait-elle ici plus imparfaite qu'ailleurs, & n'aurait-elle pas été jufqu'à l'Homme- brute, comme dans les autres Iles-?

Il ne fut pas longtemps dans cette idée ; car ſon Frère-aîné ayant tourné la tête, il apperçut du côté de la mer un troupeau qui paiſſait. De-B—m—t le montra à ſon Père. Les trois Hommes-volans gâgnèrent auſſitôt à-piéd de ce côté-là, & ſ'étant approchés, ils virent trois ou quatrecents Animaux couverts de laine comme des Moutons, conduits par des Êtres de la même eſpèce, qui avaient de belles cornes recourbées & contournées comme les Beliers. Ces Animaux ne broûtaient pas, mais ils cueillaient des herbes tendres, avec leurs pates de devant ; ils en mangeaient, & ſe fesaient une ceinture du reſte ; enſuite ils en mettaient de petites poignées entre la ceinture & leur peau. A-l'écart, ils en apperçurent plus diſtinctement encore, un Jeune qui careſſait une jolie Bre-biette de la manière la plus tendre. On ſ'éloigna de ce Couple heureus, pour ſ'approcher de la Troupe: Alexandre ſ'avisa de bêler. Auſſitôt ils ſe raſſemblèrent tous,

& fe tinrent preffés.   Alexandre ne vit
rien qui dût épouvanter dans ces *Hommes-
moutons* ; il cueillit une ou deux poignées
d'herbe ; il en porta à fa bouche, & ala leur
préfenter le refte.   Mais peu f'en falut qu'il
ne payât cher fa témérité !   Un Homme-
belier des plus forts le voyant approcher,
f'élança fur lui à la façon des Bretons ;
Alexandre, n'eut que le temps de donner
un coup-de-parafol, qui l'éleva de fix piéds.
L'Homme-belier trompé dans fa mire,
ala heurter contre un arbre, qui était à
dix pas de-là, avec tant de force, qu'il fe
fendit le crâne & tomba roide mort (*).
Alexandre fans fe décourager, plâna fur
le Troupeau, en laiffant tomber de fon
herbe, & quelques bouchées de pain-
de-froment, que les Jeunes-gens man-

(*) 11.me *Eftampe* :   Une Jeune-homme-
belier & une Jeune-fille brebis qui fe careffent
tendrement : on voit au piéd d'un arbre un puiffant Homme-belier, qui f'eft fendu le crâne en
voulant f'élancer contr'un des trois Hommes-volans, qui l'a évité en f'élevant en l'air.

Les Hommes-moutons .

gèrent. Pour les Hommes-beliers, ils
s'avançaient fièrement à la tête de la
Troupe, en frappant des piéds, & tout-
prêts à s'élancer comme leur Camarade.
Victorin qui observait tout, & qui retenait auprès de lui en-laisse, les deux
Jeunes-gens-chiens, s'avisa de leur dire
d'aler mettre ces Hommes-beliers à la
raison. Aussitôt ils coururent de ce côté.
Les Hommes-beliers ne les eurent pas
plutôt vus, qu'ils se serrèrent comme les
autres dans le Troupeau. Alexandre se
posa à terre, s'approcha, toucha les
Femmes-brebis, qui étaient sans cornes,
en les caressant, & en leur présentant
de l'herbe tendre & du pain ; de-sorte
qu'il se familiarisa un-peu avec elles.
Il donna aussi du pain aux Hommes.
Il s'adressa sur-tout au plus apparent de
la Troupe, & fit tant par ses caresses
& par le pain qu'il lui fit manger, qu'il
l'engagea à s'approcher de son Père
& de son Frère. Une remarque inté-
ressante que fit Alexandre dans cette Ile,

c'eſt que la nature y était dans un état d'innocence vraiment touchant.   Il n'y avait aucune des eſpèces carnacières, pas même de petits Tigres, ni d'Oiseaus-de-proie.   L'Homme - mouton vivait comme frère avec les différentes eſpèces d'Animaux.   On le voyait ſouvent au milieu d'eux, jouant & ſe roulant ſans la moindre défiance de part ni d'autre, ſur-tout avec l'eſpèce des Boucs & des Chèvres.   Par-tout où les Hommes-volans portèrent leurs pas, malgré leur ſingulier attirail, ils virent les Animaux, non-ſeulement de l'eſpèce des domeſti-ques, mais Cerfs, Chevreuils, &c.[2], venir à eux, plutôt que ſ'enfuir.   Alors Victorin dit à ſes Fils avec attendriſſement: —Je bénis Dieu d'avoir vécu juſqu'à ce jour, & d'être venu juſqu'à ces climats éloignés de celui de ma naiſſance, pour y voir la nature dans ſon originelle bonté! Ah! mes Enfans! vous n'avez pas vu comme moi, un monde de Méchans, dont les Bêtes-féroces des forêts ne ſont

que l'image! vous ne les avez pas vus
s'entredéchirer, s'entredévorer, & se
justifier ensuite sur la nécessité du bien
& du mal! comparer le moral au physic,
& argumenter de l'un, pour excuser
l'autre. Quelque besoin que nous ayions
de provisions fraîches, ne souillons pas
cette terre par le meurtre d'aucun de ses
Habitans, & ne soyons pas les premiers
qui y commettions un acte de violence-!
Ce discours de Victorin fit une vive impression sur ses deux Fils; ils regardèrent
l'Ile nouvelle, comme l'azile dernier &
sacré de la primitive innocence. Alexandre, qui était était un très-grand esprit,
fit une autre observation; il dit, Qu'il lui
semblait que nous n'étions sur la Terre,
que des Êtres parasites, comme le gui
sur les arbres; comme les animalcules sur
les Animaux, & par-conséquent incommodes pour elle, qui doit regarder notre
destruction comme un bien.... Victorin
secoua la tête, & son Fils se tut.

Les Hommes-volans ne firent pas un

long féjour dans l'Ile-moutonne, qui leur
parut très-fertile : ils enlevèrent deux
Jeunes-gens de l'efpèce, dont fe chargèrent Victorin & fon Fils-aîné : tandis
qu'Alexandre, à lui-feul, ala remettre
les deux Jeunes-gens-chiens dans l'Ile-
cynique, où il féjourna, pour commencer à voir les effets de la civilisation de
ces deux Individus, fur leurs Compatriotes.   Ils lui parurent très-favorables :
mais le Jeune-volant fit réflexion que ces
deux Individus redeviendraient bientôt
brutes, fi l'on ne mettait dans pas l'Ile
une Famille d'Hommes, auprès defquelles
ils f'entretiendraient dans la langue, parlée
à leur manière, & dans la civilisation.
Car il faut obferver, que les différentes
Efpèces d'Hommes-brutes parlaient bien
tous la langue-chriftinienne, pour exprimer les idées nouvellement acquises ;
mais que pour toutes celles qui avaient
un mot dans leur langue, ils ne pouvaient f'empêcher de les employer : ce
qui formait déja une dialecte différente
                                         pour

pour chaque Nation : elles ont d'ailleurs chacune la prononciation de leur Espèce, soit guiorante, soit simique, jappante, beûglante, ou bélante, &c.ᵃ

Alexandre, d'après cette idée, repartit pour l'Ile-Christine, où il exposa ses réflexions à son Père. Elles furent trouvées fort-sages ; & en-conséquence, on fit publier à son-de-trompe par toute l'Ile-Christine, la proposition d'aler habiter l'Ile-cynique, à titre d'inféodation, c'est-à-dire, de seigneurie sur le sol, & sur tous les Êtres d'espèce inférieure aux Européans ; à-la-charge seulement de reconnaître la souveraineté de l'Ile-Christine, & de contribuer en temps-&-lieu, {aux besoins de l'État. Il se trouva plusieurs Familles ambitieuses, qui se présentèrent : c'étaient les plus Turbulens de l'Ile : on les fit tirer au sort ; & on consola ceux qu'il ne favorisa pas, en leur promettant les autres Iles, dès qu'on y renverrait les deux Jeunes-gens de chaque Espèce, enlevés

II Vol. N

parmi les Naturels. Le vaiſſeau fut
équippé ; on le chargea de provisions,
& de toutes les choses néceſſaires aux
Émigrans ; & l'on partit. Victorin &
& Alexandre dirigèrent la route du
vaiſſeau par le chemin le plus court &
le plus facile, tandis que le Mari d'*Iſhmichtriſs*, & ſon Beaufrère le Mari de
Sophie, volaient à fleur-d'eau la ſonde
à la main. On arriva en huit jours à
l'Ile-cynique, où l'on trouva les deux
Jeunes-gens qu'on y avait laiſſé fort-
triſtes. Ils furent tranſportés de joie en
revoyant de vrais Hommes, & ils ſ'établirent à-côté de l'habitation qui fut élevée à-la-hâte pour le Gouverneur & ſa
Famille, composée de plus de ſoixante Perſonnes : on lui recommanda de bien ménager ces deux Jeunes-gens, qui étaient de la
plus grande néceſſité pour vivre en bonne intelligence avec les Naturels, entendre
leur langue, connaître la portée & l'é-
tendue de leur eſprit, leurs diſpoſitions,
en-un-mot, quel parti on en pourrait

tirer. Le Gouverneur promit tout, &
comme son intérêt y était attaché, il a
tenu parole.

Victorin & ses Fils ne tentèrent aucune
découverte à ce voyage. Ils s'en retournèrent avec le vaisseau, visitant l'Ile-
ourse & l'Ile-singe, où ils trouvèrent
les Sauvages plus timides que lors de
leur première visite. Arrivés à l'Ile-
Christine, on tira au sort le gouvernement de l'Ile-singe; on chargea le vaisseau des choses nécessaires; & on y conduisit le Gouverneur, avec le jeune
Couple de Naturels qui devait lui servir
à se lier avec les Gens du pays.

On remena ainsi successivement tous
les Élèves-sauvages, que nous laisse-
rons quelque temps, ainsi que les Gou-
verneurs, pour qu'on puisse voir les
effets de la sage conduite de Victorin.
Je vais continuer le récit des découvertes de cet Homme infatiguable.

Un mois après avoir remis dans leur
pays le Jeune-garçon-belier & la Jeune-

fille-brebis (qui avaient paru fort-boû-
chés, & si peu intelligens, qu'il falut
les garder six mois de plûs que les autres,
pour leur apprendre les choses les plus
simples), les trois Victorins s'envolèrent, & parvinrent audelà de l'*Ile-
moutonne*, où ils ne découvrirent que
la mer.

IX.*me Ile.*

Ils prirent un-peu au nord, & reconnurent une Ile affés grande, vers le
55*me* degré de latitude-auftrale. Ce
pays paraiffait abfolument aride, à-peine
y découvrait-on quelques arbuftes; les
fommets des montagnes étaient couverts
de glace, & on en voyait même dans
les plaines. Les Hommes-volans defcendirent fur cette terre-morte, & y
cherchèrent des Habitans. Ils virent
quelques Animaux qui étaient les Rennes
de ce pays, mais un-peu différens de
ceux du nord; ils avancèrent à-piéd pour
s'échauffer, quoiqu'on fût encore dans
l'été du pole-antarctique, & ils par-

vinrent à une caverne creusée dans un
rocher, au bord d'une grande rivière,
la seule de l'Ile : les Hommes-volans
y entendirent quelque bruit, ce qui les
rendit circonspects, ne sachant quelle
espèce d'Animaux ce pouvait être. Tandis qu'ils hésitaient, leurs aîles bien-
disposées, Alexandre apperçut à l'entrée
de la caverne, de petits Animaux, res-
semblans fort à de gros Rats, qui après
les avoir regardés, s'en retournaient en
trotant, puis revenaient en plus grand
nombre, & s'en-retournaient aussitôt,
recommençant continuellement ce mané-
ge. Il s'approcha pendant une de leurs
absences, & de-près, il crut reconnaître que c'étaient des Castors, qui avaient
formé-là une belle République. En-
effet, ils en avaient la fourrure & la
quêue. Il vint faire part de sa découverte
à son Père & à son Frère-aîné. Ils se
mirent tous-trois en embuscade sur le
bord de la rivière ventre-à-terre, &
lorsqu'il sortit des Castors de la caverne,

pour aler à l'eau, Alexandre en
attrappa un.   Mais quelle fut sa surprise,
de trouver à cet Animal une figure
très-approchante de l'humaine, & de
remarquer dans ses mouvemens toutes
les apparences qui indiquent un Être
raisonnable! c'était une femelle; non-
seulement elle fit d'abord la morte; mais
voyant que cela ne lui servait de rien,
elle joignit en suppliante ses deux mains,
& parut chercher à exciter la compassion,
par un petit cri suivi & diversifié, qui
sans-doute était le langage de sa Nation.
Alexandre ne voulut pas la faire souffrir
plus longtemps; il lui donna du fruit-à-
pain, & la porta à l'entrée de la caverne,
où il apperçut de l'eau (*).   La petite Femme-castore emporta son fruit-à-pain, &
demeura environ dix-minutes sans reve-

(*) 12.me *Estampe:* On voit dans l'intérieur
d'une caverne, des Hommes-castors, quelques-
uns debout dans l'eau, recevant des provisions des
Hommes-volans, un autre qui plonge: Alexandre
tient dans ses bras une Femme-castore.

Les Hommes-castors .

nir ; après quoi, on la revit à l'entrée
de la caverne avec une centaine de ſes
Compatriotes, auſquels elle montra les
trois Volans, en parlant avec la plus
grande vivacité : ce qui fit beaucoup rire
Victorin & ſes Fils. Alexandre ſ'avança
fort-près d'eux, pour leur diſtribuer du
pain-de-froment par petites bouchées : ils
l'emportèrent dans l'eau, & le mangèrent
avec appétit. Des Enfans, conduits par
leurs Mères accoururent du fond de
la Caverne : on leur diſtribua des
châtaignes grillées, & du fruit-à-pain,
ſur leſquelles ils ſe jetèrent avec une
ſorte de voracité. Les trois Volans
furent bientôt environnés de toute
cette petite Nation, dont plusieurs
les touchaient. Alexandre oſa pénétrer
dans la caverne : il trouva qu'elle com-
muniquait à la rivière par une ouverture
qui paſſait ſous le rocher, & par laquelle
l'eau extérieure ſe joignait à un ruiſſeau
qui ſortait du fond même de la grotte.
Le long de ce ruiſſeau, étaient les habita-

tions des Hommes-caſtors, diſpoſées de-
manière, que ces Pygmées tenaient leur
queûe dans l'eau, ſoit en ſe reposant,
ſoit en mangeant, & durant leur ſommeil. Il ala rendre-compte de cette
découverte à ſon Père & à ſon Frère,
& il les preſſa d'entrer dans la grotte.
Les petits Hommes-caſtors ne parurent
point effrayés, & ne ſe dérangèrent pas
de leur place. Les Hommes-volans admirèrent la conſtruction des cellules,
dans laquelle chaque Famille était logée :
il y avait à-la-vérité ſur chaque côté
une porte de communication pour aler de
l'une à l'autre ; mais elle parut ne ſervir
qu'à la converſation. On mangeait au-
dehors de l'écorce d'arbre, qui trem-
pait dans le ruiſſeau. Le Roi Chriſtinien
& ſes Fils ayant aſſés examiné cette nouvelle eſpèce d'Êtres, ils ſe retirèrent.
Victorin resolut de partir de l'Ile-caſtor
ſur-le-champ, ſans en emporter d'Habitans ; car il ne croyait pas, vu la
rigueur du climat, la pauvreté & la

chetiveté de ces petits-Hommes, qu'on
pût entretenir aucun commerce avec
eux; il penfait même que ceux qu'on
emporterait, mourraient en chemin.
Mais Alexandre lui fit [obferver, qu'il
falait favoir, fi les Hommes - caftors
qui mouraient naturellement, ne pourraient pas laifler des fourrures affés
bonnes pour en faire un objet de
commerce; fi ces Pygmées n'avaient pas
des guerres, &c.ᵃ Il plaida fi-bien fa
cause, que fon Père lui permit d'en emporter quatre des plus jeunes, & de retourner à-tire-d'aîle à l'Ile-Chriftine, tandis
qu'avec fon Fils-aîné, il visiterait quelques Iles qu'ils avaient entrevues au-loin.
Alexandre ne fut que deux jours à regâgner l'Ile-Chriftine, & un jour-&-demi
à revenir; il y posa fes Hommes-caftors,
les recommanda en deux-mots à l'Inftituteur ordinaire des Hommes - bêtes,
embrafla fa Femme, fes Enfans, ala
faluer fa Mère, & repartit, pour fe
trouver au rendéyous.

N v

Xme *Ile.*

Cependant Victorin, & son Fils-ainé avaient été dans une grande Ile couverte de neige & de montagnes-de-glace, où ils ne trouvèrent que des Ours-blancs, sans aucune Créature humaine. Alexandre les y joignit : Il ne put croire qu'il n'y eût pas d'Hommes dans cette Ile ; d'autant qu'elle était assés voisine des terres de l'Amérique & de la Nouvelle-Hollande. Il chercha partout, malgré le froid excessif ; & il trouva quelques ossemens qui lui parurent avoir appartenu à des Hommes : mais ces ossemens étaient d'Européans ; sans-doute morts de misère dans ce rigoureus séjour, ou qui avaient été dévorés par les Ours-blancs (mieux nommés Fouines-de-mer) qu'on y voyait. Les trois Volans en alaient partir, lorsqu'ils entendirent tirer un coup-de-fusil. Ils en furent effrayés, & prirent leur volée, du côté du bruit, à une certaine hauteur. Ils apperçurent à l'entrée d'une caverne un Homme ha-

billé de peaux, qui les regardait.   Ils
alèrent s'abbattre à quelque diftance.
Alexandre ôta fes aîles, afin de montrer
qu'il était un Homme ordinaire, & fe mit
à faire des fignes à l'Homme.   Ce Dernier, tranfporté de joie de voir des Êtres
de fon efpèce, quoiqu'il ne comprît pas
trop comment ils volaient, répondit
à leurs fignes, & vint droit à eux.
Quand il fut à la portée de la voix, il
leur cria en français :   —Quî êtes-
vous ?   —Français, & amis des Hom-
mes-, répondit Alexandre.   Auffitôt le
Vieillard tomba à genous, & tendit les
mains vers le ciel, d'un air tranfporté.
Puis voyant avancer Alexandre qui avait
remis fes aîles, fuivi de fes Compagnons,
il les attendit.   Lorfqu'ils l'eurent joint,
le Vieillard regarda Victorin, & vint fe jeter à fon cou, en f'écriant : —Oui, je reconnais que c'eft un Français que j'em-
braffe !... Grand Dieu ! foyez béni-!
Victorin lui rendit fes careffes, &
expliqua en deux mots au Vieillard com-

ment ils volaient. —Mais, par quel malheur êtes-vous dans cette Ile fauvage, ajouta-t-il ?

—Hélas ! répondit le Vieillard, vous voyèz à mon habillement, qu'il y a fort-longtemps que nous y languiffons; car je n'y fuis pas feul. J'étais Capitaine du vaif-feau le ·····; mon Équipage fe revolta, & m'abandonna dans cette Ile, avec ma Fem-me & mes deux Enfans, garfon & Fille, alors âgés de cinq & fix ans. Les Mutins eurent la cruauté de me laiffer prefque fans provisions : mais heureusement un petit Mouffe, touché de compaffion, trouva moyen de jeter à la mer un baril de poudre, qui tomba fur un glaçon, & que je tirai à moi : il y joignit ce fusil, & une affés bonne épée: l'Équipage, après ce crime, n'efpérant plus de pardon, & fe trou-vant en trop grand nombre, pour pou-voir compter fur le fecret, fe détermina à pirater. Je l'ai fu par le petit Mouffe, qui leur ayant déplu, fut remis l'été fui-vant dans cette Ile, après qu'ils fe crurent

affurés que nous étions morts. Car je
les reconnus, ayant eu le bonheur
d'emporter une lunette de longue-vue,
& je me cachai pour les obferver. J'alai
au fecours de l'Enfant, que les Fouines-
de-mer euffent dévoré, dès que les Bar-
bares furent rentrés à-bord. Jugez de
quelle confolation je fus pour lui !

Mais je vous dois le récit de la manière dont j'ai fubfifté avec ma Famille,
depuis vingt ans, que je fuis abandonné,
jufqu'à ce jour. Je vous le ferai dans
ma grotte où nous ferons mieux qu'ici-.

Les trois Hommes-volans fuivirent
leur Hôte, qui fit auffitôt un fignal ;
auquel accoururent fa Femme, qui avait
encore fur elle quelques lambeaux d'habits
européans ; une Jeune-femme enceinte ;
une autre Femme, d'une efpèce inconnue,
car elle avait une queûe & des cornes de
Chèvre, avec un poil fort-long ; elle était
d'une grande douceur, & d'une figure
affés agréable : deux Jeunes-hommes,
habillés de peaux, & qui avaient l'air

presque sauvage , étaient l'Un armé d'une épée , l'autre d'une hâche ; le Second était à-côté de la Femme-chèvre , l'Autre de la Jeune-personne , encore habillée à la française (*). L'Épouse du Capitaine pensa mourir de joie en entendant parler sa langue maternelle , à des Hommes ; qui venaient d'aborder dans leur Ile. On entra dans la grotte , où l'on fit asseoir les Étrangers auprès d'un feu d'os de poisson , & on leur proposa des rafraîchissemens , tels qu'on les avait , c'est-à-dire, du poisson séché , qui servait de pain , du poisson frais , frit dans l'huile de Baleine ou d'un

----

(*) 13me *Estampe :* Un Vieillard français , couvert de peaux de Fouines-de-mer , tenant un fusil : On voit avec lui sa Femme : un Mousse , armé d'une hâche , avec sa Femme-chèvre : le Fils du Vieillard , armé d'une épée , ayant à-côté de lui une Jeune-personne sa femme & sa sœur : Les trois Hommes-volans s'avancent vers cette Troupe. On voit sur un rocher un Homme-bouc & sa Femme-chèvre , qui lui montre une Fouine-de-mer morte.

Les Hommes-boucs

autre poisson gras , & de la chair boucanée
de Fouine-de-mer. De leur côté, Victorin
& ses Fils étalèrent leurs provisions , &
offrirent du pain à leurs Hôtes, qui en mangèrent en pleurant de joie. Après le repas,
le Capitaine fit le récit qu'il avait promis.

—Abandonné , comme je vous l'ai
dit avec peu de provisions , & trois
Personnes , qui n'avaient de secours à
espérer que de moi , je pris le dessus
de mes peines , & m'armai de courage.
Dès que j'eus trouvé cette grotte, j'y
mis en sûreté ma Femme & mes Enfans , & je songeai aussitôt à voir
comment j'épargnerais mes provisions.
Je me promenai dans l'Ile, sans y
trouver aucuns Animaux carnaciers :
c'était l'été ; mais il y avait des Oiseaus
comme des espèces de Canards , d'Oies-
sauvages, des Pingouins, &c.ᵃ Je ne
voulus pas les effrayer, en en tuant :
je pris seulement de leurs œufs, avec
l'attention de ne pas dégarnir les nids
en entier. Je remarquai qu'il y avait

du poisson sur la côte en abondance ;
je fis une ligne, & j'en pris les jours
suivans autant qu'il nous en falait.
Mais je ne tardai pas à m'appercevoir
que l'Ile avait des Habitans, autres
que les Oiseaus, & quelques petits
Animaux de la grosseur du Lièvre &
du Lapin, qui avaient de très-belles
fourrures. Je découvris des espèces de
Boucs, à leur odeur. Je tâchai d'en
joindre un, persuadé que si je pouvais
avoir une Chèvre, son lait nous serait
d'un grand secours. Je me mis donc
à les épier, d'abord avec assés peu
de succès. Mais un-jour qu'il fesait
très-beau temps (car c'était durant l'été
de ce climat), je m'avançai du côté de
la côte méridionale, & j'apperçus avec
étonnement, des Boucs ou Satyres,
qui péchaient, soit à la ligne, soit
avec des espèces de paniers-d'osier,
suspendus à une perche. Ils marchaient
très-souvent sur deux piéds, & paraissaient se parler de temps-en-temps,

pour s'avertir des choses à faire. Je les examinai plus d'une heure avec ma lunette. A la fin, comme j'avais déja un habit fait de peaux d'Animaux, je hasardai de m'avancer fort près d'eux. En m'appercevant, tous firent un mouvement de frayeur; ensuite ils se réünirent & me regardèrent. Je leur fis des signes d'amitié, tenant toujours mon fusil en état, & mon épée toute prête. Je leur demandai du poisson, par mes gestes. Après les avoir souvent répétés, ils m'entendirent, & l'Un d'eux m'en apporta un panier. Je le pris, & m'en-alai. Ils me regardèrent m'éloigner; & j'eus soin de paraître ne me pas retourner. Lorsque je fus loin, quelques-uns se détachèrent de la Troupe, & coururent après moi. Ils me suivirent à quelques cinquante pas de distance, & me virent entrer dans ma caverne. Je les observai de mon côté avec ma lunette. Ils firent des marques aux arbustes, & s'en retournèrent en courant. Je craignis

d'être attaqué , & je me mis en état de
défenſe , très-fâché de m'être fait voir
à ces Hommes-boucs. Mais je ne
voulus pas effrayer mon Épouſe. Le
lendemain , j'en vis quelques-uns roder
autour de ma demeure. J'alai pêcher
bien armé; ils me regardèrent & ma
conduite parut leur faire plaiſir , parce-
qu'ils crurent que je les imitais : ils
ſ'approchèrent pour voir ma manière ,
& ma ligne ; & ils marquèrent beaucoup d'admiration. C'eſt que ma ligne
était une de celles du vaiſſeau , tout-à-
fait différente des leurs, & beaucoup plus
commode. Ils ſe retirèrent lorſque je
m'en revins , & quoique je leur offrîſſe de
mon poiſſon , ils n'approchèrent pas.

Ce fut dans ce même temps qu'arriva
mon petit Mouſle. Je fus fâché de
ſon malheur ; mais c'était une grande
conſolation pour moi que de l'avoir !
Je lui formai l'eſprit autant qu'il fut en
mon pouvoir , & je réüſſis à en faire
un excellent ſujet. Il m'accompagnait

dans mes pêches & mes chasses : mon
Fils lui-même, âgé de sept ans, nous
suivait, afin de s'endurcir de bonne-
heure à la fatigue.   Nous avons passé
dix ans de la sorte.   Mais il faut vous
dire que durant ce temps, nous appri-
voisames quelques Hommes-boucs, qui
venaient nous voir.   L'Un d'eux avait
une Fille moins difforme que ses Compagnes : mon Mousse en devint amou-
reux, & il l'a épousée.   Je lui destinais
ma Fille.   Mais ce fidèle Jeune-homme
me dit un jour :   —Capitaine, il vaut
mieux que ce soit moi qui essaie ce
qui peut resulter d'un mélange avec les
Femmes de ce pays, & que votre Famille, qui en aura, & doit en avoir
l'empire, garde toute la perfection de
la forme humaine : ainsi mariez ensemble vos deux Enfans :   c'est une néces-
sité-.   J'avouerai, que cette raison me fit
une impression profonde.   J'avais une
répugnance infinie à voir mon Fils
épouser une Fille-chèvre.   Je me suis

donc foumis à la néceffité : vous en voyez les Fruits. J'ai fix Petitsenfans, & *Maurice*, mon Mouffe en a tout-à-l'heure douze, parce-que fa Femme a prefque toujours eu des jumeaux. J'ai la confolation de voir que ces Enfans tiennent beaucoup plûs de leur Père, que de leur Mère ; & fi le bonheur voulait qu'ils puffent f'allier à des Êtres plus parfaits, la difformité originelle ne tarderait pas à f'anéantir.

Il me refte à vous parler d'une cataf-trophe terrible, arrivée dans cette Ile, il y a environ cinq ans ; car je compte exactement les années, par un hiver & par un été. L'hiver eft cruel fous ce climat. Nous fefons à-préfent nos pro-visions, parce-qu'à-l'exception de la Femme de Maurice, Perfonne ne peut mettre le piéd hors de la caverne pen-dant huit mois environ. Car nous n'a-vons guère que quatre ou cinq lunes de liberté, avec la demi-chaleur que nous éprouvons à-préfent. Un hiver plus ri-

goureus se fit sentir il y a quelques années : Ce fut pendant cette horrible sai-
son que les Fouines-de-mer vinrent pour
la première-fois dans cette Ile ; apparemment parce-qu'il y avait une continuité de glace depuis leur séjour ordinaire, jusqu'ici. Ces cruels Animaux
dévastèrent tout ; ils dévorèrent les Hommes-boucs : nous entendions souvent des
cris perçans à la porte de notre caverne :
mais aucun de nous ne pouvait l'aler ouvrir ; nous ne conservions assés de chaleur pour ne pas mourir de froid, qu'en
nous tenant pressés les uns contre les
autres, couchés sur des peaux ; tandis
que la Femme-chèvre, la seule qui pût
se lever, nous fesait dégeler de l'eau, &
préparait nos alimens.

L'été revint enfin : mais quel fut notre étonnement ; de ne plus voir d'Hommes-boucs, ni même aucun des petits
Animaux ? Tout était disparu, jusqu'-
aux Oiseaus : mais en-revenge, nous
vimes beaucoup de Fouines-de-mer, qui

accouraient à nous.   Comme nous avions ménagé & bien-foigné notre poudre, je chargeai mon fusil; mon Fils prit mon épée, & Maurice une hâche de Charpentier; nous nous adoffames à un rocher, & nous attendimes l'Ennemi.   Dès qu'il fut à ma portée, je lui lâchai mon double-coup, & j'en tuai fept: les autres f'avancèrent toujours: elles furent reçues avec la hâche, l'épée & la bayonnete, que je mis aubout de mon fusil; nous tuames tous les Affaillans, & nous achevames les Fouines qui n'étaient que bleffées.   Nous les enlevames enfuite, nous en ôtames les peaux, & nous en fimes boucaner la viande, qui eft affés mangeable, quand on a faim. Les jours fuivans, nous alames encore à la chaffe; nous ne rencontrames que des Fouines-féparées, & durant notre été, nous les tuames abfolument toutes. Enfin, nous trouvames deux Jeunes-gens, mâle & femelle de la race boucque, prêts à expirer de besoin dans un autre, d'où ils

n'osaient fortir, & nous les avons amenés
avec nous; ils nous ont été fort utiles
Ils ont une petite habitation d'été ici-
près; durant le froid, ils vivent avec
nous, & nous fervent.

L'hiver fuivant ramena d'autres Fouines-de-mer dans cette Ile, qui ne trou-
vant rien à manger, fe jetèrent fur le
poiffon. L'été nous les avons conftam-
ment détruites, & nous nous proposions
d'en faire autant cette année fur celles
qui reftent : mais nous osons concevoir
à-présent de meilleures efpérances, gé-
néreus Compatriotes-.

Ainfi parla le Capitaine : Victorin
lui répondit, qu'on le porterait lui
& fes Enfans, ainfi que ceux du Mouffe,
dans l'Ile-Chriftine, toute peuplée de
Français, fituée fous un ciel doux, &
dont le fol était fertile : que les reftes
de la Race-boucque feraient tranfportés
dans l'Ile-moutonne. Il ajouta, que
dès le jour même, ils alaient en emporter trois, à fon chois. Le Capi-

taine nomma son Épouse, son Fils, &
un de ses Petitsenfans.

Il suffit de dire, que ces Infortunés
furent ainsi transportés quatre-à-quatre,
en peu de jours, parce-que le Gendre
de Victorin fut des autres voyages, &
qu'ils vivent aujourd'hui très-heureus
dans l'Ile-Christine. Quant au Couple-
bouc, il fut accueilli dans l'Ile-moutonne, & l'on observa que les deux Espèces
étaient disposées à s'entr'aimer. Victorin ne négligeait aucune occasion d'étu-
dier la Nature; en quoi son Fils Alexandre le surpassait encore; car on peut
dire que ce Prince aurait été le plus actif
& le plus ingénieus des Hommes, si nous
n'avions aujourd'hui le Prince *Hermantin*
son fils; ce Jeune Héros de l'Australie
efface tout ce qui l'a précédé.

Il ne restait que peu de degrés à parcourir, pour achever le tour du Globe,
sous le parallèle de l'Ile-Christine : mais
Victorin, déja pesant par l'âge, & venant d'ailleurs de perdre son Beaupère
&

& fon Père, qui f'étaient éteints l'un &
l'autre dans la plus grande vieilleffe (le
Père de Chriftine avait cent-trois ans, &
le Procureur-fifcal cent-dix), ne fongea plus qu'à jouir du repos, en f'occu-
pant à bien-gouverner, non-feulement
l'Ile-Chriftine, mais à veiller fur les Vi-
cerois des Iles Singe, Ourfe, Cynique,
Cornue, Moutonne, &c.ᵃ Il les visita,
& vit avec fatiffaction la profpérité des
Familles-européanes qui les gouvernaient,
ainfi que la bonne-intelligence qui rè-
gnait entr'elles, & les Naturels du pays.
Victorin les encouragea, careffa les Chefs
des Sauvages, & parvint à leur faire
comprendre; qu'il était leur Père, leur
premier Civilifateur, leur Ami, leur
Bienfaiteur, & leur Chef-fuprême. Il
revint à l'Ile-Chriftine, avec Alexandre,
qu'il fit Procureur-fifcal de l'Empire,
c'eft-à-dire, la première Perfonne de
l'État après le Roi. Victorin chargea
ce Fils méritant de protéger les Colonies femi-fères, d'encourager les arts;

d'examiner quels étaient ceux qui man-
quaient, & même d'aler en Europe
chercher les Hommes néceſſaires pour
inſtruire les Chriſtiniens.   Alexandre
trouva que tous les arts de néceſſité
étaient fort-bien exercés dans l'Ile,
juſqu'à l'imprimerie : il obſerva enſuite,
que l'aiſance & l'égalité procuraient une
population immenſe, chaque Père-de-
famille ayant dix à douze Enfans : ce
qui venait à-la-vérité d'un uſage ſingulier, & dont je ne vous ai rien dit encore : c'eſt que dans toutes les Iles, les
Chriſtiniens contraƈtaient deux mariages dans leur vie ; le premier, à l'âge
de ſeize ans, pour les Hommes, avec
les Femmes de trentedeux ans, qu'ils
gardaient ſeize années. La Femme de
quarantequatre ans demeurait néanmoins dans la maison, & ſervait de
guide à la Jeune-femme, juſqu'à ce
que celle-ci quittât le Mari : c'était la
Vieille qui était chargée du ſoin des
Enfans, qui tous lui appartenaient, &

qui commandait en maitreffe à toute
la maison, hors à la jeune Épouse,
fur la perfonne de laquelle elle n'avait
aucun pouvoir. Lorfque celle-ci avait
atteint trenteun an, elle entrait dans
une maison-commune, deflinée à cet
usage, & y reftait l'année entière; ne
voyant que des Femmes, & menant
une vie laborieuse. A trentedeux ans,
on lui donnait un Jeune-homme, qui
était fon dernier Mari, & dont elle
devait gouverner la maison le refte de
fes jours, avec tous les droits des
Épouses. Cependant les Hommes de
quarante deux ans ne reftaient pas au
dépourvu; ils pouvaient fe remarier
avec une Jeune-fille; mais ils n'étaient
pas obligés à ce troisième mariage, comme aux deux premiers : cependant, on
avait une grande eftime pour ceux qui
contractaient un troisième engagement.
Ils pouvaient encore prendre pour fimple Concubine, une Femme des Efpèces
inférieures, comme la Nocturne; & les

autres dont je vous ai parlé : on ne blâmait pas ces alliances, qui contribuaient même à entretenir la confraternité: mais le Gouvernement avait l'œil fur les Métifs, pour en perfectionner l'exiftance : on ne leur permettait que d'épouser des Femmes-veuves par la mort de leur Mari, âgées aumoins de trentedeux ans, & pas audelà de quarante ; afin qu'elles fuffent dans leur force, & que les Enfans tînffent d'elles davantage. · Les Jeunes-filles-métives devaient épouser des Métifs, ou des Vieillards, en qualité de concubines feulement : mais au troisième mélange, elles ne devaient être que femmes-légitimes.

Quant à la Famille-royale, elle ne pouvait fe conformer à cet usage, à-cause des Épouses-patagones qu'elle devait prendre, au-défaut de Princeffes-du-fang, tant pour fe maintenir dans fon excellence, que pour entretenir la confraternité avec les puiffantes Nations de la-Victorique ou Patagonie. · On a un foin extrême des Jeunes-princes ; on exerce beaucoup leur efprit, qui fe trouve d'une force extraordinaire ; les Fils d'Alexandre fur-tout font devenus d'excellens mécaniciens, & fe font fabriqués des aîles encore fupérieures à celles de leur Père lui-même, &c.ᵃ

Ce fut avec fes Fils & fes Neveux que ce même Alexandre fit un voyage en France, pour y enlever des Peintres, des Sculpteurs, & même des Gens-de-Lettres, des Musiciens & des Acteurs. Il n'y parurent que la nuit, & firent leur coup fans être vus. On fe rappelera, qu'il y a une vingtaine d'années, il difparut deux grands Peintres, deux Sculpteurs, deux Auteurs célèbres, un excellent Musicien, deux Acteurs, un Tragédien, l'autre Comédien, & un excellent Danfeur, que tout le monde a crus morts : ils ne le font pas ; ils ont été enlevés par Alexandre, fes deux Neveux & fes deux Fils, qui les ont portés à l'Ile-Chriftine, où ils font des Élèves, &

contribuent aux plaisirs d'une Nation
qui eſt dans l'abondance, & qui jouit
du plus précieus des biens, l'innocence
& la liberté.

Mais avant que de vous exposer ce
qui ſe paſſe maintenant à l'Ile-Chriſtine,
il f.ut achever l'article des découvertes
d'Alexandre & de ſes nouveaux Camarades, ſes Fils & ſes Neveux : car pour ſon
Père, ſon Frère & le Mari de Sophie, ils
ne font plus de ces longs voyages. Ils
viſitent ſeulement les Iles découvertes,
& y maintiennent la bonne-intelligence
& le bonheur. Ils ſe font donné des
peines infinies, pour perfectionner le
corps des Nations-*ſinge*, *ourſe*, *chienne*,
cornue, &c.ᵃ, & ils y ont réüſſi peu-
à-peu... Ah ! ſi, comme les Eſpa-
gnols, ils euſſent trouvé des Mexicains
& des Péruviens, quel parti n'en euſſent-
ils pas tiré ! quel bonheur pour ces
Peuples infortunés !..... Quel malheur
aucontraire, pour les Hommes-brutes du
pôle-auſtral, ſi le féroce Conquérant du

Mexique avait découvert les Iles-singe,
ourse, &c.ᵃ, ou le pays des Patagons!
Humilié de la haute-tâille de ces Derniers, il les aurait voulu tous massacrer,
& aurait peut-être trouvé le juste sa-
laire de sa barbarie chés leurs Voisins,
dont je vous parlerai bientôt : Mépri-
sant, dédaignant les imperfections des
Sémi-brutes, ils les aurait dévoués à la
destruction, comme étant des Bêtes; ou
s'il avait reconnu en eux quelque chose
d'humain, plus cruel encore par fanatis-
me, il les aurait condamnés au feu, comme issus d'Incubes & de Succubes, ou
comme le produit d'une ancienne bestia-
lité : tandis que cés Êtres ne font
que des Hommes, qui ne font pas montés jusqu'au dernier degré de perfection,
& chés lesquels la Nature s'est arrêtée
plutôt, après les avoir fait passer de la
mer, origine de tous les Êtres vivans
& des plantes, à l'air libre & sec ;
sans-doute parce-que les terres du
póle-austral étant coupées en îles, &

les Êtres qui les habitent, éloignés de toute-autre Espèce, ils n'ont pu se perfectionner en se mélangeant (*).

Le mélange des Races est le moyen qu'emploie Victorin. Il fait faire des mariages entre les Femmes-singes & les Hommes-ours ; & réciproquement entre entre les Hommes-chiens, & les Femmes-singes, les Femmes-ourses, &c.ᵃ ; entre les Hommes-taureaux, & les Femmes-brebis ; entre ces deux dernières espèces, & les Hommes & les Femmes-de-nuit. Enfin, il a permis aux Français d'avoir une Concubine de telle espèce qu'ils voudraient, à leur chois, dans chaque

_____

(*) On pourrait objecter ici, que si le pôle-austral a été peuplé avant le pôle-septentrional, ces Hommes pourraient avoir dégénéré, pour retourner à l'animalité par l'échelle du brutisme, qui doit précéder la révolution destructive : la sage Nature ne voulant pas que la Créature-intelligente soit témoin de ces bouleversemens effrayans, qui doivent précéder l'extinction de la vie sur les Planètes. (*Dulis.*

Nation inférieure : à-condition que les Enfans qui en proviendraient, ne se marieriaient qu'ensemble, & seraient destinés à peupler une petite Ile située à vingt lieues de l'Ile-Christine, du côté opposé à celui où l'on avait fait les découvertes. J'en parlerai bientôt.

Les choses ainsi arrangées, le grand Victorin, premier Roi de l'Ile-Christine, de l'aveu de son Épouse, qu'il en avait faite Souveraine en arrivant, s'est trouvé dans la position la plus heureuse. Il avait ici une belle occasion de suivre l'arrangement, qu'en pareille circonstance sans-doute firent autrefois les premiers Peuples de l'Orient, lorsque les Espèces n'étaient point encore toutes réünies en une, comme l'ont enseigné longtemps les Savans-égyptiens; c'était de diviser son Peuple par castes, supérieures ou inférieures, selon leur degré de perfection : de mettre, par-exemple, la caste des Français à la tête ; de la faire respecter, servir, nourrir par les Autres,

O v

Mais il n'eut garde! il favait par l'expérience, bien-mieux encore que par l'Hiftoire, que tôt ou tard la Clâffe des Faînéans tombe dans le mépris, & qu'elle finit par être le jouet de la Clâffe induftrieuse ou guerrière. Le travail, le commerce, la guerre, en cas de néceffité, l'adminiftration, tout cela fut le lot des Français : la loi du travail fut générale, indifpenfable : l'occupation utile feule honorée ; l'oifiveté déclarée infame ; elle devint la marque de l'infamie & de la dégradation. Loi infiniment plus fage que celles de Lycurgue, puifqu'à Sparte, tous les travaux de première utilité fe fesaient par les Élotes ; ce qui devait avilir ces travaux, les arts, les métiers, les fciences même & l'urbanité, &c.ᵃ ; ce fut en-effet ce qui arriva. Quant aux Hommes, d'une efpèce inférieure, non encore perfectionnée, ils n'avaient que des occupations proportionnées à leur intelligence, & les limites en étaient

intranfgreffibles : il n'était pas permis de
les employer à des travaux trop rudes,
capables de les abrutir encore, même
fous prétexte d'utilité : aulieu qu'on pouvait appliquer les Métifs prefqu'à tout,
comme f'ils euffent été Français, le
Goûvernement excepté. Les arts d'a-
grément fur-tout, comme l'*Acteurifme*,
la *Mufique*, la *Peinture*, la *Sculpture*,
&c.², furent reservés aux Familles fran-
çaises de Père & de Mère, & à celles
des Gens du navire échoué, mariés aux
deux Femmes de notre efpèce. Mais
comme les détails doivent être courts
dans une relation telle que je vous l'ai
promise, je les termine, & je paffe à
la fuite des découvertes d'Alexandre.

Son but était depuis longtemps, d'a-
chever le tour du Globe fous le parallèle de l'Ile-Chriftine, & de le faire
fous tous les autres parallèles. Il remplit le premier objet cette année, la
trentième année du régne de fon Père
& de fa Mère à l'Ile-Chriftine.

Il partit au printemps & fuivit la route qu'il avait tenue avec fon Père & fon Frère-aîné. Au fud-oueft de l'Ile-moutonne, il trouva une belle Ile, coupée de vallées & de collines verdoyantes, dont le terrein était gras & fertile ; les paturages y paraiffaient excellens. Alexandre avait avec lui *Hermantin* fon fils-aîné, & & le jeune *Dagobert*, l'aîné de fes Neveux, tous-deux iffus de mères Patagones, & par-conféquent d'une force fupérieure aux Européans. Je n'enticiperai pas ici fur les louanges que mérite Hermantin ; fans-doute il paffera dans la poftérité pour le Héros de l'*Auftralie*, & méritera parmi les Defcendans des peuplades actuelles, la même réputation, la même gloire & la même célébrité que les *Hercule*, les *Bacchus*, & les *Odin*, des anciens Peuples du pôle-feptentrional. Les trois Princes visitèrent l'Ile, fuivant leur usage. Ils n'y remarquèrent aucune Bête-carnacière : feulement ils y trouvèrent de groffes Four-

mis, à-peu-près comme celles qu'on voit
dans les Antilles & à Cayenne, dont les
fourmillières avaient la forme de la flèche
d'un clocher. Si elles trouvent un
Animal endormi, elles se jetent sur lui,
le tuent avant qu'il puisse s'en débarrasser
& le dévorent : elles nétoient sur-
tout admirablement les cadavres des
Animaux qu'elles rencontrent morts,
& l'on voit aux environs de leurs fourmillières différens squélettes, d'une pro-
preté si grande, qu'on les prendrait pour
une imitation en ivoire. Mais ce qui
surprit beaucoup Alexandre, ce fut un
squélette, qui lui parut celui d'un Centaure. Il l'examinait avec ses deux
Compagnons, fort-curieusement, lorsqu'ils entendirent autour d'eux une
marche, qui ressemblait assés à celle d'une
armée. Ils se tinrent aussitôt sur leurs
gardes : Hermantin s'éleva même de
quelques vingtcinq piéds, pour découvrir d'où venait ce bruit. Il apperçut
une belle troupe de Cavaliers, qui cou-

rait comme en bondiſſant, & dont les
Chevaux henniſſaient d'une manière fort-
extraordinaire, mais aſſés agréable.
Frappé de ce ſpectacle, il en avertit
ſon Père & ſon Cousin. Tous-trois
ſ'élevèrent en l'air, & volèrent du côté
des Cavaliers, qui étaient à environ
un quart-de-lieue. Mais en ſ'approchant, ils ſ'apperçurent, que ce qu'ils
avaient pris pour des Cavaliers montés
ſur des Chevaux (*), n'était autre choſe
qu'une ſorte d'Animal, marchant ſur
deux piéds, & quelquefois à quatre,
qui portait ſur le col une ſorte de cri-
nière de Cheval ; avait une tête alon-
gée, mais plus humaine que chevaline,
& dont le bout des piéds avait un ſabot
comme les Chevaux, quoique les mains

(*) 14.ᵐᵉ *Eſtampe:* Un Homme-cheva
pourſuivant une Fille-jument, à laquelle il veu
marquer ſon amour : elle fuit en riant du côt
d'un bois : On voit dans le lointain des Hommes-
chevaux qui ſe divertiſſent avec leurs Compagnes ; & ſur cette Troupe joyeuse, les 3 Volans

Les Hommes-chevaux.

reffemblaffent affés aux pates d'un Ours.
Tous ces Êtres fe divertiffaient fur la
pelouse, vers l'heure du coucher du
foleil, & fur-tout fefaient l'amour d'une
manière qui tenait beaucoup plûs du
Cheval que de l'Homme ; car il n'y
avait-là ni pudeur, ni modeftie. Mais
ce Peuple-cheval paraiffait d'autant plus
heureus, qu'il approchait d'avantage de
la brutitude & de l'animalité. Point
d'inquiétude : les henniffemens articulés,
qui parurent une forte de langage, n'é-
taient que de plaisir. Les Filles-jumens
fuyaient ; les Hommes-chevaux les pour-
fuivaient, les affaillaient ; chaque Couple pouffait le henniffement inarticulé de
la volupté, qui était auffitôt répondu
par toute la Troupe. La publique joie
fut troublée par les Hommes-volans,
qui fe montrèrent tout-à-coup audeffus
de la Troupe. Dès qu'ils en furent
apperçus, un vieux Homme-cheval pouffa le henniffement de l'effroi. Auffitôt
toutes les Femmes f'enfuirent dans le

bois voisin; les feuls Mâles reftèrent, & regardèrent fièrement les Hommes-volans. Alexandre frappé de leur belle contenance, f'abbaiffa prefqu'à-terre, & leur fit des fignes d'amitié. Ils le regardèrent, fans f'effrayer. Le jeune Hermantin, impatient de les voir de-près, ala f'abbattre tout-à-côté d'un Jeune-homme-cheval, auquel il préfenta du pain-de-froment. Le jeune Centaure le flaira, en goûta, hennit, & plufieúrs autres Jeunes-gens de fa Nation, vinrent à lui : Hermantin leur fit le même préfent, en les careffant de la main. Alexandre & fon Neveu en firent autant aux Hommes-chevaux, qui fe li-vraient plus difficilement : mais enfin la familiarité ne tarda pas à f'établir, au-point qu'un henniffement général rappela toutes les Femmes-jumens. Elles f'ap-prochèrent avec timidité : les Volans en diftinguèrent parmi elles d'une forme-humaine – chevaline parfaite, & très-agréable. Enfin, pour abreger, aubout de quelques jours, Hermantin, qui s'était lié d'amitié avec un Jeune-cen‑taure & une Jeune-fille-jument, les engagea à se laisser conduire dans l'Ile-Chriftine. Ce qui s'exécuta. L'éduca‑tion de ces Jeunes-gens-chevalins fut asés facile : mais leur intelligence n'égala ja‑celle des Jeunes-hommes-chiens, en‑core moins celle des Jeunes-hommes-finges. Cependant il y avait un avanta‑ge avec cette belle Espèce ; elle était propre à certains gros travaux, à-cause de sa grande force.

XII.me Ile.

Après avoir déposé les deux nouveaux Élèves, Alexandre, Hermantin & Da‑gobert repartirent pour continuer leurs decouvertes. Ils trouvèrent bientôt une Ile nouvelle, sous la même latitude que l'Ile-chevale, mais beaucoup-moins fa‑vorisée de la nature : les chardons y croissaient sur un sol aride : il y avait aussi une forte de vigne, qui portait de

fort-petits raisins. On pouvait à-peine
la traverfer, à cause des plantes far-
menteuses qui embarraffaient les endroits
maigres. Tandis que les trois Volans
examinaient cette nouvelle Terre, ils
entendirent à quelques pas d'eux, une
converfation tout-à-fait originale. Je
ne vous en rapporterai que le commencement : les traits — marqueront le
changement d'Interlocuteur. —*Hhî
hhhouh ; hhânh, hhânhh! —Hhinnh!
hhouih! hhânh-hhîh. —Hrrâh! hhîh
hhôuh hhîh hhouih hhonhîmh hhâimhh!
hhi! hihinnhinh-hhîh! &c.*[a] Hermantin fut curieus de voir les Perfonnages,
qui parlaient ce langage agrefte & peu
poli. Un coup de parafol l'éleva de dix
piéds ; il plâna fur les buiffons, & vit
derrière un hallier de feps & de ronces,
deux Êtres, dont l'un parlait à l'autre
un langage encore plus éloquent. La
Jeune-femelle, dont la figure tenait de
l'Aneffe & de la Femme, cueillait des
chardons fort-tendres, qu'elle mêlait

avec des jets nouveaux de vigne fauvages ; tandis que le Jeune-homme-âne,
fon Amant, employait pour la déterminer à le fatiffaire, le double langage
dont j'ai parlé.   La jeune Amante, fans
quitter fon occupation, écoutait & regardait en fouriant.   Je fuis en état de vous
traduire la harangue de fir Aliboron :
—*Hhîh hhouh ; hhánh, hhénh !* (Je te
defire ; laiffe, laiffe !)   —*Hhhinnh !
hhouih ! hhánh-hhîh.*   (Eh-non ! finis !
laiffe-moi.   —*Hhrrhh ! hhîh hhónh
hhîh hhouih hhouhîmh hháimhh ! hhi !
hihinnhinh-hhîh !*   (Ah ! je vais bien
te faire m'écouter ! alons-vîte ! fouffre-
moi !)   Telle eft la fine galanterie dans
l'Ile-asine, & je ne vois pas qu'elle
vaille moins qu'ailleurs.

Des paroles, cet Amant preffant alait
fans-doute aler aux effets ; car il était
fort-ardent, & fa Maitreffe fouriait,
lorfque celle-ci, comme toutes les Femmes, en cas pareil, jeta un coup-d'œil,
pour être fûre qu'elle n'était point vue.

Elle apperçut le jeune Hermantin, qui regardait par deſſus les arbuſtes (*). Effrayée, elle fit un bond, une pétarade, & ſ'enfuit. Le Jeune-homme-âne, plus courageux, reſta, les yeux fixés ſur le gros Oiſeau. Hermantin lui fit des ſignes, & ſe mit à braire de ſon mieux. Ce qui fit ſourire l'Homme-âne; apparemment parce-qu'Hermantin écorchait la langue, aulieu de la parler. En-même-temps Alexandre & ſon neveu Dagobert ſ'approchèrent, ils ſaiſirent le Jeune-homme-âne, tandis qu'il était occupé d'Hermantin; mais ils ne le retinrent que pour lui faire de bons-traitemens. Tandis qu'ils le tenaient, ſon Amante revint timidement, & elle regarda entre les branches des arbriſſeaux. Hermantin, qui l'apperçut, l'ala ſurprendre, & malgré

_____

(*) 15.ᵐᵉ *Eſtampe*: Un Jeune-homme-âne exprimant ſa tendreſſe à une Jeune-perſonne de ſon eſpèce: Ils ſont vus par Hermantin. Le Galant dit à ſa Maitreſſe :

» *Hhih hhouh ; hhânh , hhânh* » !

Les Hommes - anes .

ſes efforts pour ſ'échapper, il l'amena auprès de ſon Amant. Là, on les ca-reſſa tous deux; on leur donna du pain-de-froment & des châtaignes, qu'ils parurent aimer paſſionnément: car la Jeune-fille ayant d'abord refuſé de tou-cher au pain, elle ne ſentit pas plutôt la châtaigne, qu'elle ſe jeta deſſus, en mangea autant qu'on lui en voulut donner, & reſta volontiers. Alexandre crut devoir faire tranſporter cette nouvelle Eſpèce à l'Ile-Chriſtine; il les y envoya par ſon Fils & ſon Neveu, voulant reſter dans l'Ile-aſine, pour en examiner les ſinguliers Habitans. Il n'eut pas la peine de les chercher. Lorſque les deux Jeunes-gens qu'il feſait enlever, ſe ſen-tirent emportés, ils firent un braiement ſi fort, que toute l'Ile en retentit. Auſſitôt les Hommes-ânes accoururent de-toutes-parts, pour ſavoir ce que c'était. Ils ne trouvèrent plus leurs deux Compatriotes, mais ils apper-çurent avec étonnement Alexandre qui leur fit des fignes d'amit'é. Ils f'approchèrent de lui affés ftupidement : mais comme il avait peu de provisions, il fe contenta de leur offrir, en figne de bonne intelligence, des bouts de farmens encore tendres, & des cœurs-de-chardon, qu'ils mangèrent. Il ne lui en falut pas davantage pour acquerir leur familiarité. Du-refte, ils étaient lents, opiniâtres, & durant les deux jours qu'il paffa avec eux, en attendant fes Compagnons, il n'eut lieu d'être content que de la Jeuneffe, qui paraiffait affés vive. Les Hommes & les Femmes-ânes étaient fort-fobres ; ils ne f'amusaient pas à des jeux, comme les Hommes-chevaux ; les deux fexes n'avaient qu'un panchant, celui de l'amour : mais auffi, celui-là était fi puiffant en eux, qu'il valait tous les autres : Hommes, Femmes, Jeunes-gens, tout ne refpirait que la volupté ; tous la cherchaient avec empreffement, & f'y livraient prefque fans mesure, après

l'avoir trouvée. Il paraît que toute l'espèce vivait en communauté, & que les
Femelles elles-mêmes careſſaient indif-
féremment tous les Enfans. Alexandre
reſtait quelquefois plusieurs heures en
contemplation, & ne pouvait ſ'empêcher de ſe dire ſans-ceſſe : —Mais ils
ſont heureus dans leur brutitude, ces
bons Hommes-ânes! ils ſentent vivement, ils jouiſſent avec tranſport; ils
trouvent facilement l'Objet de leur desir :
que faut-il de-plûs, pour être heureus!
hélas! que leur donnerions-nous, quand
nous parviendrions à les élever à notre
degré d'intelligence & de raison! Ne
ſerait-ce pas une perte réelle pour eux,
ſ'ils prenaient en-même-tems nos inquiétudes, nos paſſions intéreſſées &
baſſes, notre fatale ſcience du bien & du
mal, & la connaiſſance de la mort! Ah!
que fesons-nous-! Ce fut ainſi que ré-
fléchiſſait le prudent & ſenſible Alexandre, pendant les deux jours qu'il reſta
ſeul dans l'Ile-asine. Il trouva cepen-

dant, après un mûr examen, que ces Hommes-ânes pouvaient être utiles, non à faire des Académiciens, mais de vigoureus Portefaix : cette idée n'eut pas d'exécution, parce-que tôt ou tard, elle aurait plongé ces Malheureus dans l'esclavage. Les deux jeunes Volans ses compagnons, revinrent le soir du second jour, & il se trouva qu'Hermantin avait tenu en route à son cousin Dagobert des discours du même genre que les réflexions de son Père. Vous verrez dans peu, que c'était aussi le sentiment d'un Peuple de Sages, que les jeunes Princes doivent aler visiter.

XIII.me Ile.

De l'Ile-asine, les trois Volans passèrent à la découverte d'une autre terre, dont les Habitans sont les plus singuliers de ceux dont il a été question jusqu'à-présent. Alexandre & ses Compagnons y cherchèrent, suivant leur usage, l'Être auquel ils s'intéressaient de-préférence ; mais toutes les peines qu'ils se donnèrent,
furent

furent longtemps fans fuccès. Il eft vrai qu'en approchant de cette Ile-nouvelle, ils avaient entendu un bruit comme de groffes Grenouilles qui coaffaient; & lorfqu'ils f'étaient abbatus, il leur avait femblé qu'on jetait de groffes folives dans un grand lac, qui tenait prefque toute l'Ile; n'y ayant de terre, qu'un cordon de vingt ou trente toifes de large, couvert d'arbres & de plantes aquatiques. Il y a toute apparence que ce lac était le cratère d'un ancien & immenfe volcan, depuis rempli d'eau. Les Volans avaient mis piéd-à-terre fur une ravine de lave, qui formait une entrée naturelle, pour aler au lac: Ils y déposèrent leurs provifions, & comme ils étaient extrèmement vigoureus, Alexandre leur permit de pénétrer dans l'intérieur, tandis qu'il refterait auprès des paniers.

Lorfqu'Hermantin & Dagobert furent fur le bord du lac, ils apperçurent quelques Amphibies, qui f'élancèrent dans l'eau, & plufieurs autres qui nageaient. Hermantin accourut, pour tâcher de furprendre un de ces Animaux : mais le bruit de fa marche, quoique légère, les avait effrayés; ils plongèrent fur-le-champ, & l'on n'en vit plus que de très-éloignés vers le milieu du lac. Les deux jeunes Volans ne pouvant les joindre, volèrent de l'autre bord. Mais à-peine furent-ils élevés de quelques cent piéds, qu'un-millier de têtes fortirent hors de l'eau pour les confidérer. Ils ne trouvèrent rien au-delà du lac, & ils prirent le parti de parcourir l'efpèce de zone qui conftitue le fol de l'Ile. Deux jours de courfes ne leur y firent voir aucun Être vivant que des Oiseaus. Ils entendirent feulement de-temps-à-autre les Amphibies fe jeter dans le lac avec un très-grand bruit. Surpris de ce phénomène répété, ils refolurent de fe cacher durant la nuit, pour tâcher, à-l'aide de leur lunette-anglaise, qui fait voir les objets dans l'obfcurité, de découvrir les Habitans de cette Ile, s'il y en avait ; ou tout-aumoins ce qu'étaient les Amphibies qu'ils entendaient. Ils furent éclaircis de leurs doutes, dès la première nuit. Ils virent très-clairement des Hommes-amphibies sortir du lac, & aler chercher des fruits, des herbes, des racines fur la terre. Ils les virent se donner des signes d'intelligence, quoiqu'ils paruffent n'avoir aucun langage. Ces Amphibies avaient de petites écâilles fur la tête aulieu de cheveux, & leurs doigts, tant des mains que des piéds, étaient unis pas des membranes. Ils mangeaient fur la terre ; mais plusieurs d'entr'eux fesaient le guet (fans-doute à-cause de l'apparition des Hommes-volans) : au moindre bruit qu'entendaient les Sentinelles, un *Brrrr-rré-ké-ké-koax-koáxe* fesait rentrer dans l'eau toute la Troupe. Alexandre ne crut pas qu'on pût s'emparer d'Êtres si défians, qui d'ailleurs feraient intraitables, comme tous les autres Amphibies. Il avait resolu de les abandonner, & de

regarder cette efpèce d'Ile informe comme déserte, & par-conféquent de la de-
ftiner à des Métifs fortis des Chriftiniens
& des Concubines prises dans les Efpèces
inférieures : Mais fon Fils-aîné fit fi-
bien, fecondé par fon cousin Dagobert,
qu'ils furprirent un Jeune-homme & une
Jeune-fille-grenouilles(*), dans un moment où ils fe livraient aux plaisirs de
l'amour. Ils les enveloppèrent dans une
forte de filet, & les emportèrent, fans
leur faire de mal, à l'Ile-Chriftine, en
achevant le tour du Globe, aulieu de
retourner fur leurs pas.

Alexandre, refté feul dans l'Ile, acheva d'en connaître les Habitans, qui f'ac-
coutumèrent un-peu à le voir : mais
cette compagnie muette n'étant pas fort-

16.me *Eflampe:* Un Jeune-homme & une
Fille-grenouilles à terre, & qui viennent de fe
quitter: Une autre Fille-grenouille f'élançant
dans l'eau, à l'approche des Hommes-volans:
Des Amphibies de la même efpèce nageans
dans le lac.

Les Hommes-grenouilles.

amufante, il s'occupait à philosopher, en attendant ses jeunes Camarades. —Il y a toute-apparence, pensa-t-il, que le Genre-humain a commencé par la piscité; peut-être même doit-il y retourner infensiblement, & finir par elle, si le syftème de m.ʳ *De-Buffon*, sur le refroidissement graduel du Globe est vrai, de-préférence à celui de *Telliamed*: car dans le cas où ce Dernier l'emporterait, c'est par la siccité que doit finir le monde, après avoir commencé par l'humidité: Dans le premier aucontraire, le monde a commencé par la siccité, pour finir par la congelation. Sans prononcer entre ces deux grands Philosophes, je vois que le pôle-auftral est beaucoup plus aqueus que le pôle-septentrional : si *Telliamed* a raison (ce que je desire) la vie ne fait que d'y commencer, il se deffèchera peu-à-peu, il se peuplera, & nous aurons l'honneur d'être les Fondateurs & les Chefs de la première, comme de la plus puissante des Nations po-

licées de cet Hémisphère : Nous fommes les créateurs des autres : fi elles
fubfiftent, ainfi que je l'efpère, leurs
Defcendans nous regarderont comme
des Demi-dieux. A confidérer la Nature, telle qu'on la voit ici, *Telliamed*
me paraît avoir raison..... Si pourtant
c'était le Naturalifte français, la vie dé-
clinerait dans l'Hémifphère-auftral, &
nous n'aurions qu'une courte durée à ef-
pérer.... Mais ces Patagons, plus parfaits que nous, marquent-ils une Nature
languiffante-? Je ne poufferai pas ces
reflexions plus loin : Hermantin, fon
illuftre fils, nous donnera bientôt une
physique plus certaine.

Le Fils & le Neveu d'Alexandre l'ayant
bientôt rejoint, ils lui dirent, qu'on avait
mis la nouvelle Efpèce dans un beau vivier,
dont les bords étaient garnis de provisions,
qu'on venait leur présenter à la main
plusieurs-fois le jour, & qu'ils commençaient à les recevoir. Mais ce qui lui
fit un plaisir extrême, ce fut d'appren-

dre, par les obſervations d'Hermantin, que l'Ile-Chriſtine n'était qu'à cinquante lieues, & qu'en achevant le tour du Globe, il n'y avait plus d'autre Ile ſous ce parallèle.

XIV.me Ile.

Les trois Volans le quittèrent donc, dirigeant leur vol vers une Ile qui giſſait plus au nord, & qu'ils trouvèrent belle & verdoyante. Ils ſe mirent à la quéte des Êtres qui habitaient cette terre fertile. Mais ils ne virent auſſi que des Oiseaus, & ſur les côtes, des poiſſons ordinaires. Leurs recherches, la nuit, le jour, à toutes les heures, ne leur montrèrent rien ; pas même des Animaux terreſtres. Ils furent obligés de ſ'en retourner, ſans rien voir, à l'Ile-Chriſtine ; & ils déclarèrent la dernière Ile abſolument deserte, ſur-tout relativement au Genre-humain. Elle fut en-conſéquence deſtinée aux Métifs. Mais il faut obſerver qu'on était alors dans le mois de juin, qui eſt notre décembre.

Mais lorsqu'aubout de trois mois, on y fit un second voyage, pour donner à la terre quelque culture, & que l'on eut commencé à défricher, on fit une étrange découverte. Alexandre avec ses Fils & ses Neveux étaient à la tête des Travailleurs. Un-jour, qu'il fesait très-chaud, on ala se reposer à l'ombre. Hermantin s'étant avancé avec précaution, vers une forêt, apperçnt dormans au soleil, des Serpens d'une taille monstrueuse pour la grosseur; mais qui n'avaient guères plus de dix à douze piéds. Il avertit son Père & ses Camarades, qui les examinèrent en frissonnant. Ces Monstres avaient tous une tête approchante de l'humaine, & rempèrent en s'éveillant, avec une vivacité prodigieuse: quelquefois ils se dressaient à demi, & sifflaient d'une manière effrayante, en dardant leur langue bifourchue. Alexandre & ses Compagnons-Volans s'élevèrent en l'air, afin d'épouvanter ces Hommes-serpens,

& les obliger à rentrer dans leurs cavernes.
En-même-temps, il facrifia un Chien
qu'il avait apporté, pour connaître fi
ces Animaux étaient venimeus. Il le
jeta au milieu d'une trentaine, qui plus
hardis que les Autres, ne f'enfuyaient
pas, & fifflaient en regardant. Mais le
Chien fut englouti par un de ces Êtres
finguliers : ce qui obligea Alexandre
de dire à Hermantin d'enlever un Ane ,
& de ie laiffer tomber fur le groupe
d'Hommes-ferpens. Ces Monftres fe
jetèrent fur lui, & le mordirent ; enfuite ils cherchèrent à l'étouffer, en fe
mettant deux autour de fon corps. Mais
Alexandre & fes Compagnons leur ayant
jeté de la terre, ils f'enfuirent en fureur
dans leur trou ; à l'exception d'un feul,
qui était fi animé, qu'il f'efforçait de
f'élancer en l'air. On continua de lui
jeter de la terre. Mais aulieu de fe
cacher dans fon trou, il courut du côté
des Travailleurs : Alexandre & fes
Compagnons le pourfuivirent, & lui

ayant jeté fur le corps une efpèce de
filet, ils l'y enveloppèrent, l'y continrent, & l'examinèrent à leur aise (*).
Mais tandis qu'on l'entourait, on entendit des fifflemens horribles du côté de la
forêt ; & l'on vit arriver un Serpentfemelle, fuivi d'une douzaine d'autres,
les uns formés, les autres fort-jeunes,
qui voulaient fe jeter fur ceux qui environnaient l'Homme-ferpent embarraffé
dans le filet. On f'éloigna, ne pouvant
leur resifter. Ils rompirent les mâilles,
avec leurs dents, & délivrèrent le Prisonnier, qu'ils emmenèrent dans fon
trou.

On examina enfuite l'Ane mordu, &
l'on ne f'apperçut pas qu'il enflât, quoiqu'il eût plusieurs bleffures, qui fe
guérirent en quelques jours. Lorfqu'on

(*) 17.me *Eftampe*: Un Homme & une
Femme-ferpent, en colère, dardant leurs langues contre les Volans : Hermantin jète un filet
fur le Male, pour l'envelopper : On apperçoit
les queûes de ceux qui fuient.

Les Hommes-serpens.

fut affuré par-là , que les Hommes-
ferpens n'étaient pas venimeus, on les
redouta beaucoup moins , & l'on fe
propofa de les combattre, f'ils fefaient
trop les méchans , & même de les ex-
pulfer entièrement de l'Ile, en les obligeant de fe confiner dans une autre
moins grande, qui était voifine, & qu'on
leur abandonnerait en toute propriété ,
avec défenfe de les y inquiéter.

Le Fils-aîné d'Alexandre , dont les
talens naturels furpaffaient encore ceux
de fon Père, & qui avait déja perfec-
tionné par des expériences toutes les connaiffances qu'il en avait reçues, brûlait
d'envie de prendre un de ces Hommes-
ferpens, & même deux, un de chaque
fexe. Il y donna tant de foins qu'il y
réüffit. Un-jour il en furprit deux qui
venaient d'avaler chacun un Agneau qu'il
leur avait mis pour appât ; il les enveloppa dans un filet , & les porta dans l'Ile-
Chriftine , où il les dépofa dans un en-
clos de murs , dans lequel était un trou

pour les loger, garni d'une bonne maſ-
ſonnerie au fond. Ces deux Êtres ſinguliers ſ'apprivoisèrent à-la-longue avec
les Hommes : ils eurent même des Petits : mais il fut impoſſible de les faire
approcher de notre intelligence, comme
les autres Hommes-bêtes. Si, à la fin
d'un été on les voyait un-peu plus dociles
& plus intelligens, l'engourdiſſement de
l'hiver leur fesait perdre preſque tout cet
acquis ; au printemps ſuivant, ils paraiſ-
ſaient beaucoup plus timides & plus défians qu'au dernier automne. Quant à
ceux qui étaient reſtés dans l'Ile-ſerpen-
tine, ils ne prirent aucun degré d'appri-
voisement ; aucontraire, ils ſe déplurent,
& l'on en trouvait ſouvent de morts.
Toutes ces conſidérations excirèrent
la pitié d'Hermantin & des autres Princes-
du-ſang ; ils ſe proposèrent de chercher aux environs de l'équateur, une Ile
ſans Habitans-humains, où les Hommes-
ſerpens puſſent vivre tranquiles, & où ils
fuſſent même à-l'abri de l'engourdiſſement

annuel. Ils trouvèrent ce qu'ils cherchaient entre le 15 & le 14.ᵐᵉ degré :
on ramena aux Hommes-ſerpens leurs
deux Camarades vers le milieu de l'automne, avant l'engourdiſſement, pour
qu'ils les adouciſſent ; ce qui arriva, car
ils les croyaient morts, & ils furent
charmés de les revoir : on ſ'apperçut en
peu de jours d'un changement total ; ils
ne fuyaient plus, lorſqu'ils voyaient des
Hommes. On profita de cette diſpoſi-
tion, pour les engager à ſe laiſſer tranſporter dans le vaiſſeau : c'eſt à quoi les
déterminèrent à-demi les deux Élèves.
On profita de l'affaibliſſement & de l'eſpèce d'imbécillité qui précédaient l'engourdiſſement, pour les embarquer. A-
meſure qu'on avançait du côté de l'équateur, on ſ'apperçut qu'ils ſe ranimaient ;
on les débarqua très-alègres, & on réüſ-
fit à leur faire entendre, qu'ils alaient
être plus heureus. Cette attente ne fut
pas trompée : à-la-vérité, ils parurent
d'abord fort-méchans : mais ils ſ'adou-

cirent peu-à-peu, fous le grouverne-
ment des Métifs-nocturnes de l'Ile-Chriftine qu'on y envoya.

—S'il y avait eu quelqu'Efpèce à laiffer
anéantir, ç'aurait été fans-doute celle
des Hommes-ferpens, difait un-jour Victorin à fes Fils : mais nous avons
penfé différemment: Quelle honte pour
les Européans, qui tous de la même efpèce, prefque tous parens, fe méprifent,
fe dégradent, fe refufent inhumainement
le néceffaire, & vont jufqu'à fe maffa-
crer! Les Infortunés! qui ne fentent pas
que leur égoïfme, leur dureté, tous leurs
vices, fe communiquent aux Autres, &
reagiffent enfuite fur eux-mêmes!... Les
formes (ajouta-t-il) ont autrefois varié
dans l'hémifphère-feptentrional, comme
dans celui-ci. J'ai lu dans ma jeuneffe,
qu'il y avait eu des Hommes à tête de
Bœuf, de Cheval, de Singe, de Chien;
à piéds de Bouc, &c.ª: cela me paraiffait incroyable : ce que je vois ici, me
donne la cléf des anciennes hiftoires, re-

gardées comme des fables ridicules par les Décideurs superficiels d'Europe-, &c².

Dès que l'Ile-serpentine fut libre, on y envoya plus de sixcents Métifs de toutes les Espèces, ausquels on donna pour Gouverneur un Dauphinois, parent de Victorin. Cette Peuplade réüffit à-merveilles, & elle s'est perfectionnée peu-à-peu depuis quarante ans, par le moyen du mélange continuel des Races.

Il restait beaucoup de parallèles à parcourir, soit au nord, soit au sud de l'Ile-Christine. Hermantin, fils-aîné d'Alexandre, génie vaste & puissant, qui avait toute la finesse & la perfectibilité d'un Français, unie à la force & la solidité des Patagons, forma les plus vastes desseins, d'après son voyage à la-Nouvelle-Serpentine, & proposa de visiter tous les parallèles-austraux entre l'équateur & le tropique-du-Capricorne. Une vaste mer, parsemée d'Iles, sépare les contrées découvertes par les Héros Christiniens, de l'Amérique & de l'Afrique : mais la-Victorique eft fi grande, quoique peu large & coupée fréquemment par de petits détroits, (elle n'a fouvent que deux lieues d'une mer à l'autre), qu'elle s'avance jufqu'au 10me degré : c'eft un pays délicieus, la mer environnante tempérant l'extrême chaleur , & il y règne un éternel printemps (*). C'eft à une de ces Iles contigües, fituée entre les ○○ & ○○^{me} degrés, qu'habite un Peuple, dont je dois vous parler, en terminant

---

(*) Une raison déja donnée de la plus grande froideur de l'hémifphère - auftral, & qui fans-doute eft la feule véritable, c'eft que la mer le couvre prefque tout-entier, & qu'on n'y trouve que des Iles : dans les deux fyftèmes du feu-central, ou du feu-folaire feul actif, l'effet de cette cause eft le même ; l'eau retient les émanations du feu-central, ou elle empêche la réflexion des rayons folaires : Quant à la cause de cette plus grande quantité de mers à l'hémifphère auftral , elle eft uniquement dans la conformation extérieure du Globe. Il eft un troifième fyftème , qui eft celui des Mégapatagons, dans lequel tout s'explique encore mieux. (*Dulis.*

l'article des découvertes ; Peuple le plus grand , le plus fort, le plus fpirituel de l'Univers (*).

Les Princes partirent pour faire le tour du Globe fous le tropique , au mois de mars. Ils étaient fix, fans Alexandre : Hermantin & Clovis fes fils , Dagobert & Thierri fes neveux, avec les deux Fils de fa fœur Sophie,, Roland & Renaud. Ils prirent de bonnes & fortes aîles, perfectionnées par Hermantin ; & pour avoir de provisions plus à leur aise, ils firent équiper le vaiffeau , qui les fuivit , & auquel ils donnèrent divers rendévous à telle & telle hauteur ; c'eft-à-dire à tel degré de latitude & de longitude , &c.ᵃ : car les Hommes-volans trouvaient la longitude à-merveilles, fachant au jufte l'efpace qu'ils pouvaient parcourir en une heure : de-forte qu'ils la laiffaient écrite fur la côte de chaque Ile , ou fur un fimple rocher.

(*) Les *Mégapatagons.*

XVme *Ile.*

A 22 degrés de latitude-nord, un-
peu en-deçà du tropique-du-Capricorne,
les Hommes-volans trouvèrent une très-
belle Ile, fur laquelle ils f'arrêtèrent,
toujours avec les mêmes précautions
qu'on a vues, quoiqu'elles fuffent moins
néceffaires : car Hermantin & fes jeunes
Camarades étaient bien d'autres Gens que
Victorin & fes deux Fils. Il était midi,
lorfqu'ils fe posèrent à terre : ils cherchèrent un ombrage ; parce - que la
chaleur était exceffive, & ils en trouvèrent facilement dans un pays couvert
de mangles & des plus beaux arbres.

Ils f'affirent à quelque diftance d'un
lac , formé par une rivière qui le tra-
verfait , à-peu-près comme le Rhône
traverfe le lac de Genève. Il y avait
à-peine une heure qu'ils étaient tranquiles, lorfqu'ils entendirent une marche
pesante, comme de plusieurs Perfonnes
qui venaient au lac. Ils fe cachèrent
pour obferver fans être vus. Alors ils

virent avec étonnement, de groſſes Maſſes mobiles, marchant les uns ſur deux piéds, les autres ſur quatre, ayant une tête d'Homme monſtrueuſe, & pour néz une trompe d'Éléfant, des mains & des piéds d'Hommes à-peu-près; mais couverts d'une peau dure, & gerſée comme celle de l'Éléfant; ces gros Êtres deſcendirent dans le lac, & ſ'y plongèrent juſqu'à la bouche, marquant beaucoup de plaiſir d'être-là; aulieu qu'auparavant ils avaient l'air fort-triſtes, & comme épuiſés. Après ſ'être baignés, ils ſ'avancèrent vers un des bords du lac couvert d'ombre, & ils ſ'y endormirent, par couples; chaqu'un de ces gros Êtres en ayant à-côté de lui un moins gros, moins laid, ſans défenſes à la bouche, comme ceux qui paraiſ-ſaient les Mâles; & en-outre de petits Animaux de la même eſpèce, qui ſans doute étaient les Enfans.

Lorſque, tout fut endormi, Hermantin & ſes Camarades ſ'étant approchés de fort-près, ils reconnurent que c'était un composé monſtrueus de l'Homme & de l'Éléfant. Ils en furent moins ſurpris que ſi ç'eut été les premiers Êtres ainſi mélangés qu'ils euſſent vûs. Ils ne pouvaient ſe laſſer de les contempler, & ils y employaient même le ſecours de leurs lunettes, lorſqu'un petit Éléfant-homme, qui voulait tetter, éveilla ſa Mère. Celle-ci, en ouvrant les yeux, apperçut Hermantin à-côté d'elle : or les Femmes-éléfantes ont beaucoup de pudeur ; elle rougit de honte & de colère de ſe voir conſidérée de ſi-près : elle aſpira de l'eau avec ſa trompe, & la lança ſur le Curieus, en faisant un cri qui éveilla toute la Troupe (*). Le pauvre Hermantin, quoique noyé, voulut dé-

---

(*) 18.me *Eſtampe* : Un Homme & une Femme-éléfans : la Dernière vient de poser ſon Enfant à terre, & lance de l'eau avec ſa trompe contre Hermantin ; le Mâle en fait autant contre les autres Volans. On voit d'autres Individus de cette eſpèce qui ſe rafraîchiſſent dans l'eau.

Les Hommes - éléfans .

ployer ſes aîles : mais l'eau les avait tellement appeſanties & colées, qu'il ne pouvait ſ'envoler. Cependant un des plus
forts Hommes – Éléfans ſ'avançait pour
le prendre, & il alait le ſaiſir, lorſque
le jeu de la machine fit agir les aîles
aſſés fortement, pour enlever le Volant
à cinquante piéds de haut. L'Homme-
éléfant, ainſi que tous ſes Camarades,
aſpirèrent de l'eau, & la lancèrent en
l'air contre lui : mais ils ne purent l'at-
teindre. Les autres Volans ſ'élevèrent
en l'air à l'imitation d'Hermantin ; ce qui
étonna beaucoup les gros Habitans d'É-
léfantide, (c'eſt le nom que les jeunes
Volans donnèrent à l'Ile). Ils laiſſèrent
ces Coloſſes leur lancer de l'eau, &
parcoururent leur terre, qu'ils trouvèrent parfaitement peuplée ſur le bord
des rivières & des lacs; mais deſerte
dans tous les endroits ſecs, quoique
fertiles, n'y ayant que des Animaux,
ſemblables à ceux de la Chine & des
Indes.

Il n'y avait guère moyen d'établir-là,
comme dans les autres Iles habitées par
des *Semi-fères*, ou Hommes-bêtes, un
Gouverneur & des Maîtres-d'éducation.
Ce Peuple-Éléfant paraissait fier.   Mais
comme l'intelligence est infiniment su-
périeure à la force, il ne s'agissait que de
connaître à-fond sa portée, pour savoir
le parti qu'on en pourrait tirer.   L'embarras n'était pas médiocre.   Comment
enlever deux de ces Masses énormes, &
les emporter, non à l'Ile-Christine,
mais seulement jusqu'au vaisseau, qui
venait de toucher à l'Ile ! Hermantin &
ses Compagnons y rêvèrent.   A la fin,
ils inventèrent une machine, capable
d'être portée par trois d'entr'eux, qui
servirait en-même-temps de piége pour
prendre un Jeune-homme-éléfant, &
de moyen pour l'emporter.   Ils la cons-
truisirent, l'essayèrent fur eux-mêmes
& fur de gros Animaux ; & après l'avoir
perfectionnée, elle se trouva capable
d'enlever un Jeune-homme.   Ils en fa-

briquèrent auſſitôt un ſeconde, pour
prendre de-même une Jeune-fille-
éléfante, afin que le Mâle ne mourût
pas de chagrin loin de ſa patrie. Les
choſes ainſi diſposées, ils guettèrent le
moment favorable, qui ne tarda pas à
ſe préſenter.

Un-ſoir que les Hommes-éléfans ſ'en
retournaient du lac avec leurs Femmes
& leurs Enfans, les Volans cachés dans
les broſſailles, apperçurent un jeune
Couple amoureus, qui cherchait à ſ'é-
carter. Ils ſ'attachèrent à ces deux
Jeunes-gens, qui ſ'enfoncèrent dans un
bois fort-touffu, où ils ſe livrèrent à
leur tendreſſe. On ne les interrompit
point : mais lorſqu'ils furent dans cet
abandon voluptueus qui ſuit la jouiſſance,
Hermantin & ſes Camarades jetèrent ſur
chacun d'eux leur eſpèce de filet, qui
les enveloppa, & leur ôta le libre mouvement de leurs membres. Ainſi pris,
dans le même piége, les ſix Volans
enlevèrent cette machine à eux-tous, &

partirent. Sans-doute que les deux Amans auraient eu bientôt brisé le filet, fans la frayeur qu'ils eurent en fe voyant en l'air, & qui les empêcha de continuer leurs efforts pour fe dégager ; car ils avaient déja commencé à rompre des mâilles. Ils fe tinrent donc tranquiles, pouffans de temps-en-temps des cris plaintifs, tant à-cause du froid qu'ils éprouvaient à la hauteur où volaient leurs Raviffeurs, que par la peur continuelle qu'ils avaient de tomber. Ils furent ainfi portés, non fans peine, jufqu'au vaiffeau. Il était temps d'y arriver : car les deux Amans fe mouraient. On les defcendit fur le pont, & l'on vogua vers l'Ile-Chriftine, où l'on ne fut pas plutôt débarqué, qu'on les plaça dans une vallée très-échauffée par les rayons du foleil, où ils fe remirent un-peu. On leur fit beaucoup de fignes d'amitié ; fans néanmoins d'abord les rendre entièrement libres. Ce ne fut que lorfqu'ils eurent commencé à fe faire entendre

dans

dans la langue-française, & qu'on leur eut fait la promeſſe de les reporter dans leur pays, qu'on les abandonna à eux-mêmes. Comme ils ſ'aimaient, ils furent très-gais après cette aſſurance, & vécurent heureus. On leur trouva beaucoup d'intelligence, preſqu'autant qu'aux Européans : ce qui rendit leur éducation très-facile & très-rapide. Ils avaient les piéds preſque ronds, & dans la forme de ceux des Éléfans, ce qui les fait reſſembler beaucoup aux piéds des Peuples du mont Imaüs en Asie; la jambe maſſive; la tête fort-groſſe ; les mains comme les piéds, avec de fort-petits doigts : leurs néz était une véritable trompe d'Éléfant; c'était un membre de-plûs qu'à nous, qui les rendait propres aux choses les plus difficiles. L'Homme avait des défenſes, mais la Femme n'en avait pas ; elle avait auſſi la peau moins rude, moins de poil, & le visage aſſés agréable, à ſa trompe près, qui ne pouvait manquer de la rendre difforme à nos yeux. Du-

reſte, tous-deux étaient bien proportionnés, & ils marchaient plus volontiers ſur
deux piéds que ſur quatre. Ils firent
connaître qu'il y avait eu autrefois dans
leur Ile des Éléfans réels & des petits
Hommes, qui reſſemblaient à des Singes :
car ils montrèrent, pour expliquer leur
idée, des Habitans de l'Ile-ſinge, qui
voyageaient alors dans l'Ile-Chriſtine,
pour affaires ; mais ils ajoutèrent qu'il
n'y en avait plus. On ne les garda
qu'un été ; Hermantin & ſes Compagnons les remenèrent vers l'équinoxe
d'automne.

Arrivés dans l'Éléfantide, avec leurs
Élèves, ils les débarquèrent & alèrent
ſe cacher, pour voir l'effet que les diſcours de ces deux Jeunes-gens alaient produire ſur leurs Compatriotes. Aubout
de trois jours, ils virent arriver ſeul dans
leur retraite le Jeune-homme, qui les
aſſura que la Nation-éléfante était ſatiſ-
faite de toute leur conduite, & qu'elle
les priait de venir au-milieu d'elle, pour

lui donner le plaisir de les voir , & de lier converſation. Trois des Hommes-volans ſe détachèrent , & ſuivirent le Jeune-homme-éléfant ; mais les trois Autres reſtèrent par prudence , afin d'être à-même de ſecourir leurs Camarades , avec l'Équipage du vaiſſeau , en cas de danger. Les trois Volans furent très-bien reçus de l'Aſſemblée-éléfante ; & comme ils entendaient un-peu la langue très-ſimple de ce Peuple , ils eurent avec lui des entretiens ſur les choſes lés plus ordinaires , comme la nourriture , les coutumes des Hommes-éléfans , & celles des Chriſtiniens , que les Volans comparèrent. Ce qui fit un plaisir infini à ces Bonnes-gens. On chercha enſuite , ſ'il y aurait moyen de lier quelque commerce avec cette Nation. Mais quoique capable d'adreſſe , elle était pareſſeuſe , & ne ſongeait qu'aux besoins de première néceſſité. C'eſt ce qui fit qu'Hermantin , au retour de ſes Camarades , ſ'en tint au projet d'ob-

Q ij

tenir le confentement de la Nation-éléfante, pour mettre des Habitans dans
les parties fèches : il ala avec les deux
Autres qui étaient reftés avec lui en
obfervation, proposer cette affaire,
dont il exalta les avantages, pour la
Nation-éléfante. Ce qui plut fi-fort
à ces Hommes-fimples, qu'ils témoignèrent une extrême impatience de voir
arriver les nouveaux Habitans, fur-tout
lorfqu'on les eut affurés, qu'ils n'avaient
point d'aîles, efpèce de membres (car ils
les croyaient tels) qui leur infpirait beaucoup plùs de crainte, que leur trompe
aux Chriftiniens ; & pour le leur prouver, on les conduifit au vaiffeau, dont
ils virent tout l'Équipage. On leur fit
différens préfens, dont les deux Élèves
leur montrèrent l'usage : on renouvela
les affurances d'amitié, & on fe quitta.

Au retour, on équipa le vaiffeau pour
tranfporter une Colonie à l'Éléfantide,
& l'on y débarqua des Chriftiniens en affés
grand nombre pour fe pouvoir défendre,

en cas d'attaque : ils y bâtirent une ville ,
& tâchèrent de fe faire aimer des Naturels, fuivant les principes que leur avait
inculqués Victorin.   Mais je les laiffe f'é-
tablir & profpérer, fous ce climat chaud ,
que les eaux & les forêts rendaient
tempéré , pour continuer à vous parler
des découverrtes d'Hermantin & de fes
Compagnons.

Après le voyage de l'Éléfantide , ils en
entreprirent un autre , un-peu moins
près de l'équateur : car ils f'apperçurent
que toute la partie de l'Hémifphère-
auftral qui eft depuis l'équateur à plufieurs degrés de latitude-fud, eft occupée
par des Nègres, & par de gros Singes , déja
connus en Europe.   Ils fuivirent le parallèle du Tropique-du-capricorne ,
entre les 24 & 30me degrés de latitude
auftrale , fe proposant d'aler rejoindre
l'extrémité du pays des Patagons , & de
parcourir entièrement ces grandes Iles,
découvertes par Victorin , & nommées
de fon nom , la-Victorique.

XVI & XVII.me Iles.

Après avoir traverfé une affés grande
mer, ils parvinrent enfin à une grande Ile
d'environ cent lieues de long, fur trente
de large, qu'ils prirent d'abord pour un
continent : mais quand ils furent parvenus au milieu, ils découvrirent la mer
de tous côtés. Ils f'abbatirent dans un
endroit fûr, & f'arrangèrent pour f'y procurer un abri contre la châleur du jour,
& la rosée de la nuit, qui était extrêmement
abondante en ce climat. Le lendemain
matin, ils defcendirent dans la plaine,
& commencèrent leurs recherches. Ils
virent différens Animaux, tous extrêmement timides, & qui f'enfuyaient de
fort-loin, fans fe laiffer approcher. Ils
virent auffi de fort-gros Serpens,
qui dès qu'ils les appercevaient, fe
mettaient à fiffler, & paraiffaient fe
difposer au combat. Les Oiseaus babil-
lards fesaient un bruit horrible fur les
arbres fous lefquels on paffait. —Il
paraît, dit Hermantin, que le principal

Habitant de cette Ile eſt fort-méchant;
car toute la Nature y eſt craintive, &
ſous les armes : Soyons circonſpects,
& que tout ſoit en état pour échapper
ou ſe défendre-. Comme il achevait ces
paroles, ils virent un troupeau de Cerfs,
qui fuyait, & qui les ayant apperçus,
penſa ſe précipiter dans la mer qui était
voiſine : mais les Hommes ſ'étant dé-
tournés, les Animaux paſſèrent, & tra-
verſèrent une rivière à la nage , audelà
de laquelle ils parurent plus tranquiles.
Les Chriſtiniens continuèrent leur route,
& trouvèrent un chemin frayé, qu'ils
ſuivirent. Il les conduiſit à un endroit
abſolument découvert, ſitué au piéd
d'une montagne, qui paraiſſait toute
parſemée de cavernes, les unes naturelles, les autres perfectionnées par une
main intelligente. Ils obſervèrent que les
routes qui menaient à chacune de ces cavernes, étaient ſouillées de ſang ; l'on voyait
même par le poil reſté ſur les caillous,
& à quelques arbuſtes, qu'on y avait
Q iv

traîné des Animaux de l'efpèce de ceux
qui fuyaient, & qui avaient traverfé la
rivière. Toutes ces choses donnaient
beaucoup à penfer à Hermantin & à fes
Compagnons. Ils continuèrent cependant à f'approcher de l'entrée des cavernes, & ils apperçurent à environ cent
pas de chacune, un tas confidérable de
cornes de Cerf, de Chamois, de Bison,
de Büffle, & d'autres Animaux cornus;
mais ils ne virent aucuns offemens : ce
qui leur fit conjecturer que les Habitans
de ces cavernes avaient de bonnes-dents,
qui broyaient jufqu'aux os.

Tandis qu'ils étaient à confidérer ces
cornes, ils faillirent d'être furpris.
Deux Habitans de l'Ile, fortis d'une
caverne fituée tout au piéd de la montagne, & qu'ils n'avaient pas remar-
quée, venaient à eux ventre-à-terre.
Heureusement Hermantin jeta les yeux
de leur côté; il fit le fignal, & f'éleva
d'un feul coup de parafol à quinze piéds;
les autres l'imitèrent, & fe trouvèrent

à vingtcinq piéds les plus bas, lorfque
les deux Sauvages, qui venaient de f'é-
lancer, furent à la place que les Chriftiniens quittaient. Rien de fi capable
d'effrayer que ces deux Êtres! Qu'on
fe repréfente l'horrible figure du Lion
en furie, adaptée fur un corps humain
velu; une bouche fendue de l'une à
l'autre oreille, avec des dents aigües;
des mains & des piéds armés de griffes;
une jube épaiffe aulieu de chevelure;
des yeux étincelans, dont le regard
annonçait la foif du fang & du car-
nage. Hermantin fit à ces Monftres
quelques fignes d'amitié, qui les mirent
en fureùr. Ils pouffèrent un rugiffe-
ment articulé, qui fit accourir à eux tous
les Hommes-lions des antres de la montagne. Les uns vinrent barbouillés de fang;
les autres tenant encore dans leurs
griffes un quartier d'Animal, qu'ils dé-
voraient en marchant. Tous fe mirent
à rugir, en voyant les Hommes-volans
audeffus de leur tête. Ceux-ci leur je-

Q v

tèrent quelques provisions, du pain, des gateaux, & même de la viande. Celle-ci leur parut fort-agréable: ils fe regardèrent, après l'avoir flairée, & y avoir goûté ; ils devinrent même plus doux. Ils mangèrent auffi le pain, & fur-tout le gâteau. Alors Hermantin recommença les fignes d'amitié, qui furent répondus par de femblables. Les fix Hommes-volans alèrent f'abbattre fur une pointe de rocher, affés isolée pour n'y pouvoir pas être furpris, & dé-là, ils firent figne aux Hommes-lions, d'envoyer l'Un d'eux. Ils furent difficilement compris, ou les Invités furent très-difficiles à perfuader. Ce ne fut qu'aubout de plus d'une heure, qu'on vit fe détacher de la Troupe, le plus puiffant des Hommes-lions, qui vint auprès des Hommes-volans, avec toutes les marques de la tranquilité. Mais on lisait dans fes yeux la perfidie & la cruauté. Hermantin fe tint donc fur fes gardes, en f'approchant pour lui

donner la main , & tous fes Compagnons
à-l'exception du plus Jeune, plânèrent
bien-armés audeffus de lui.   L'Homme-
lion préfenta la griffe : Hermantin alait
la prendre en figne d'amitié , lorfqu'il vit
f'avancer une Femme-lionne , affés jolie
pour cette Efpèce : Elle f'appuya fur
l'épaule de l'Homme-lion , en regardant
Hermantin d'un air tendre-féroce.   Elle
examina curiéusement fes aîles , & parut
les admirer : Mais à l'inftant où l'on f'y
attendait le moins , elle embraffa le jeune
Camarade d'Hermantin, & f'élança pour
l'emporter. Les cinq Volans la retinrent ;
& comme l'Homme-lion déployait fes
griffes pour la fecourir , ils furent obligés
de le frapper légèrement de leurs poi-
gnards. Les bleffures de ces armes inconnues étonnèrent l'Homme-lion, &
le pénétrèrent de frayeur. Il les regarda , toucha une pointe , qui le
bleffa ; & lui fit faire un cri : tous fes
Compatriotes f'avancèrent à fon fecours.
Alors Hermantin leur fit figne de f'ar-

rêter, & fur leur refus, il fit tirer, par
Un de ceux qui plânaient, un coup de
carabine, qui caffa le bras à trois des
plus avancés, & en bleffa plufieurs
autres. A ce coup innattendu, la Femme-lionne effrayée, montra les Bleffés
à l'Homme-lion, fans-doûte pour l'engager à fe retirer : toute la Troupe f'arrêta (*), & les Femmes-lionnes alèrent au
fecours des Bleffés, dont elles lechèrent
les plaies. L'Homme & la Femme-lion,
qui étaient auprès des Hommes-volans,
demandèrent humblement à fe retirer ;
ce qui leur fut permis. Tous les Autres
f'enfuirent, laiffant les trois Bleffés, que
les Femmes-lionnes abandonnèrent auffi.
Mais les Hommes-volans defcendirent

(*) 19.me *Eftampe* : L'Homme-lion préfentant la main à Hermantin ; tandis qu'une
Femme-lionne l'avertit de ce qui fe paffe dans le
lointain. ☞ Comme l'Ile-tigre-léoparde tient
à l'Ile-lionne, on a mis dans le même planche
un Homme-tigre & une Femme-panthère, qui
fe partagent un chevreau : la Panthère a le croif-
fant fur l'épaule.

Les Hommes-lions.

auprès d'eux ; & comme Hermantin favait parfaitement la chirurgie (ce bel art, ainfi que la médecine, était fingulièrement affecté aux Princes-du-fang, qui l'exerçaient gratis ; ils mettaient leur gloire dans l'exercice de ces deux profeffions, comme ailleurs on le met dans l'art deftructeur de la guerre, dans les beaux équipages, l'oftentation & les folies de tout genre) : Hermantin, disais-je, mit un appareil aux bras caffés, coucha les Bleffés fur de la mouffe, & leur prefcrivit le repos par fignes. Leurs Camarades obfervaient de-loin ; ils revinrent auprès d'eux, lorfque les Hommes-volans furent éloignés, & prirent foin de leur apporter de la nourriture jufqu'à parfaite guérison. Depuis ce moment, Hermantin & fes Compagnons étaient redoutés des Hommes-lions, qui f'éloignaient quand le jeune Prince alait panfer les Bleffés : mais à-la-fin, ils reftèrent pour obferver, en fe tenant néanmoins à une certaine diftance.

Lorfque les trois Bleffés furent guéris, les Hommes-lions en firent une grande réjouiffance, & vinrent apporter des préfens aux Hommes-volans, confiftans en gibier. Or il faut vous dire, que durant le traitement, Hermantin & fes Compagnons étaient parvenus à enfeigner un peu de français aux Bleffés, & à comprendre quelques-unes de leurs expreffions. Elles étaient fort-groffières, & leur langue ne confiftait guère qu'en vingt ou trente mots, fans particules, ni liaison. *M'r'hó-on-hhom* fignifiait du gibier; *r'hhhómb*, courir; *[hhoûhhamp*, atrapper; *hhîhhoûmhp*, aimer, defirer, vouloir; *fhlloûfhlloûp*, du fang. Les noms n'y ont que le vocatif, & les verbes l'infinitif feul : un gefte en-devant marque le futur; un gefte en-arrière exprime le paffé; la griffe fur la tête eft pour le préfent : il n'y a que ces temps-là : Point d'adjectifs, que *bon* & *mauvais, long* & *court*, encore ne font-ce pas des mots, mais des fignes : le pre-

mier confifte à poser la main à-plat
fur le cœur; le fecond, à l'éloigner
de foi; le troifième fe trace fur la main
depuis le poignet jufqu'aubout des doigts;
pour le quatrième on met un doigt
fur la pointe de la griffe ; ce figne fignifie
auffi, *bientôt*, *fur-l'heure*, *aujour-
d'hui*, &c.², comme *long* marque le
contraire.   Le fentiment de haïr, d'ab-
horrer n'eft qu'un gefte, avec un cri,
mm'hoûmp! qui fans gefte, veut dire
refuser, *ne vouloir pas*, *fuir*, &c².
Cette langue eft donc auffi facile à apprendre, qu'imparfaite & peu expreffive ;
mais les geftes ne laiffent pas que de la
rendre capable d'exprimer affés de chofes,
pour que des Êtres intelligens puiffent
rendre par elle toutes les idées de la vie
commune.

Le jour de la fête de la convalefcence
des Bleffés, Hermantin & fes Compagnons parlèrent aux Hommes-lions dans
leurs langue : ce fut Hermantin, qui
leur tint plûs en geftes qu'en paroles, le
difcours qu'on va lire :

» Hommes-lions (*Hhoûmp-houômp*),
» *rrr'hôms* (braves), &c.ᵃ, *non*-timides,
» forts, *rien*-fouffrans : *Moi* porter pa-
» roles aimer *vous* : *Moi, mes Autres.*
» *moi* vouloir bien *vous*, Hommes-lions;
» vouloir *paix* , amitié.   *Moi* Homme-
» homme ; *vous* Hommes-lions courageus.
» *Moi dans* favoir ; *vous loin* favoir :
» *Moi* vouloir donner favoir *vous ; Moi*
» vouloir *vous* être mieux mangeans ,
» mieux couchans, moins courans gibier:
» (n.ᵃ que le figne *long* exprime mieux ,
» & *court* , moins) : *Deux-vous* venir
» pays *Moi* : *Autres-moi* favans long ,
» long ! faire favoir *eux* long *vous ;* fe-
» ront *Deux-vous* favans *tous-vous*
» *commme Moi, comme Autres-moi* ».

Encore ce groffier langage était-il
moitié en fignes.   (On a mis en *italique*
les mots non-exiftans dans la langue ho-
mo-lionne.   Voici la traduction :

» Hommes-lions , braves , forts , mais
» impatiens : je vous porte des paroles
» d'amitié : Moi, & mes Compagnons

» nous vous voulons du bien, Hommes-
» lions ; nous ne vous souhaitons que
» paix & bonne-intelligence. Je suis en-
» tièrement homme : vous aucontraire,
» vous êtes moitié Hommes & moitié
» lions. Je possède une infinité de
» connaissances, dont vous n'avez aucune
» idée : ce sont ces connaissances que je
» voudrais vous procurer , & avec elles
» & par elles toutes les douceurs de la
» vie , tant pour la nourriture que pour
» les autres commodités. Si vous voulez
» nous confier deux de vos Frères, je les
» conduirai dans mon pays, où des
» Hommes savans, mes Concitoyens,
» les instruiront ; ensuite, lorsqu'ils seront
» formés, nous vous les rendront, afin
» qu'ils vous instruisent à leur tour, &
» vous rendent tout-comme moi &
» mes Compagnons, par l'étendue des
» connaissances utiles ».

Ce discours fut reçu avec beaucoup
de joie de la part des Hommes-lions,
qui s'écrièrent, que l'Homme-homme

---

avait parlé leur langue mieux qu'Homme-lion n'eût jamais fait. Et de ce moment l'amitié fut cimentée. On consentit à donner deux Jeunes-gens de chaque sexe, pour être emportés à l'Ile-Christine, & y recevoir des instructions, pendant tout le temps nécessaire. Ce qui fut exécuté dès le lendemain ; & les Hommes-lions ayant vu les Hommes-volans dans les airs, avec leurs Élèves, qu'ils transportaient au vaisseau, ils les saluèrent par des rugissemens de joie.

On s'en retourna dans l'Ile-Christine, où les Hommes-lions excitèrent beaucoup de surprise. On ne négligea rien pour les instruire, & sur-tout on les veilla de-près, à-cause de leur inclination carnacière.

Hermantin & ses Compagnons se reposèrent près d'un an, au sein de leurs Familles, sans entreprendre de nouvelles courses. Victorin & Christine étaient fort-âgés, mais plein de sens, & sur-tout heureus. Ils voyaient la Colonie profpérer, bien-plûs par les vertus que par les richeffes, qui y étaient abfolument inutiles : ce qui leur montrait qu'elle eft la folie des Européans, qui pour être heureus, laiffent la vertu, & courent après les richeffes ! Chés les Chriftiniens, aucontraire, on avait la preuve continuelle, & jamais démentie, que le feul fecret du bonheur public & particulier, eft la juftice envers tous les Êtres, même envers les Animaux : car fi vous êtes cruels envers ces Frères inférieurs en perfection, vous le ferez bientôt avec les Hommes eux-mêmes (*).

_____

(*) Je ferais fâché qu'on me foupçonnât d'approuver l'abus qui exifte à Paris, & je crois dans prefque tout l'Univers, d'y nourrir autant de Chiens que d'Hommes ; d'y avoir une multitude d'Oiseaus inutiles, &c.ᵃ Je penfe aucontraire, qu'on devrait reftreindre infiniment la liberté de nourrir des Chiens & des Oiseaus, fur-tout dans les grandes Villes. 1, Parce-que ces Animaux ont la même nourriture que l'Homme, & qu'il y a beaucoup d'Hommes qui manquent du néceffaire : 2, Parce-qu'il resulte du grand

Le fondement du bonheur, était donc une parfaite égalité de biens, de moyens, de prérogatives ; un rapport exact des occupations à la confidération ; une réprocité entre les devoirs du Chef & ceux des Membres, &c.ᵃ Mais j'ex-

nombre de Chiens, d'effroyables accidens, connus de tout de tout le monde : 3 , Parce-que ces Animaux causent de l'infalubrité : je connais beaucoup de maisons, dont les efcaliers, & même les appartemens font infectés par les Chiens: 4, Parce-qu'ils font inutiles, incommodes par leur bruit ; dangereus par les querelles qu'ils occasionnent, pour un coup donné par imprudence, par mégarde, ou par impatience : 5 , Parce-que non-feulement ils enlèvent une portion de nourriture au Peuple, mais qu'ils ferment le cœur à l'amour fraternel : j'ai vu fouvent de tendres cœurs féminins, tout-ouverts à ceˢ Animaux, qui font fermés au Mari, aux Enfans, aux Proches & aux Domeftiques : dans mon indignation, j'aurais anéanti toute l'efpèce qui produit un fi grand mal.   Il ne faut jamais faire fouffrir les Animaux qu'on a ; voila tout ce que j'ai voulu dire : mais il ferait à fouhaiter qu'on n'eût que les Chiens & les Oiseaus néceffaires. *Dulis.*

pliquerai tout cela dans peu. Revenons
à nos Hommes-lions.

On fut un an à les former : aubout
de ce temps, on s'apperçut qu'ils avaient
tout l'acquit dont ils étaient susceptibles :
Ils savaient distinguer le bien du mal
moral, compter jusqu'au nombre des
jours de l'année, au-moyen de crans
sur un morceau de bois, ce-qui devait ser
vir d'Almanach à leur Nation ; faire du
feu, bouillir de l'eau, semer, & même
faire du pain ; ce qui, n'en déplaise à m.ᵉ
Linguet (*), était pour les Hommes-lions

(*) Cet Auteur, pour se rendre célèbre, a choisi
la route du paradoxe, avec assés de mérite pour en
prendre une meilleure : Quelque prévenu qu'on
soit contre lui, on ne peut s'empêcher de ren-
dre-justice à certains morceaux de ses *Annales* :
Je lus un-jour un de ses N.ᵇʳᵉˢ, où il emploie tout
son art pour nous persuader de ne plus manger
de pain : un autre, où il tâche d'établir qu'on devrait, pour tout impôt, donner la dîme en nature ;
plan digne d'aler à la suite de la Restitution de
l'Esclavage, qu'il a prêchée : un autre, où il
étaye le ridicule système, qui fait rapporter toute

le principal moyen de civilisation.   Tout

l'hiſtoire, aux Annales judaïques : il attaque, en le louant, comme les Diables louent Dieu ſans-doute, m.ᵣ *Court-de-Gébelin* ; il entâſſe les raisonnemens ſpécieus : mais tout cela ne produit dans ſon Lecteur, que le regret de voir de l'eſprit employé en pure-perte, & l'indignation, peutêtre, d'appercevoir que l'Auteur ne penſe pas ce qu'il dit : on ſent, malgré ſon art, qu'un motif étranger le fait écrire : il a beau ſ'envelopper, les Causes-occultes de ſa conduite ne le ſont plus au Dernier des Clercs-de-procureur ou des Courtauds-de-boutique :   Il a juré guerre aux Philosophes, par des motifs qui ne ſont rien moins que philoſophiques.   Mais quand enſuite on voir ſon article de l'*Opéra*, on admire l'Écrivain léger, agréable même, quand il le veut, malgré ſon habituelle cauſticité.   Elle le ſert bien dans l'article ſuivant, où il trempe ſa plume dans le fiel le plus amèr.........   J'aime à lui rendre-juſtice : mais je l'avertis, que ſ'il court après la *grandeſſe,* il pourſuit une chimère ; il n'obtiendra jamais le titre de *Grand-homme ;* trop de parties lui manquent.   ☞ On trouvera dans le IV *Volume,* une Pièce relative à cet Écrivain, qui prouve que je l'ai toujours eſtimé, ſans l'admirer univerſellement.   (*Dulis.*

ce qui demandait une plus grande combinaison d'idées, paffait leur conception.   Mais les connaiffances fuffisaient : les Jeunes-gens-lions policés, fecondés par quelques Familles Chriftiniennes, qu'on établit dans leur pays, aufquelles on bâtit un fort, & qu'on fournit de bonnes armes, parvinrent avec le temps, à civiliser les Hommes-lions au degré où ils pouvaient l'être.   Mais jamais ils ne furent doux ni tempérés.   Très-peu de Chriftiniens ont pu faire leurs Concubines des Femmes-lionnes ; elles jouaient de la dent & de la griffe au moindre mécontentement, & il falait les contenir par la crainte ; d'ailleurs, les Métifs qui en provenaient avaient une enfance très-cruelle & prefqu'indifciplinable, qu'on ne pouvait dompter que par les châtimens les plus févères.

Mais ce n'eft rien que la férocité des Hommes-lions, comparée à celle du dernier Peuple découvert dans les Iles auftrales. Je vais dire comment fe fit cette découverte.

XVIII, ———— XXIV.me Iles.

On avait équippé le vaisseau suivant l'u-
sage, pour retourner dans l'Ile-lionne, &
y conduire les deux Élèves pris dans la
Nation qui l'habitait, avec les Familles
Christiniennes qui devaient en avoir le
gouvernement. Comme les Hommes-
volans alaient beaucoup plus vîte, ils
visitaient toutes ces mers au large,
& revenaient ensuite au vaisseau. Dans
une de leurs excursions, ils trouvèrent
une Ile, la dernière qui fût considérable
de tout cet hémisphère. Car il y en
avait d'autres petites, dont je n'ai rien
dit, qui toutes avaient leurs Habitans;
si petits, ou si bruts, qu'on n'en pouvait tirer aucun parti. Telles étaient
les *Iles-Cerve, Lièvre, Lapine, Rate,
Hérissonne, Taupine* ou *Troglodyte,*
&c.', où il y avait de petits Hommes
sous tous ces mélanges. Je ne vous en
parlerai pas. On y enverra des Colonies par-la-suite, si cela est jugé expé-
dient : mais toujours avec l'attention de
ne

ne pas opprimer les Naturels, ou de les laisser libres. Que vous dirais-je de l'Ile-*huitre*, qui a été découverte tout-récemment, où l'on voit des Huitres, moitié semblables à celles que nous mangeons, & moitié animales ? Il paraît que dans cette Ile, située sous une haute latitude australe, mais échauffée par un volcan qui la remplit toute-entière, l'animalité sortant de la mer, pour passer sur la terre sèche, a été arrêtée & fixée dans son premier point d'amélioration. Ce qui le confirme, c'est qu'on y voit des plantes marines, qui commençaient à s'animaliser, & qui sont restées de-même à ce premier degré d'animalisation. Mais revenons à l'Ile reconnue par Hermantin & ses Compagnons, en retournant à l'Ile-lionne : c'est la dernière découverte de ce genre dont j'ai à vous entretenir : de plus importantes & de plus consolantes nous attendent dans la-Victorique, cette Ile si considérable,

II Vol.   R

qu'on pourrait la regarder comme la Cinquième Partie du monde, si elle n'était pas coupée par de fréquens détroits, & plus petite que l'Europe.

XXVme Ile.

Ce fut Thierri qui l'apperçut le premier. Il cria, *Terre nouvelle!* Aussitôt les six Hommes-volans coururent aîles déployées de ce côté-là. L'on était alors au 180me degré de latitude, en comptant l'Ile-Christine pour un; de-sorte que l'on avait fait un demi-tour du globe, & qu'il était minuit à cette Ile nouvelle, lorsqu'il était midi à l'Ile-Christine : c'est une singularité qu'il est bon de remarquer. Les Princes Christiniens s'avançaient donc du côté de cette Ile, fort-écartée du parallèle de l'Ile-lionne, & plus au nord d'environ six degrés, située au milieu d'une vaste mer, à plus de cinq-cents lieues de toute autre terre du côté de l'équateur ; à plus de mille en longitude en tout sens ; & du côté du pôle-antarctique,

on ne trouvait au-delà aucune autre
terre, tout était mer fous le même
méridien, & en alant en ligne droite,
paffant fous le pôle, & continuant,
on ne trouvait que l'extrémité la plus
auftrale de la-Victorique. C'eft ce
qu'on a vérifié depuis ; car les Princes
Chriftiniens, après plufieurs tentatives,
ont trouvé le moyen de paffer fous le
pôle, fans être trop faifis par le froid,
au-moyen de certaines précautions, &
de l'extrême bonté de leurs aîles. Ils
y ont paffé le 21 décembre 1774, le plus
long jour de l'année auftrale, & ils y
ont vu le fpectacle du Soleil tournant fans
déclinaifon fenfible autour du Globe en
vingtquatre heures : Ils ont obfervé,
à ce paffage, que l'air était, contre
l'ordinaire, plus froid en rafant la mer,
qu'à vingtcinq piéds de hauteur : mais
qu'en montant plus haut, il devenait
bientôt d'un froid infupportable. Ils
doivent faire le même voyage dans peu,
autour du pôle-arctique, & ils verront

R ij

en quoi il diffère du pole - antarctique.

Lorfque les Princes-volans ne furent plus qu'à environ deux lieues de l'Ile nouvelle, ils f'arrêtèrent fur un rocher découvert d'environ cinquante piéds audeffus de l'eau, où Hermantin braqua fon excellente lunette, pour reconnaître la côte. Il obferva qu'elle était fort efcarpée & coupée d'à-plomb; ce qui lui fit croire que ce n'était peut-être qu'un gros rocher ftérile & desert. C'é-tait vers la fin du jour: les fix Volans firent un petit repas, raccommodèrent leurs refforts, mirent des fangles nou-velles, comme f'ils fe fuffent doutés du péril qui les attendait, & partirent. Lorfqu'ils ne furent plus qu'à une demi-lieue de l'Ile, ils virent clairement qu'elle était fort-élevée de tout le côté qu'ils découvraient: à un quart-de-lieue, ils apperçurent audeffus une foule de gros Oiseaux, dont le vol avait l'alure de celui des Chauvefouris. Enfin ils f'approchèrent affés, pour diftinguer avec leur lunette, que ces Oiseaus étaient des Hommes-volans. Ils s'arrêtèrent alors tout court, pour délibérer : le resultat de la délibération, fut qu'on attendrait la nuit-close pour visiter l'Ile, & qu'on retournerait en attendant sur le rocher : car on pouvait être enveloppé par ces Barbares-volans, & accâblé par le nombre. On s'en-retourna donc, & lorfque l'obfcurité fut complette, les cinq Princes s'approchèrent de l'*Ile-volante*, obfervant tout avec la lunette-de-nuit, dont j'ai déja parlé.

Ils s'avançaient dans une affés grande fécurité, ne doutant pas que les Habitans de l'Ile ne repofaffent, lorfqu'ils entendirent un cri femblable à celui des Hommes-de-nuit de l'Ile-Chriffine : en-même-temps, ils virent tourner autour d'eux des efpèces d'Hommes, qui n'avaient que le bufte, & tout-entourés d'une pellicule, qui leur fervait d'aîles, au-moyen defquelles ils volaient avec la plus grande rapidité. Ils les écartèrent facilement avec

R iij

une forte de pique, dont ils f'étaient munis pour la première-fois, ces *Hommes-Chauvefouris* n'ayant aucun membre dont ils puffent fe fervir, que leur bouche, avec laquelle ils hâpaient de gros Scarabées ou Cervolans, des Hannetons, &c.ª, en quoi confiftait leur nourriture. Raffurés par la timidité de leurs Ennemis, les trois Princes avancèrent dans l'intérieur de l'Ile, mais fans mettre piéd-à-terre. Ils parvinrent à une montagne, dans les antres de laquelle ils entendirent des cris defagréables, qui reffemblaient fort au cri du Chathuant, mais beaucoup plus nourris. A l'inftant où ils abordèrent fur la montagne, ils virent f'élever de gros Oiseaus, qui avaient des plumes, une tête d'Homme, avec un néz de Chat, & un efpèce de bec fort-court, qui fe mirent en devoir de les attaquer : mais les Princes les effrayèrent par quelques coups de piftolets, qui en ayant renverfés plusieurs, mirent tous ces Hommes-chathuans en fuite. Hermantin & ſes Compagnons débarraſſés de ces Ennemis, ſ'abbatirent dans la plaine, & tâchèrent de trouver des habitations. Ils n'en virent aucune: mais ſ'étant élevés audeſſus d'un bois, tout compoſé de gros arbres, qui paraiſſaient élagués & éclaircis par art, ils trouvèrent ſur chacun de ces arbres, une eſpèce de nid, compoſé de branchages aſſés forts, & recouvert d'une calote de terre paitrie avec de la mouſſe, à-peu-près dans la forme des nids de Pie ou de Corbeau. Ils viſitèrent cette ville de nouvelle eſpèce, dont toutes les maiſons étaient exactement fermées, n'ayant qu'une ouverture par-en-haut, pour donner paſſage à l'air. Chacune pouvait avoir environ dix piéds d'eſpace lib.e en tout ſens dans l'intérieur, & elles paraiſſaient pouvoir contenir deux Couples: elles étaient aſſiſes ſur le haut de la tige de l'arbre, & leurs appuis étaient entrelacés avec beaucoup d'art dans les plus groſſes branches. Tous

R iv

ces arbres étaient fruitiers, & portaient une efpèce de châtaigne, qui était alors en maturité : ce qui marquait de l'intelligence dans ces Habitans, quels qu'ils fuſſent. Les Princes Chriſtiniens ne pouvaient ſe laſſer d'examiner ces gros nids, & ils desiraient ardemment de voir quelqu'un des Êtres qui les habitaient. Ils furent ſatiffaits, mais non ſans danger.

Ces Peuples ſe couchaient de bonne-heure, comme tout ce qui tient à la Gent-volatile, & ſe levaient très-matin : à-peine l'aurore indiquait-elle la renaiſſance du jour, que les Sauvagés-aîlés ouvrirent la porte de leurs nids, dont ils ſortirent en foule, avec des cris fort-aigüis. Les Princes Chriſtiniens n'eurent qu'un inſtant pour ſe reconnaître & ſe mettre en défenſe.   Heureuſement qu'ils furent d'abord pris pour des Hommes-oiseaus : Ils ſ'élevèrent à une hauteur conſidérable.   Mais enfin, ils furent remarqués, & le jour augmentant, reconnus tout-à-fait.   Les Hommes-oiseaus voulurent les envelopper. Il n'y avait pas moyen de fuir; les Ennemis assaillaient de tous côtés; il ne restait d'autre route que celle des régions supérieures & froides : les six Princes s'élevèrent autant qu'il leur fut possible de supporter la privation de la chaleur, & de-là, ils se défendirent avec leurs longues piques, contre les Hommes-oiseaus, qui s'élevaient en caracolant jusqu'à eux, & redescendaient aussitôt, après avoir tâché de porter un coup de la pointe de leur néz osseus & crochu, ou d'une épine assés longue qu'ils tenaient à la main. Les Christiniens en blessèrent plusieurs, sur-tout un Mâle & une Femelle fort-acharnés. Il y en eut cependant qui ne prirent aucune part à ce combat, qui effraya les Hommes-hibous & Chauvesouris, au-point de les faire sortir de leurs retraites. Cependant les Princes s'éloignaient de l'Ile, en combattant toujours : ils étaient si vivement poursuivis, que plusieurs des Ennemis blessés, tombèrent dans la mer,

R v.

où ils furent dévorés fur-le-champ par de gros Poiſſons volans. La pourſuite finit au rocher dont j'ai parlé d'abord, après que les Chriſtiniens eurent fait usage de leurs piſtolets, qui firent tomber dans la mer une vingtaine d'Enne-mis. Ce fut alors que tous les autres s'en retournèrent en pouſſant des cris perçans, & ſi aigüs, que les Princes crurent en perdre le ſens de l'ouïe (*).

Cette périlleuse tentative leur fit prendre la resolution d'aler rejoindre le vaiſſeau, & d'entrer dans l'Ile en force. C'était un peu s'écarter de leur plan de juſtice & de tranquilité : mais tous les Hommes ont des paſſions. Ils

---

(*) 20.me *Eſtampe* : Un Homme & une Femme-oiseaus pourſuivant avec acharnement les Princes-Chriſtiniens : Hermantin, avec ſa pique en repouſſe deux mâle & femelle, plus acharnés que les autres : on en voit un debout ſur un arbre, près d'un nid : Un Homme-hibou & un Homme-chauveſouris ſont ſur le rocher. On entrevoit les extrémités d'Hommes-oiseaus qui fuient.

Les Hommes-oiseaux

étaient irrités contre les Hommes-oiseaus;
ne fesant pas réflexion, que leur vue
les avait d'abord seulement étonnés,
& qu'ils avaient pu n'en avoir été poursuivis au premier moment, que par
simple curiosité. Ils rejoignirent donc
le vaisseau, & le firent aborder à l'Ile-
volante. La vue du vaisseau, attira tout-
autour une nuée de ces Hommes-oiseaus,
qui en fesaient le tour, en poussant des cris
insupportables. Cependant les Princes
un-peu calmés, n'eurent garde de faire tirer
sur eux; ils se contentèrent de faire faire
une salve de canons, qui en une minute
nétoya l'air de toute cette Espèce-vola-
tile. On débarqua ensuite tranquilement, & l'on s'avança dans l'Ile, qu'on
trouva couverte d'arbres fruitiers de
différentes espèces, sur-tout de chênes
porte-glands, & plantés dans des endroits secs, pour qu'ils fussent plus
fructueus: le sol, quoique sauvage,
offrait cependant par-tout les traces d'une
main industrieuse. On parvint bientôt à

R vj

une de ces villes situées sur les arbres dont
j'ai parlé.   On apperçut les Hommes-oiseaus, la tête hors de leurs nids, qui
regardaient.   On leur fit des fignes d'a-
mitié, auxquels ils ne répondirent pas.
Les Princes-aîlés f'élevèrent alors à la
hauteur des nids, & répétèrent ces fignes,
présentant aux Hommes-oiseaus, du pain
& des fruits : mais Perfonne n'en prenait ;
tous fe retiraient dans leurs nids, & en
fermaient l'entrée, à-mesure que quelqu'un des Princes f'en approchait.   Enfin cependant, un Enfant-oiseau, moins
timide que les autres, prit un morceau-
de-pain, & fe laiffa toucher.   Il fortit
même du nid, & fe mit à voler avec les
Princes, qui lui firent mille careffes,
à la vue de tous fes Compatriotes.   Ils
virent alors la ftruéture fingulière de ces
Hommes.   Ils ont la tête prefqu'humaine, mais leur néz eft un forte de
bec offeus, dans lequel les narines font
percées comme au bec des Oiseaus: ils
ont, aulieu de cheyeux, un toupet de plu-

mes : leurs aîles font à leurs bras, le poignet feul reftant dégagé, & les plus grandes plumes fortant des coudes : ils ont
une queûe auffi longue que celle du Paon :
leurs jambes, fèches & grêles, fe termi-
nent par un pié d en forme de pate d'Oiseau :
leur corps eft couvert de petites plumes
approchantes du poil, & changeantes
comme celui de la tête des Canards : leur
mouvement pour voler, eft celui d'un
Homme qui court en fautant, les bras
fortement en action. D'où il fuit, que
ces Hommes-oiseaus ne peuvent prendre avec leurs mains que des chofes légères, telles que leur nourriture ; ils
font même une demi-culbute, en la portant à leur bouche. Ils vivent princi-
palement de fruits, & de Poiffons-vo-
lans ; ils cueillent les premiers aux arbres, & attrappent les Poiffons en râ-
sant la furface de la mer. Ils fe raffa-
sient d'abord ; enfuite, lorfque leurs
deux mains & leurs piéds font garnis,
ils vont à leurs nids fe débarraffer.

Ils portent quelquefois des armes contre les gros Poiſſons-volans leurs ennemis; ce ſont de longues épines dures & pointues, avec leſquelles ils les perçent en l'air. Mais leur défenſe principale eſt leur néz oſſeus : enſuite leurs piéds, armés de ſerres crochues, comme ceux des Oiſeaus-de-proie. Tous les Animaux de cette Ile ſont aîlés : on y voit des Moutons, des Chèvres, des Anes, des Chevaux, des Cerfs, des Lièvres, & juſqu'à des Cochons: tout cela vole plûs ou moins facilement ; il n'y a pas juſqu'aux Serpens & aux Grenouilles, qui n'y volent par élancemens & par bonds : Mais tous le cèdent à l'Homme pour la force & l'élévation du vol.

Les Princes Chriſtiniens, après avoir lié quelqu'amitié avec les Habitans, au-moyen de l'Enfant qu'ils avaient careſſé ; enhardis d'ailleurs par le peu de puiſſance de ces Hommes-oiſeaus, viſitèrent toute l'Ile ; & ils trouvèrent dans une grande rivière, juſqu'à des Crocodiles & des

Hippopotames volans : mais ceux-ci ne
fe fervaient de leurs aîles que pour
accélérer leur marche en les étendant,
lorfqu'ils fe voyaient pourfuivis. Il paraît
que la mer, dans ce canton du Globe,
n'a été originairement peuplée que de Poif-
fons-volans de toutes les efpèces, qui, en
paffant de l'eau à la terre-fèche, ont tous
retenu des aîles..... On parvint très-aifé-
ment à apprivoifer l'Enfant-oifeau, ainfi
que cinq de fes Camarades des deux fexes,
qu'on emmena tous-fix dans le vaiffeau :
& comme il f'en-trouva deux qui étaient
adultes, ils donnèrent lieu à un évènement qui caufa une étrange fur-
prife : c'eft que la Jeune-fille-oifeau la
plus formée pondit deux œufs, & les
couva.   On n'avait fait aucune attention
à la génération pendant le féjour dans
l'Ile, quoiqu'on y eût vu des accou-
plemens, qui f'y font en plein-jour,
fouvent en l'air, & à la vue de tout le
monde : mais on ne f'était pas informé
de ce qui en refultait.   La Jeune-fille-

oiseau couva neuf femaines, tant dans le vaiffeau que fur l'Ile-lionne, & il fortit de chaque œuf un Petit (*), l'un mâle, l'autre femelle : auffi obferve-t-on que les Hommes-oiseaus font tous unis par couples, & que jamais un Homme - coq n'a deux Femelles à-la-fois ; mais ils fe r'accouplent tous les ans, comme les Perdrix & les Tourterelles. J'ai anticipé fur l'ordre des évènemens, pour terminer ce qui regarde les Hommes-oiseaus ; il faut à-préfent reprendre la fuite du voyage des Princes-volans & du vaiffeau.

Ils touchèrent à l'Ile-lionne du côté opposé à celui par lequel ils devaient aborder, en venant de l'Ile-Chriftine : ils trouvèrent un port naturel, fort-avantageusement fitué ; ils y entrèrent

---

(*) La naiffance Pollux & d'Hélène, de Caftor & de Clytemneftre, iffus de deux œufs pondus par Léda, paraît être le refte d'une ancienne tradition, relative à ces Hommes - oiseaus, dont parle Ovide, dans fes *Métamorph.* V. la Préf. (*Dulis,*

& y jetèrent l'ancre. Les six Princes, pendant ce temps-là, s'élevèrent dans les airs, pour aler reconnaître le pays, & tracer une route, pour les Familles qui devaient se fixer dans cette Ile. Mais ils furent très-étonnés de trouver des Habitans tout-différens de ceux qu'ils avaient vus à leur premier voyage. Ce n'était plus des Hommes-lions, mais des Hommes-Tigres, Léopards, Chats (*), &c.ᵃ: ils visitèrent tout ce canton, peuplé d'Êtres extrêmement féroces, & ils s'apperçurent enfin que l'Ile-lionne était partagée en trois, par deux bras de mer, à-peu-près comme l'Irlande est séparée de l'Angleterre ; mais par un canal beaucoup plus large. Ils retrouvèrent les Hommes-lions dans l'Ile principale. En-conséquence, ils firent faire le tour au vaisseau, pour gagner le port situé au levant de l'Ile, où l'on débarqua. Les Élèves-lions furent

(*) *Voyez* la 19.ᵐᵉ *Estampe*, p. 396.

revus de leurs Compatriotes avec des tranſports de joie inexprimables, & leur retour heureus, ainſi que les entretiens qu'ils eurent avec leur Nation, achevèrent de conſolider la bonne-intelligence entre les Hommes – hommes, & les Hommes-lions. Les Chriſtiniens ſ'établirent, & furent aidés en beaucoup de choses, pour le tranſport des matériaux, par les Hommes-lions, qui loin de demander une retribution, apportaient encore du gibier & des fruits.

Lorſque les Familles Chriſtiniennes furent établies; qu'elles eurent enſemencé, &c.ᵃ, Hermantin & ſes Compagnons eurent envie de visiter le pays des Hommes-tigres : ils en parlèrent aux Élèves-lions, qui firent entendre, qu'il était néceſſaire, pour cela, de ſe faire accompagner par les plus forts & les plus vigoureus des Hommes-lions. Les Princes trouvèrent eet avis fort-raisonnable, & ſ'y rendirent avec plaisir; charmés de l'inteſligence & de

la bonne-volonté de leurs Élèves. Ceux-
ci en parlèrent à leur Nation, qui se
trouva flatée de cette marque de confiance : elle choisit douze de ses plus
Vaillans, les Élèves les instruisirent, &
aubout de huit jours, on partit. Les
deux Élèves conduisaient leurs Camarades, & on passa le bras-de-mer
dans la chaloupe du vaisseau. Dès que
les Hommes-tigres qui habitaient la côte,
virent arriver des Étrangers, ils accoururent : mais ayant vu les Hommes-
lions, ils n'osèrent se jeter sur eux,
quelqu'envie qu'ils en eussent ; ils se
contentèrent de se réünir en grand
nombre, & de les cotoyer. Hermantin
& les deux Élèves leur firent alors des
signes d'amitié : mais ces Êtres féroces
n'en tinrent-compte. On leur envoya
du gibier, par deux Hommes-lions. Ils
les attendirent, les entourèrent, &
se voulurent jeter sur eux. Mais ceux-ci
les écharpèrent, & leurs Camarades
les voyant attaqués, on ne put les re-

tenir ; ils coururent à leur fecours, &
mirent en pièces tout ce qu'ils purent
attrapper d'Hommes-tigres, dont ils burent
le fang : les deux Élèves ne furent pas
de ce régal ; aucontraire, ils tâchaient
de calmer leurs Compatriotes & de les
ramener : ils y réüffirent, lorfqu'il n'y
eut plus un feul Homme-tigre fur le
champ - de - bataille. Cet évènement
porta l'épouvante dans toute la Tigrerie
& la Léopardie, qui en était voisine :
dès que la Troupe - lionne paraiffait,
tout prenait la fuite. Enfin les Princes
& les Élèves parvinrent à faire entendre
aux Hommes - lions, qu'il falait agir
avec douceur, & tâcher d'attrapper
quelques Jeunes-gens, qu'on inftruirait.
Dès que les Hommes-lions comprirent ce
qu'on desirait d'eux, ils ne tardèrent pas
à l'exécuter. Ils attrappèrent plusieurs
Jeunes-gens-tigres, qu'ils apportèrent
demi-morts de peur à Hermantin & à
fes Compagnons. On voulut effayer
de les apprivoiser un-peu, par les bons

traitemens ; mais dès qu'ils ne voyaient plus les Hommes-lions, ils cherchaient à tout déchirer : & dès que ceux-ci reparaiffaient, ils fesaient les morts. Cependant la faim les mit un-peu à la raison, & ils reçurent volontiers des alimens le troisième jour : on les donna enfuite, ainfi que deux Jeunes-gens-léopards, à élever à l'Inftituteur venu avec les Familles – chriftiniennes dans l'Ile-lionne : car il était important de chercher à adoucir ces Peuples féroces.

Ce fut ainfi que fe termina le dernier voyage des Princes-du-fang-chriftinien dans les Iles-auftrales inconnues. Après que tout fut arrangé dans l'Ile-lionne ; que les Familles-humaines furent folidement établies & refpectées, les Princes en partirent, & le vaiffeau f'en-retourna : mais Hermantin promit de les visiter tous les ans avec fes Compagnons, & il n'y manque jamais.

De retour dans l'Ile-Chriftine, les

Princes vaquèrent à l'étude de la médecine, de la chymie, de la physique,
des mathémathiques, & de toute la philosophie, pour se délasser de leurs travaux. Dans les intervales, ils visitent
les Iles, & vont voir assés souvent les
Patagons, ausquels ils ont fait-part de
leurs découvertes : ces Colosses n'en
ont pas été surpris ; rien ne les étonne,
& l'admiration est un mouvement
de l'âme qu'ils connaissent à-peine :
Mais ils disent eux-mêmes, qu'il
y a, au midi de leur pays, d'autres
Patagons plus grands, plus forts, &
cependant plus vifs & plus éclairés
qu'eux. Ces discours souvent répétés,
donnèrent à Hermantin & à ses Compagnons la plus grande envie de parcourir
la-Victorique entière : mais ils étaient
retenus d'un jour-à-l'autre par les détails
immenses dont ils sont chargés pour
les besoins des nouvelles Colonies : car,
ainsi que je l'ai dit, les Princes-du-sang-
christinien sont en-même-temps les plus

laborieus, les plus utiles des Citoyens, les plus serviables pour tout le monde, & ceux qui ont les occupations les plus importantes, & en plus grand nombre : ce qui leur attire une considération solide & durable. Mais enfin ils ont trouvé le temps de visiter la Victorique.

Après avoir mis ordre à toutes les affaires, & s'être substitués des Lieutenans éclairés, pour exercer leurs emplois durant leur absence, ils furent prendre congé de leur respectable Ayeul Victorin, & de leur Grand'mère la Reine Christine ; du Prince-héréditaire leur Père & Oncle, & de son Épouse la grande Ishmichtrifs ; du Prince Alexandre & de sa Femme la grande Mikitikipi ; de la Princesse Sophie & de son Mari : ensuite ils partirent & passèrent en Patagonie. Le vaisseau devait les suivre & côtoyer ; tandis que les Princes voleraient au-dessus des terres & des montagnes.

Ils commencèrent par prendre des renseignemens auprès des Patagons, dont ils favaient parfaitement la langue. On leur apprit, que plûs on avançait du côté de l'orient en fe rapprochant de l'équateur, jufqu'au 00me degré, plûs on trouvait des Hommes forts, vigoureus, fpirituels, cultivant les fciences utiles, & vertueus.

La Mégapatagonie.

Les Princes quittèrent la *Micropatagonie* (je nomme ainfi la côte voisine de l'Ile-Chriftine), & volèrent environ un jour-&-demi du côté du foleil-levant, tirant toujours du côté de l'équateur, ce qui équivaut à feptcents-cinquante lieues environ ; ils prirent terre à cinq ou fix-fois différentes, pour fe repofer, & f'apperçurent effectivement, à chaque ftation, que les lumières augmentaient. Mais ils ne trouvaient pas encore affés de différence pour f'arrêter. Enfin ils arrivèrent à l'extrémité orientale de la fuite d'Iles, prefque contigües, qui compofent ce que l'on appelle la-Victorique ou Patagonie. Les côtes en ont été

apperçues

apperçues par les Navigateurs, sans avoir été jamais reconnues : cette belle Ile gît par les 00ᵐᵉ degré de latitude sud. Hermantin qui avait été jusqu'en Europe avec son Père, ne put voir ce pays sans étonnement. Il représentait la France par ses côtes, ses montagnes, ses rivières, ses forêts, & mêmes par ses villes; la partie australe ressemblait à la partie boréale de votre pays; audelà, il y avait deux grandes Iles, qui étaient absolument semblables à la Grande-Bretagne (*): outre quelques autres petites intermédiaires. Il y avait des Alpes qui séparaient ce pays d'une contrée qui ressemblait à l'Italie; & des Pyrénées, derrière lesquelles se trouvait un canton comme l'Espagne. Ces ressemblances étaient si frappantes, qu'Hermantin ne savait d'abord que penser : mais il connaissait trop bien la Carte, pour croire qu'il était parvenu en Europe. Il observa seulement, que tout cela était en petit,

(*) C'étaient les Iles-Lionne, Tigre, & Léoparde, dont il vient d'être question.

puifque cet efpèce de continent auftral
égalait à-peine la France. Tout ce qui
correfpond à la vafte Afie & à l'Afrique,
eft rempli par l'océan ; à-l'exception de
quelques Iles, découvertes récemment
par le Capitaine *Cook*, & dont il a donné l'hiftoire. Après avoir admiré la ref-
femblance de ce beau pays, à celui dont
fon Ayeul était originaire, & l'avoir
parcouru d'un vol rapide, Hermantin &
fes Compagnons revinrent f'abbattre
fur la Capitale du pays qui reffemblait
à la France, fituée fous le 00me degré 30
minutes de latitude fud ; & par le 180me
de longitude, à compter par 1 ; de l'ob-
fervatoire de Chriftineville ; c'eft-à-
dire précifément fous l'Ile - Chriftine,
& aux Antipodes de Paris, qui a le
même méridien que Chriftineville, à
00 degrés de latitude près : mais ces
00 degrés même ne font prefque pas de
différence, attendu qu'ils font compen-
fés par la moindre élévation des terres
du côté du pôle-auftral. Ainfi l'on peut

dire, que la ville de *Sirap*, au pays des *Mégapatagons*, eft prefque diamétralement fituée fous celle de Paris. La température du pays eft délicieufe, les faifons y étant parfaitement égales, & le fol très-fertile ; ce qui vient de différentes caufes, dont l'extinction de plufieurs volcans eft la principale.

Hermantin & fes Compagnons f'étant abbatus dans une place qui reffemblait beaucoup à celle Vendôme, ils furent auffitôt environnés par les Mégapatagons qui habitaient les hôtels voifins : mais c'était moins par curiofité, malgré l'extrême différence de grandeur, que pour f'empreffer à leur offrir un logement, & toutes les chofes dont ils pouvaient avoir befoin : ce qui fe fit fans oftentation; le cœur fur les lèvres. Cependant ces Grands-hommes admirèrent les aîles des Volans, & dirent entr'eux : —Li y a puocuaeb tirpfe'd fnad ettec noitnevni! te elle enned enu etuah noinipo ed fec Sregnarté-! (Ce qui fe traduit par :

Il y a beaucoup d'esprit dans cette invention; & elle donne une haute opinion de ces Étrangers).

Hermantin voulut haranguer cette Nation respectable ; mais il ne savait trop de quelle langue se servir. Il employa, à tout-hasard, celle des Patagons : il s'apperçut bientôt qu'elle n'était pas celle du pays, quoiqu'elle y fut entendue : car on lui répondait bien dans cette langue, mais les Habitans, entr'eux, parlaient celle dont j'ai cité quelques mots. Voici la harangue patagonaise qu'Hermantin prononça, lorsqu'il se vit environné d'une nombreuse Assemblée des deux-sexes, les Femmes d'un côté, les Hommes de l'autre, vétus d'une manière assés singulière : car leurs coîfures ressemblaient à nos souliers, & leurs chaussures avaient, pour les Hommes, la forme d'un chapeau, ou d'un bonnet-monté pour les Femmes.

Fin du S.e Volume.